녹채

鹿柴

인적 없는 빈 산

들리는 건 사람의 말소리 울림뿐

석양빛은 깊은 숲 속까지 들어와

다시 푸른 이끼 위를 비추네

空山不見人
但聞人語響
返景入深林
復照青苔上

그림자 호

影湖

그림자 호수 2
이정현 新무협 판타지소설

초판 1쇄 찍은 날 § 2004년 11월 10일
초판 1쇄 펴낸 날 § 2004년 11월 20일

지은이 § 이정현
펴낸이 § 서경석

편집장 § 문혜영
편집책임 § 김희정
편집 § 장상수 · 서지현 · 한지윤
마케팅 § 정필 · 강양원 · 이선구 · 홍현경

펴낸곳 § 도서출판 청어람
등록번호 § 제1081-1-89호
등록일자 § 1999. 5. 31
어람번호 § 제2-0464호

주소 § 경기도 부천시 원미구 심곡1등 350-1 남성B/D 3F (우) 420-011
전화 § 032-656-4452 팩스 § 032-656-4453
http://www.chungeoram.com
E-mail § eoram99@chollian.net

ⓒ 이정현, 2004

ISBN 89-5831-311-0 04810
ISBN 89-5831-309-9 (SET)

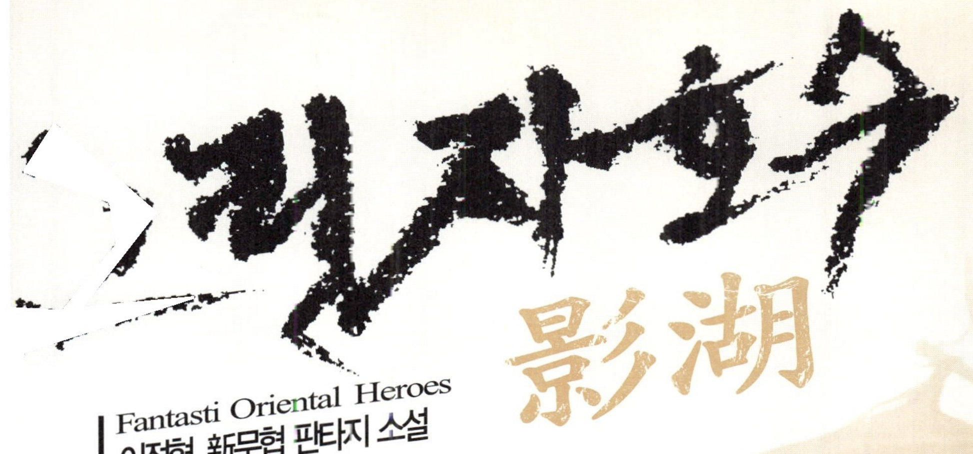

그림자호

影湖

Fantasti Oriental Heroes

이정현 新무협 판타지 소설

2

◆ 악연의 시작

箕脊斤月滿
地碎陰淸
絶技非技南
疑有致
無獎
廣脅燈
難折

도서출판
처어람

목차

箕音片月滿
地砰崔淸
絶技非技商
跛有歡
無哭
廖胥隆
難折

[모월 모일. 맑음.

　며칠 후에 중원으로 갈 것으로 마음의 결정을 내리고 이 말을 했는데 아빈은 따라가지 않겠다고 한다. 그녀는 웃으며 당신의 일상은 내가 지킬 테니까 어서 갔다 오라고 말해 놀라우면서도 너무나 고마웠다. 나의 일상은 이제 그녀의 일상이 되어가고 있는 것일까?

　사마진영이 왜 날 따라오겠다고 한지는 모르겠지만 혼자 가는 것보단 나을 것 같아 그녀의 말에 등의했다.

　중원으로 가는 것 때문에 천축어 공부를 게을리 할 것을 막기 위해 자신은 없지만 책을 가져가 틈틈이 공부해야 할 것 같다. 듣기론 사마진영도 중원은 가보지 못했다고 하니 어느 정도 구경도 해야 하기에 서둘러 볼일을 볼 필요는 없을 것이다. 다음에는 일상을 벗어난 여행으르 아빈과 같이 중원으로 꼭 올 것이라 생각했다.

  항상 걱정하는 것이지만 나의 사명은 무엇일까? 이 사명이 나의 생명을 길게 하는 원인이 아닐까 하는 황당한 생각도 해본다. 옛날 같으면 무시했겠지만 지금의 나는 사명이란 것이 만약 내게 있다면 그것을 이루어보고 싶기도 하다. 옛날 의미없이 보내던 시절에 대한 후회감을 지울 수 있는 한 방법이라 생각하기 때문이다. 그리고 그 중요성이 클수록 나에게는 더욱 보람있는 일이 아닐까?

  악의 움직임이 나의 사명감과 관계있는 것인가? 하나 지금 무림이 어떻게 돌아가는지 모르겠지만 내가 아는 한 악의 움직임과는 관련이 없는 것 같아 오리무중이다. 만약 악의 세력이 무림을 지배하려 하니 그 세력을 저지하라는 사명이라면 차라리 목표가 확실해 편할 것이지만 그것도 아닌 현실이니 조금은 막막하다.

  그러다 갑자기 회골림이 떠올랐지만 어느새 나 자신도 모르는 사이에 그들을 악이라고 판단하고 있다는 생각에 이내 쓸쓸히 웃고 말았다. 그렇게 보면 사라성도 결코 정의와 선의 단체라고 보기는 힘들다. 단지 그 무력이 막강하여 무림을 군림하고 있는 패도 단체일 뿐인데 주위 사람들의 일면만을 보고 내린 판단과 무지몽매함에 물들어 정의와 선의 단체라고 은연중 결정짓고 있었던 것은 아닌지……

  뭐, 나와는 별로 상관 없는 일이니 이제 그런 것은 생각지 않기로 하자. 그리고 보니 모용군영에게 가 그녀의 아버지인 모용황룡의 죽음을 가르쳐주기 위해 사라성에도 가야 한다는 것을 잠시 잊고 있었다.

  그리고 보면 그녀는 아버지의 일이 실패할 것이라 생각하고 겁황천의 발호를 막기 위해 사라성으로 간 것인데 그 노력이 물거품이 된 것이라 미안한 마음도 없잖아 있다. 하지만 이미 늦은 일이니 왈가왈부해 봤자 소용없다. 그녀에게 이야기를 전하는 나의 일에만 충실하자. 그녀의 반응은 그녀의 일일 뿐이고 그 뒤의 일 또한 그녀의 선택이지 않은가? 내가 감 놔라 배 놔라 말할 입장이 되어서는 안 될 것이다.

일단 계획했던 대로 고독빈랑의 부탁을 들어주러 그의 연인이란 자를 찾아갈 것이다. 그녀의 지병이 잘못되는 날에는 그의 부탁을 들어주지 못할 수도 있기 때문이다. 다행히 지리적으로도 이곳 옥문관에서 가장 가까운 곳이라 빠른 시일 내에 해결할 수 있을 것 같다.

그 다음엔 사라성으로 갈 것이다. 정확한 목적은 모용군영을 만나러 가는 것이지 사라성 자체에 볼일이 있는 것은 아니다. 친구를 본다는 목적도 있지만 그들이 거기에 있을지는 모를 일이다.

낙정곡을 찾아가는 것은 마지막 일이 되겠군. 낙정곡에 왜 이리 자주 찾아가는 것인지 생각해 보았지만 나 자신도 잘 모르겠다. 일단 익숙지 못한 영면대법을 펼쳤기 때문에 재확인차 간다는 명분이 있지만 내 자신이 재차 생각해 봐도 그녀에게 건 대법은 완벽했다.

하긴 사람이 하는 일에 반드시 이유가 필요한 법은 아니다. 난 그 말을 인정한다. 이 일 또한 이유를 알 수 없음을 인정하겠다. 후후, 편한 논리군.]

[모월 모일. 맑음.

그 어느 때보다 길어질 것 같은 여행에 묘한 기분을 뒤로한 채 집을 떠나왔다. 사마진영에게는 처음 떠나는 중원 여행이라 일부러 천천히 왔다.

사천성으로 향하고 있는데 백 리 정도 왔을 것이라 생각된다. 지금은 청해성의 어느 조그마한 마을 객점에 묵고 있다.

그녀는 꽤 즐거웠는지 심심찮게 즐거운 얼굴이었다. 하긴 아직 젊은 나이이니 새로운 광경이 펼쳐지면 마음이 들뜨지 않을 수 없을 것이다.

사천성 쪽으로 오는 길은 다른 성들보다도 산세가 험한 편이지만 그만큼 볼 것이 많기도 하다. 사람들이 만들어놓은 유려함과 화려함은 많지 않지만 자연이 이루어놓은 장대함과 아름다움이 많이 있는 곳이 감숙, 청해, 사천성이다. 그래서 마음을 확 트이게 하는 대자연의 위용을 자주 볼 수가 있다.

젊은 시절을 거의 사막만 보고 산 그녀로서는 사막과는 또 다른 의미의 거대하고 기적 같은 대자연의 아름다움을 보는 것이 처음이라고 해도 무방할 정도이니 놀라움의 연속일 것이다.

이렇게 다니면서 생각난 건 진짜 행복한 말년은 이런 눈 구경으로 보내는 것으로도 나쁘지 않을 것 같다는 것이다. 게다가 나는 누구 못지않게 건강하지 않은가? 이런 생각이나 하고 있다는 것에 갑자기 실소가 터졌다.

내 품 안에 있는 적지 않은 패물은 처절하게 모은 것이니 고독빈랑에게는 매우 중요한 의미를 지니고 있을 것이다.

그의 연인의 이름은 간도민이며 고독빈랑은 지금은 쇠락한 간씨세가의 첫째 제자라고 했다. 얼마나 쇠락했냐 하면 그 집안에 있는 제자라곤 그를 포함해 겨우 두 명이며 식솔이래 봐야 그의 사부인 간씨세가주와 그의 딸인 간도민, 그리고 두 제자, 이렇게 넷이 다라고 한다.

그의 사문은 섬전무가(閃電武家)라고 불리기도 하는데 그들이 사용하는 무공이 섬전과 같이 빠르면서도 강맹한 검술을 위주로 하는 무공이었기에 그렇게 불리는 듯했다. 지금은 두 명의 제자와 황량하게 넓은 땅만이 남아 있지만 이백 년 전 섬전무가 창시 때만 해도 엄청난 세력으로 무림을 질타했다고 한다.

섬전무가의 초대 가주는 현 무림에도 잘 알려져 있는 섬전강기라는 독보적인 무공의 창시자인데 섬전검기라는 뇌전강기(雷電罡氣)를 이용한 독특한 검술을 사용했다고 한다. 그 위력은 당연히 강했겠지만 지금은 소실되어 그 검술만 남아 있다고 한다. 그나마 고독빈랑의 자질이 뛰어나 쇠락한 이후 최고의 기재로 무림에서 나름대로의 이름을 날리고 있는 것이라 한다.

나도 여기까지 이야기는 그에게 들은 것이라 더 자세한 것은 알 수 없기에 나머지는 그곳에 가서 직접 느낄 수밖에 없을 것 같다. 참, 그에게 들은 또 다른 이야기로 간도민이란 여인은 상당히 병약한 미인인데 그 머리는 참으로 비상하다고 한다. 특히 모략술과 간계, 논리에 능해 그녀의 선한 웃음 뒤에는 알 수 없는 섬뜩함마저 있는데 그것이 고독빈랑에게는 아름다움이었나 보다. 역시 사람의 미(美)에 대한 관점은 다양하다.

지금은 객점의 지붕으로 올라와 달을 구경하며 일기를 쓰고 있다. 푸른 바다란 청해의 이름처럼 달도 푸르스름한 빛을 발하고 있는 것 같아 숨이 막힐 정도로 아름다움을 느낀다. 예전에 어느 객잔에서 들은 말이 갑자기 생각난다. 고원으로 인한 높은 산세와 삭막함, 거친 청해의 문화는 그 누구도 이곳에 오지 않게 하지만 거대하고 웅장한 청해호의 소금밭을 한번 밟아본 자라면 그 뒤로 그 사람은 청해성이란 드넓은 깊고 깊은 푸른 바다에 표류되어 다시는 육지로 나올 수 없게 된다고 한다. 그만큼 묘한 매력이 있는 곳이 아닐까?

내일은 청해호로 가봐야 할 것 같다. 그 언젠가 본 몇천 마리가 넘는 철새들의 힘찬 비상을 아직도 잊을 수가 없다. 나 역시 그때 청해호라는 푸른 바다 위에서 아름다움에 도취되어 표류하고 있었다면 옥문관에서 살지 않았을지도 모른다. 끝을 알 수 없는 표류로 인하 청해호에서 헤어날 수 없었을 것이다.

아빈과 함께 왔으면 좋았을 걸 하는 아쉬운 마음도 있지만 다음을 기약할 수밖에 없다. 어서 내일이 되었으면 좋겠다. 오랜만의 설레임으로 잠을 이룰 수 없을 것 같다. 밤을 새야 하나?]

바다인지 호수인지 그 경계가 모호할 정도로 아름다우면서도 전신을 뒤덮을 거칠음이 있는 거대한 곳이었다. 확실히 청해성은 청해호를 위해 존재하는 것이라 해도 무방할 정도였다. 시원한 바람은 마치 바닷바람을 연상케 하였고 청해호변의 물의 찰랑거림은 파도의 방문과 같았다.

"이런 곳이 있었나요? 정말 아름다워요. 바다 같아……."

"청해호는 다들 바다라고 부르오. 정말 아름답지. 푸른 바다 위에서 헤어날 수 없는 표류를 계속해 육지로 가지 못하게 된다는 말도 있을 정도니 말이오. 동정호 또한 이에 못지않지만 청해호도 그에 못지않은 독특한 매력이 있소."

그는 오랜만에 보는 거대한 자연의 광경에 넋을 잃을 정도였다. 자연의 위대함을 초월한 그마저 감탄케 하는 무엇인가가 있었다. 안타깝게도 산란기가 아니라서 철새들은 없었지만 청해호의 거대한 아름다움은 그 아쉬움을 덮어주고도 남았다.

"사막만 보며 살아온 내게는 크게 개안하는 이틀이었어요. 정말 감사해요."

사마진영은 정말로 고마운 듯 두 손을 모으고 허리를 살짝 숙이며 그에게 인사했다. 그는 말없이 그녀의 인사를 받은 후 희미하게 웃으며 몸을 돌려 다른 곳으로 걸음을 옮겼다.

요 이틀간의 여정에서 두 사람은 예전보다는 꽤나 자연스럽게 대화를 하게 되었다. 모두 대자연의 아름다움에 취해 둘 사이의 거리감이 조금이나마 줄어든 덕분이리라.

"아직 볼 것이 많소. 후후, 개안은 나중에 해도 무리가 없지."

"호호, 그렇겠군요. 아무튼 고마워요."

둘은 청해호가 환히 보이는 주루로 점심을 먹기 위해 들어갔다. 사층의 큰 주루였는데 이층에서 보이는 청해의 경치가 정말 아름다웠다. 주루도 큰 데다 좋은 장소에 위치하고 있는 탓인지 많은 사람들이 있었다.

그는 간단한 음식과 술 한 병을 시키고는 아무 말 없이 청해호를 바라보았다. 사마진영도 청해호의 광경이 좋은지 계속 바라보고 있었다.

"클클, 정말 아름답지? 선남선녀의 넋마저 빼앗아가는 깊고 깊은 담수호라……. 정신 차리게, 한번 빠지면 헤어나올 수 없으니."

걸걸한 목소리가 그들의 뒤에서 들려왔다. 고개를 돌려보니 약간 누추한 옷차림의 노인이 환한 미소를 지으며 둘을 보고 있었다.

"자리가 없어서 그러는데 합석 좀 해도 되겠나?"

"……."

그가 말없이 그저 고개만 끄덕이자 노인은 전혀 고맙단 표정 없이 자리에 풀썩 앉고는 닭 다리와 차를 같이 시켰다. 독특한 주문이었다. 보통 차는 식후에 마시는 것이 관습이었기 때문이다.

"클, 어떤가? 확실히 아름답지? 나의 생각일 뿐이지만 동정호의 화려한 아름다움보단 이곳의 소박하면서도 거대하고 웅장한 청해호가 훨씬 낫지 않은가? 그런데 젊은이들은 무림인인가? 행색을 보아하니 그런 것 같은데……. 노부는 무림에서 유랑개(流浪丐)라고 불리고 있지. 클클, 여행을 워낙 좋아하다 보니 그렇게 불리고 있다네."

"……."

"……."

둘 다 잠시 아무 말 없자 사마진영은 그가 원래 말을 잘 안 한다는 것을 생각해 내고는 말을 꺼냈다. 하마터면 어색한 상황이 될 뻔한 것을 그녀 덕분에 피할 수 있었다. .

"저는 무림인이지만 워낙 변방에만 있다 보니 선배님의 존함을 듣지 못했습니다. 죄송하군요."

"클클, 내 별호 알아서 뭐 하게? 꽤나 예의 바른 처자 같은데 나한텐 그럴 필요없으니 그냥 소개나 해주게나."

"네, 고맙습니다. 저는 사마진영이라고 합니다. 이분과 함께 여행 중이죠. 이분은……."

"관영(關永)이라고 합니다."

사마진영은 그의 이름을 말할까 말까 고민하다가 그가 먼저 자신을 소개하는 바람에 그런 고민이 필요없게 되었지만 자신의 이름을 밝히지 않는 것이 약간은 이해가 되질 않았다.

'좋은 이름인데 왜……?'

하지만 관영이란 이름으로 그는 예전에 사라성에서 활동한 적이 있었기에 일단 무림에서 쓰는 이름은 관영이었다.

"클클! 나름대로 머리가 좋아 웬만한 무림인은 다 아는 나로서도 중원은 아직 넓다는 걸 느끼게 해주는군. 이렇게 뛰어난 선남선녀를 모르고 있었다니 나도 늙었나?"

"칭찬해 주셔서 감사합니다."

사마진영은 정중히 감사의 인사를 했다. 그녀는 예법을 배웠는지 여의를 지킬 줄 알았다.

"양갓집 규수처럼 예의가 바르군. 무뚝뚝한 남자랑 양갓집 규수라……. 클클, 그래, 무슨 이유로 여행 중인지 물어봐도 되겠나?"

"여행 겸 볼일을 보러 사천성으로 가고 있습니다."

"클클, 그래? 난 감숙성으로 여행을 하고 있지. 보자, 거의 십 년 다 됐군. 중원 천지를 안 돌아다닌 곳이 없다네. 감숙성에는 사막밖에 없다지만 결코 그런 것은 아니지. 뒤지다 보면 볼 것은 어떻게든 나오게 마련이거든. 클클클!"

"정말 대단하군요. 견문이 넓으시겠어요."

"클클, 아까 말했잖은가? 나름대로 머리가 똑똑하다고."

"호호, 그렇군요. 잠시 잊었어요."

"옥문관이 좋습니다."

"……?"

"흠, 옥문관이 볼 게 많다고? 그냥 사막 천지일 뿐인데?"

갑작스런 그의 말이 무슨 의미인지 노인은 눈치 채고는 반박을 했다.

"꼭 아름다운 풍경만 볼 만한 것은 아닐 것입니다."

"호, 자네, 뭔가를 아는군. 클클, 약간 기분 좋은데? 진정 아름다운 풍경이 뭔가를 아는 사람을 만나서."

"후후, 고맙습니다."

"클, 좋아! 내 오늘 한턱 쏘지. 내가 닭 다리를 좋아하는데 자네들에게도 닭 다리를 사겠네. 어떤가? 먹고 싶은 만큼 먹어도 좋네."

여행으로 인생을 보내는 것도 그렇고 보통 무언가를 산다면 술이나 귀한 음식 같은 것을 사는데 닭 다리를 산다는 것을 보면 뭔가 독특한 사람임이 분명했다. 관영호는 닭 다리 하니까 생각나는 사람이 있었다.

'꼭 그 친구를 닮았군, 닭 다리를 좋아하는 건. 분위기도 비슷하고 말야.'

이미 죽었지만 그의 일생에서 사귄 첫 친구로 마음으로 통하던 진실된 친구이기도 했다. 친구와 노인이 비슷하다는 생각을 하자 그는 갑자기 노인에게 친숙함이 느껴졌다.

"나도 닭 다리를 좋아하니 잘됐군요. 어르신의 전낭에 먼지가 나지 않을까 걱정입니다."

"아니, 무뚝뚝할 것만 같은 사람이 그런 농담도 할 줄 아는군. 클클클! 좋아, 상관없다네! 맘껏 먹으라구!"

셋은 닭 다리와 술, 차를 시키고는 반 시진가량 이야기를 주고받았다. 그는 노인이 마음에 들었는지 듣기만 하는 평소와는 달리 오래간만에 많은 말을 했다.

이야기의 대부분은 청해성에 관해서였는데 유랑개는 청해호를 시작으로 청해성의 여행을 시작할 것이라고 했다. 청해성 다음은 감숙성으로, 그 다음은 서역까지 가볼 생각이라고 한다.

그는 별호가 유랑개인만큼 여행을 하는 거지로 무림에 제법 알려져 있다고 한다. 무공 정도는 알 수 없지만 오랜 여행으로 얻은 것이 많아 그의 견문만큼은 무림 최고라고 알려질 정도라고 하니 얼마나 많은 여행을 했는지 둘은 짐작할 수 있었다. 나이는 정확하게 알려주지 않았지만 십오 년 전부터 무림에서 활동하기 시작했다고 한다.

아무튼 셋은 반 시진 뒤 청해호변으로 나왔다. 시원한 바람이 셋의 마음을 상쾌하게 씻어주었다. 잠시 호수를 보고 있던 유랑개는 둘에게 신형을 돌려 말을 했다.

"자네들은 지금 갈 것인가?"

"네, 사천성이 멀어 아무래도 가봐야겠지요."

그녀의 말에 유랑개는 희미하게 미소 지으며 말했다.

"그래, 잘들 가게나. 노부는 좀 더 이곳 청해호를 돌아다닐 걸세. 오늘 즐거웠네. 만날 수 있으면 또 보지."

"선배님, 감사합니다. 오늘 고마웠습니다."

관영호는 직접적인 인사말은 하지 않고 가볍게 고개를 숙였다. 어찌 보면 무례한 행동일 수도 있었지만 관영호 자신은 무례한 행동을 한 것이 아니었으며 유랑객도 신경 쓰지 않았다.

둘은 인사를 한 후 사천성의 성도(省都) 쪽인 남으로 향해 걸어갔고 얼마 지나지 않아 둘은 유랑객의 시야에서 사라졌다. 그런 둘을 끝까지 쳐다보던 유랑객은 두 사람이 없어진 뒤에도 일각가량을 그들이 사라진 곳을 바라보았다.

“……..”

유랑객은 어색하게 웃는 듯하기도 했으며 슬프게 웃는 듯하기도 한 묘한 표정이었다.

“후후, 오랜만이군, 친구.”

알 수 없는 말을 하는 그는 겉모습과는 달리 진지한 표정이었다.

“몇 년 만인가? 셀 수 없겠지. 많이 변했더군. 부드러워진 그대의 분위기를 처음 봤을 때 얼마나 놀랐는지……. 큭큭큭!”

쥐어짜는 듯한 웃음소리가 그의 입에서 나왔다. 거칠고 냉소적인 느낌을 주는 그의 웃음소리는 유랑객이라는 거지의 모습과는 그리 어울리지 않았다.

“그리고 놀라울 정도로 강해졌어. 나의 무공 중 사파까지도 완성한 것 같군. 하지만… 아직 오파를 성공시키지 못했다면… 멀었어. 많은 변화가 있었겠지. 하지만 좀 더 변해야겠어. 친구, 그렇지 않겠나? 아마 자네도 그걸 느끼고 있을 걸세. 그 경지로 아직은 나의 상대가 안 되니 좀 더 강해져야 해.”

그는 그 말을 끝으로 한동안 입을 열지 않고 다시 청해호를 바라보았다. 그의 눈은 거대하고 아름다운 청해호를 가득 담고 있었다.

“자네는 이 호수를 닮았지. 멋지고 좋은 친구일세.”

어디선가 새 한 마리가 그를 향해 날아오다 방향을 꺾었다. 그러나 놀랍게도 어느새 그의 손에는 새가 잡혀 있었다.

“그대는 나의 친구지만… 아직은 내 손에 잡혀 있네. 나도 싫지만 어쩔 수 없지.”

팍!

그가 손을 세게 움켜쥐자 새는 사방으로 피를 뿜으며 죽어버렸다. 피가 그의 얼굴로 튀었지만 그는 상관하지 않는지 사악한 미소를 짓고 있었다.

"날 죽여주게, 제발. 크크크크! 내가 느낀 자네라면 분명 가능성이 있어. 제발 날 죽일 수 있드록 강해지게. 그러면… 날 죽이고 싶도록 해주겠네."

그 말을 끝으로 그의 모습은 홀연히 사라져 버렸고 비참하게 뭉개진 새의 시체만이 땅바닥에 널브러져 있었다.

[모월 모일. 맑음.

이제 내일이면 청해성의 넓은 바다는 지나갈 것 같다. 전체적으로 고원의 지세였던 청해성은 누구에게라도 가볼 만한 곳이라고 말할 수 있는 곳이었다.

유랑개와의 만남은 매우 특이했다고나 할까? 묘했다. 지금은 죽었지만 예전에 나의 첫 친구였던 유유객과 느낌이 비슷했기 때문이다. 하긴 이 넓은 세상에 그와 비슷한 느낌의 사람 몇 있다는 것은 이상한 일이 아닐 테지.

우리가 곧 도착할 사천성의 성도(省都)인 성도(成都)를 생각해 보았다. 이번 길의 목적은 여행도 포함되어 있으니 볼 만한 구경거리를 생각하는 것은 당연한 것이다.

사천성 자체는 삼국시대의 유비, 관우, 장비로 유명한 것임은 두말할 나위 없다. 곳곳에 삼국시대 당시의 유물이 남아 있어 험한 산세임에도 불구하고 아직도 많은 사람들의 왕래가 있을 것이 분명했다. 옛날에도 사천성에는 사람들의 왕래가 제법 있었으니 그 볼거리가 어디 가겠는가?

사천성은 매우 재미있는 이름이다. 민강(岷江), 양자강(揚子江), 가릉강(嘉陵江), 타강(鼉江) 등 네 개의 거대한 강이 그 성을 흐르고 있기 때문에 사천성이라 지어진 곳이다. 네 개의 강이 함께 있기에 험한 산세임에도 불구하고 기름진 땅이 바로 사천성이다.

그리고 매운 음식으로도 너무나 유명한 곳 또한 사천성이다. 음식 맛은 쉽게 변하는 것이 아니므로 아마 지금도 매운 음식으로 여전히 이름을 떨치고 있을 것이다. 사마진영도 그곳의 음식을 먹으면 눈물을 참을 수 없을 것이다.

이제 성도의 볼일이 끝나면 모용군영을, 즉 사라성을 찾아갈 차례이다. 간 김에 내심 친구들이 거기에 있어볼 수 있기를 바라지만 없으면 할 수 없는 일이다. 아, 그리고 보니 사라성의 둘째딸인 철사접 호사란과 결혼한 청풍룡 임사우도 볼 수 있을 것이고 그에게서 다른 친구들의 이야기도 들을 수 있겠지. 밤이 꽤 깊었으니 잠을 청해야겠다.]

[모월 모일. 맑음.

오늘 성도에 도착하여 섬전무가로 찾아갔다. 섬전무가는 성도의 남문을 나와 일각만 걸으면 나오는 매우 큰 세가였다.

크나큰 규모가 들었던 바대로 옛날의 그 화려했던 전성기를 짐작케 할 수 있었지만 크고 화려했을지도 모르는 전각은 이미 낡은 지 오래고 곳곳에 거미줄이 쳐져 있었다. 폐가까지는 아니지만 누가 봐도 암울히 빛 바래 있는 세가였다. 정문은 낡아 헤어지고 풍상에 시달렸는지 반쯤은 썩어 문드러진 채 열려 있었는데 사마진영의 말로는 쉽게 들어올 수 없을 것 같은 분위기를 풍기는 문이라고 했다. 비록 열려 있지만 그 안에서 흘러나오는 음산한 귀기(鬼氣) 때문이리라.

이렇게 큰 규모의 집에 사는 사람이 셋뿐인 섬전무가에 와 있는 우리가 삭막함을 약간이나마 줄여줄 수 있을 것이라는 생각은 쓸쓸한 미소를 자아내게 했다.

간도민이란 여인의 아버지인 섬전무가주 간군학에게선 뭔가에 상당히 찌들려 있는 듯한 인상을 받았다. 그는 우리가 고독빈랑의 부탁으로 여기에 왔다고 말하니까 민감한 반응을 보였다. 처음 본 우리에게 신경질을 나며 그 딴 부탁 들어주러 온 것이면 굳이 올 필요없으니 나가 버리라고 하는 것이었다. 뭐, 심한 욕도 많이 나왔지만 나나 사마진영이나 그런 것에 기분 나쁜 감정을 표출하는 사람은 아니었다.

간도민이 사라성의 누군가와 약혼할 날이 얼마 남지 않았다는 간군학의 중얼거림을 얼핏 들은 나는 약간의 의문이 들었다. 나는 그녀가 분명 고독빈랑을 사랑하는 것으로 알고 있는데 간군학의 말을 들어보면 고독빈랑의 일방적인 사랑이라는 것이다. 그가 죽었다는 소식에도 눈 하나 깜빡하지 않고 우리에게 모욕을 주었던 그인 것을 보면 자기 제자임에도 고독빈랑을 그다지 아끼지 않는 것 같았다.

대충 예상하기로 자기의 딸은 사라성의 누군가와 결혼시켜 성세를 되찾으려 하는데 고독빈랑이 그녀의 주위를 맴돌다 자칫 그 소문이 퍼지면 결혼에 차질이 생기기에 그를 좋아하지 않는 게 아닌가 한다.

이런저런 생각을 하는 사이 간도민이 와 우리에게 사과를 하며 방에서 머물게 해주었다.

간도민은 병약하고 선한 인상을 한 절세미인이었지만 그녀의 미소는 이상하게도 사악한 느낌을 풍기고 있어 매우 특이했다.

사마진영은 느끼지 못하는 듯했지만 난 그녀의 몸에서 풍기는 미미한 사악함을 느낄 수 있었다. 선한 인상에 티없는 행동으로 겉이 포장되어 있지만 그 속에는 뭔가 말로 표현하기 힘든 사악함이 숨겨져 있는 것 같았다. 그녀의 간계가 은연중 맴돌고 있는 것일까? 정말 묘한 여인이다.

그녀에게 고독빈랑의 유물인 패물들을 넘겨주었다. 이 집은 가난하기에 이 패물들이 꽤나 쓸모있을 것이라 생각했는데 그녀의 아버지 앞에서 준 것이 잘못이었을까? 그녀의 아버지는 그 패물을 뺏더니 이제 그런 것은 필요없다는 말과 함께 밖으로 던져 버리는 것이었다.

하는 수 없이 내가 그 패물을 주워다 그녀의 아버지가 없는 곳에서 그녀에게 주었다. 그녀는 미안하다는 말과 함께 패물을 기꺼이 받았는데 그것을 보면 그녀 역시 그를 사랑한 것일지도 모르겠다.

사마진영이 그녀에게 결혼은 무슨 말이냐고 물으니 아무 말도 하지 않았다. 어떤 사연이 있는 듯했지만 이제 나의 할 일은 끝났기에 이들에 대해 궁금해하거나 신경 쓸 필요는 나와 상관없는 일이었다.

그녀가 이곳에서 며칠 묵고 가라 하여 긴 여행의 여독도 풀 겸 하루 정도 신세를 지겠다고 하였다. 하인이나 하녀 하나 없는 곳이기에 안내는 그녀가 해주었는데 우리를 방에 안내하고 돌아갈 때 날 보던 그녀의 눈빛을 난 선명히 기억한다. 섬뜩하도록 빛나던 유혹의 손길과 사악하도록 번들거리는 죽음의 간계를……. 그녀는 굳이 나에게는 숨기지 않으려 했던 것일까, 아니면 내가 그녀의 일면을 파악했다는 것을 알아차린 것일까? 그것도 아니면… 그저 나의 과민 반응일까?]

[모월 모일. 맑음.

오늘 섬전무가를 떠나 사라성으로 가려 했지만 간도민은 자신이 사랑하던 사람의 부탁을 들어주러 온 사람을 이렇게 쉽게 보낸다면 그를 볼 면목이 없다는 이유에서 며칠 더 묵고 가라며 간절히 원했다.

여독을 풀기 위해서라면 염치 불구하고 조금 더 쉬는 것이 우리에겐 이득이었기에 마다하진 않았지만 이상한 건 사랑하던 사람이라는 고독빈랑이 죽었음에도 그녀는 그 죽음을 그다지 슬퍼하는 것 같지가 않다는 것이다.

꼭 울어야 한다는 법은 없지만 겉으로 보기에 마치 남의 일인 듯 너무나 담담한 표정이다. 그녀의 감정 절제가 잘되어서 그런 건지는 모르겠지만 내가 보기에는 좀 이상했다. 사랑한다는 말이 그저 기계적으로 나왔다는 느낌을 지울 수 없었기에 그런 기분마저 든 것이다. 그런 것도 그렇고 그녀의 전체적인 기운을 본다면 순한 모습 속의 사악함이라는 묘한 느낌은 여전하기에 재미마저 있다. 조금 더 지켜보는 것도 나쁘지는 않을 듯하다.

듣기론 내일 그녀의 약혼자가 온다고 한다. 그녀의 약혼자는 사라성에서 실질적인 힘의 중추라고 해도 무방한 오대(五隊) 중 묘계은밀대(妙計隱密隊)라는 대주의 아들이라고 하니 높은 직위에 있는 것임이 틀림없다.

일전(一殿)이라는 성주가 있는 곳을 제외하고 다음으로 높은 곳은 삼비(三秘)이지만 그것은 은밀히 숨겨져 있고 일전의 직속 기관과도 같다고 하니 오대가 중원에 알려져 있는 최고의 무력 집단인 것이다. 그중 묘계은밀대라는 곳은 말 그대로 계략을 짜며 정보를 수집하는 곳의 중추이며 또 독특한 것은 사라성의 전반적인 행정과 자금 운용까지 담당하고 있다 하니 그 권력이 상당함을 알 수 있었다.

그런 대주의 아들과 약혼한 사이라……. 그것도 이미 빛 바래 버린 무가(武家)와 한참 성수기를 구가하는 집안과의 약혼. 어떻게 그럴 수 있을까? 확실히 간도민은 흔치 않은 절세미인이며 매력까지 있을 법한 여인이다.

하지만 그들이라면 간도민 못지않은 미인과 자신들 못지않은 세력이라는 두 마리 토끼를 어렵지 않게 잡을 수 있을 텐데 하필이면 이들일까? 흥미를 붙이니 이것저것 생각하게 된다. 조금만 더 지켜볼 생각이다.]

[모월 모일. 맑음.

이곳저곳을 돌아다니다 간군학의 방에서 그와 간도민과의 말다툼을 들었다. 그녀의 약혼자가 오기 전에 있었던 다툼으로 그녀는 약혼자와의 결혼을 썩 내키지 않아하는 것 같았다. 둘의 대화를 가만히 들어보니 간군학의 야심이 그렇게 만만하지 않다는 것을 느꼈다. 그는 약혼자와 그녀의 결혼으로 가문 부흥의 기반을 닦으려 했으니 정략결혼의 의미가 상당히 크다할 수 있겠다. 그러나 다툼을 벌였음에도 그녀의 반대가 의외로 결사적이지 않은 것을 보면 그녀 역시 아버지의 생각에 내심 수긍한 것이 아닐까?

한 시진쯤 후에 약혼자가 왔다. 미남이었지만 척 보기에도 간교한 인물이라는 인상이 짙었으며 높은 집의 자제답게 행동거지 하나하나가 오만하고 세상을 잘 모르는 자의 것이었다. 더욱이 눈밑에 은은히 서린 검푸른 기운은 그가 색을 매우 밝히는 사람이라는 것을 짐작게 해 첫인상은 그다지 좋지 않았다. 그가 간도민을 바라보는 눈빛에 욕정을 담고 있는 것을 보면 과연 사랑해서 그런 것인지 아니면 육체적인 관계만 그런 것인지 애매모호하다.

나와 사마진영은 일부러 그들에게 모습을 드러내지 않았다. 간군학이 우리의 모습이 드러나지 않는 것을 원하고 있다는 것쯤은 알고 있기에 그런 것이기도 했다. 내가 그를 알고 일기에 쓰고 있는 것은 어디까지나 훔쳐본 것 덕분이다.

며칠을 묵고 갈 줄 알았는데 약혼자는 다행스럽게도 그날 저녁에 바로 가버렸다. 사라성의 업무상의 일로 사천성에 왔고 온 김에 약혼녀의 얼굴을 보러 온 것이라 하지만 떠나기 전에 그녀에게 보낸 전음을 엿들으니 의외라 할 정도로 재미있는 내용이었다.

이틀 후엔 다른 간도민으로 있어라……. 무슨 말일까? 이틀 후에 다시 온다는 것은 둘만의 은밀한 시간을 가진다는 의미로 이해할 수 있겠지만 다른 간도민으로 있으란 말은 무슨 말인지 짐작할 수 없다. 아무래도 그냥 여기서 신경 끊고 가버리기에는 이미 늦은 것 같다. 뭔가 재미있는 일이 벌어지려는 것일까, 아니면 난 별로 보지 않아도 되는 추악한 인간의 단면을 다시 보게 될 것인가?

참, 그리고 세 사람이 있다는 집에 두 사람만 있는 것이 이상해 물어보았는데 두 제자 중 남아 있는 마지막 제자가 일을 마치고 사 일 만에 집으로 돌아온다고 한다. 섬전무가의 네 사람 중 세 사람 모두가 독특한 인물인 것을 보면 내일 올 그 사람 또한 기대해 볼 만한 자이지 않을까 하는 생각도 해본다.]

달이 깊게 차고 있었다. 창문을 통해서 들어오는 만월에 가까운 달은 삭막한 객방과는 달리 운치있는 빛을 뿜고 있었다. 여름이 다가오는 밤의 시원한 바람은 그의 가슴을 상쾌하게 해주고 있었다. 밖의 경치는 을씨년스러웠지만 그런 것쯤은 마음먹기에 달린 것이라 생각하는 그였다.

"뭐 하고 계세요?"

"달을 보고 있소."

"……."

며칠간 보아온 그였지만 참 신기한 점이 많다. 나이가 추측하지 못할 정도로 많은 사람임에도 수시로 달을 보며 감상에 빠져들거나 시원한 바람을 맞으며 미소를 짓는다든지 하는 게 아직도 감수성이 깊은 사람 같아 보였다. 그래도 만약 다른 사람이 그랬으면 약간은 우스운 감수성이겠지만 그가 그런 모습을 보이니 대단하단 생각도 드는 그녀였다.

그는 정오쯤에 온 둘째 제자란 여자를 생각하고 있었다. 강인한 모습의 여인으로 일주일간 나가 있었다는데 꽤 고생한 모양인지 상당히 수척한 채로 돌아왔다. 무공은 상당한 깊이를 보이고 있었으며 성정이 곧고 올바른 듯했지만 그 속에 숨겨져 있는 어긋나 있는 듯한 뜨거운 기운은 무언가를 향해 타오르고 있는 듯한 느낌을 주고 있었다.

하지만 지금으로선 그릇된 무언가를 간직한 듯한 그녀보다는 간도민의 일이 더욱 신경 쓰였다.

'흠, 내일이면 대체 어떤 일이 벌어질까? 다른 간도민이라……'

과연 다른 간도민이란 무슨 의미일까? 새로운 모습? 아니면 좀 더 아름다운 모습? 하지만 전음으로 말하기에 이런 것은 너무 평범했다. 뭔가 파격적이지 않을까 생각해 보았지만 그녀의 모습이 파격적으로 변한다면 어떻게 될 것인지 상상하기란 쉽지 않았다.

‘그래도…….’

“저기요…….”

“……?”

다른 생각에 빠져 있느라 그녀가 말한 것을 듣지 못한 걸 깨달은 그는 고개를 돌려 말하라는 표정을 지었다.

“제 말을 듣지 못한 걸 보니 다른 생각을 하고 있었나 보군요. 무슨 생각을 그렇게 하나요?”

“후후, 그냥 이것저것. 이곳이 재미있는 곳이라고 생각하고 있었소.”

“당신도 그 생각을 했나요? 저도 이곳이 재미있다고 생각하고 있었어요.”

그는 의외라는 표정으로 물었다.

“무엇 때문에……?”

“여기 부녀의 감정은 일반 사람의 감정이 아닌 것 같네요. 상당히 강하다고 해야 할지 아니면 우리가 모르는 뭔가가 있어서 그런 것인지……. 사랑하는 사람이 죽었는데도 담담하다든지 처음 보는 사람에게 욕을 한다든지 뭐, 이런 것을 본다면요. 꼭 집어서 말하긴 어렵지만 재미있어요.”

“흠…….”

그는 희미한 미소를 지어 보인 후 몸을 돌려 다시 달을 바라보았다. 구름이 지나가면서 달을 잠시 가리자 두 사람이 있던 방은 호롱불이 있음에도 약간 어두워졌고 밖은 아직 잎이 다 나지 못한 을씨년스런 나무들과 더불어 조금은 귀기스런 기운을 뿜어내기 시작했다.

“당신 말도 맞소. 하지만 더욱 재미있는 것은……."

그가 말을 하고 나서는 아무 말도 하지 않고 하늘만 쳐다보자 사마진영은 궁금함을 참지 못하고 물었다.

“뭐죠? 다른 것도 있나요?"

“그렇소. 뭐… 우리가 신경 쓸 필요는 없는 것이지만 그냥 일종의 재미라고 보면……?"

그는 말을 하다가 갑자기 뭔가에 집중하는 듯하더니 곧 달을 다시 가만히 쳐다보고는 그녀에게 말했다.

“잠시 나갔다 오겠소. 갔다 와서 다시 이야기합시다."

그녀는 그의 멈칫했던 행동에 의아심을 느꼈지만 깊게 생각하지 않은 채 그저 고개만 끄덕이고는 자신의 방으로 돌아갔다.

“……."

그는 약간 굳은 표정으로 고개를 약간 숙인 채 뭔가를 생각하다가 어디론가 신형을 날렸다.

그는 사마진영과 이야기하다 갑자기 어디선가 들려오는 소리에 귀를 기울인 것이었다. 하지만 듣기 기분 좋은 소리가 아닌 놀랍고도 의외의 소리였다.

“호호호, 뭐 하는 거야? 오랜만에 날 봐서 어색한 거야?"

“아, 아니에요, 아가씨. 난 너무……."

“호호호, 내 나신이 어때? 탐스럽지 않아? 어서 날… 새로운 나를 완전히 깨워줘, 제발……."

“…간 아가씨……!"

황당한 소리였다. 분명 그 몇 마디의 대화는 의문점을 어느 정도 알게 해주는 것이었다.

'그럼 다른 간도민이란 건 욕망에 이성마저 잃은 모습의 여인을 말하는 것인가? 허허, 정말 놀랍군. 그렇게 순진해 보이던 모습에서…….
역시 사람을 겉으로 판단하는 건 쉽지 않은 일이고 잘못된 일이야.'

그는 두 얼굴의 여인인 간도민에게 흥미가 일었기에 재확인차 두 여인의 목소리가 들린 곳으로 가는 중이었다. 여인을 탐하는 여인 간도민의 또 다른 모습이라는 것이 이런 것일까, 아니면 그저 그릇된 욕망의 분출인 것일까?

'원래 사람의 얼굴은 다양하다지만 그 다양함이란 자신의 것들이 아니야. 다양한 모습들 중에서 표출되는 것은 하나이지. 두 개 이상이 표출된다면 그것은 문제가 있다. 사람에게 또 다른 모습이 있다는 것은…….'

이런저런 생각을 하는 사이 그다지 듣기 좋지 않은 신음 소리가 나는 곳에 도착하였다. 본채와 따로 떨어져 있는 간도민의 방이었는데 창문 사이로 두 여인의 움직임이 대충 보였다. 그는 소리없이 다가간 다음 지붕에서 거꾸로 뜬 채로 방 안을 몰래 훔쳐보기 시작했다.

'무공이 높아지니 훔쳐보기도 편하군. 예전엔 지붕에 매달려야 했는데 이젠 떠 있으니…….'

잡생각을 하다 문득 그는 자신이 괜히 관음증 환자 같다는 생각이 들었다. 단지 흥미 그 이상도 아닌데 상황은 묘하게 자신을 그런 쪽으로 끌고 가고 있었다.

'큭!'

그는 쓴웃음을 지으며 방 안의 상황을 살펴보기 시작했다. 둘이 하는 짓은 그가 예상했던 대로였지만 그의 눈에 들어온 간도민의 표정은 예상 밖의 것이었다.

"……!"

그저 단순히 얼굴을 본다면 분명 욕망에 타오르는 표정이었지만 그는 얼굴이 아닌 눈을 보고 그 감정을 읽은 것이다.

'부끄러워하고 있다……?

분명 말을 들어본 것으로는 자기가 원해서 하는 짓이었지만 그녀의 마음은 분명 그것을 부끄러워하고 있었다.

'그럴 수가 있는 것일까?

그는 갑자기 생각이 얽히는 것을 느꼈다.

'그럼 그녀의 몸은 욕망을 원하지만 그녀의 마음은 그것을 원하지 않는다는 말인가? 이상하군. 이율배반적인 심리 상태라고 보기엔 단순하지가 않아. 아니?

그는 또 한 가지 이상한 것을 느낄 수 있었다. 그것은 꽤나 놀라운 사실이었기에 그를 더욱 미궁으로 빠지게 했다.

'그녀에게서 풍기던 사악한 내면이 없어졌다!'

그녀를 처음 보았을 때 선하면서도 그 속에서 풍겨지던 사악한 분위기가 씻은 듯이 사라지고 지금은 욕망에 사로잡힌 요녀의 겉모습에 이런 모습 내지는 상황을 부끄러워하는 순수한 내면이 자리 잡고 있는 것이었다. 이 알 수 없는 상황에 그는 헛웃음이 나올 뻔한 것을 간신히 참았다.

'단지 흥미라고 치부하기에는 꽤나 그 범주를 벗어나는군.'

그녀의 다리 사이에서 헤매고 있던 간군학의 둘째 여제자 오화란(吳

和蘭). 그녀는 대체 간도민의 무엇에 끌린 것일까? 그리고 그녀는 왜 여색을 탐하는 것인가? 동정심마저 드는 그였다. 그때였다.

'이런……'

일이 잘되지 않으려는 것일까?

'재수가 없는 건지……'

어찌 된 일인지 간도민의 눈과 자신의 눈이 정면으로 마주쳤기 때문에 그는 속으로 씁쓸히 웃을 수밖에 없었다. 그의 은밀한 행동이 들킨 것은 아니고 그냥 아주 우연히 그녀의 눈이 창문 쪽으로 향했기에 동그란 창에 얼굴만 드러나 있던 그의 눈과 마주친 것이다.

그녀의 눈이 순간 놀람으로 커지자 그는 그녀가 소리를 지를 것인지 다른 행동을 할 것인지 알 수 없었기에 일단 자신이 어떻게 해야 할지 결정해야 했다.

'어차피 부끄러운 것이면 대놓고 말은 할 수 없겠지.'

그는 반은 그녀를 위해, 반은 자신을 위해 창문에서 얼굴을 떼었고 그제야 참았던 씁쓸한 미소가 번졌다.

"하아악!"

그는 갑자기 더욱 커진 간도민의 신음성에 황당한 표정을 지었다. 그는 어떡할까 망설이다 다시 창문으로 천천히 얼굴을 들이밀었다. 마치 어린애가 못 볼 걸 훔쳐보는 듯한 행동이라 만약 옆에서 유아빈이 그것을 보았다면 분명 이렇게 말했을 것이다.

『킥! 오빠가 저런 행동을? 오호호호!』

아무튼 그렇게 조심스레 쳐다본 방 안에서 간도민은 오화란의 머리를 더욱 세게 누르며 열락에 떨고 있는 것이었다. 들킨 것을 잊기 위해서 일부러 그러는 것인지 아니면 정말 욕정에 몸부림치는 것인지는 알 수 없었다.

재차 씁쓸한 미소를 짓던 그는 더 이상 볼 필요성을 느끼지 못하고 소리없이 그 장소를 벗어났다.

'그녀보단 내가 차마 더 말을 못할 것 같군. 큭, 이제 흥미가 떨어졌어. 그녀가 어떤 사람이든 간에 나와 상관있는 일은 아니지 않은가? 하지만 참 묘하고 재미있는 여인이군······.'

아침 일찍 일어난 새들의 울음소리는 가슴을 울릴 정도로 싱그러웠다. 그의 방 창문으로 새어 들어오는 아침 햇살은 그의 얼굴을 밝게 물들이고 있었지만 정작 당하는 그에게는 약간은 귀찮은 손님일지도 몰랐다. 자신도 모르게 살짝 찌푸려진 그의 얼굴은 곧 그가 깨어남을 알려주었다.

"······."

눈을 뜬 순간은 무표정했다. 호수를 닮은 그의 눈이 아침 햇살을 담으며 환하게 빛나고 있어 누가 본다면 아침 해가 호수면을 비추는 아름다운 광경이 그의 눈에 있다고 감탄사를 낼 정도로 실감났다. 그는 잠시 뭔가를 생각하는 듯하다가 이내 피식 웃었다.

"어제 그 일이 신경 쓰이긴 쓰이는 모양이군. 깨자마자 생각나는 것이 어젯밤 그녀의 일이라니······."

씻기 위해 밖으로 나가 잠시 상쾌한 공기를 마시던 그는 모퉁이를 돌아 나오는 간도민을 보고는 조금 놀라고 말았다. 하지만 당황하지 않고 고개를 끄덕여 가볍게 인사한 후 아무 말 없이 씻는 곳으로 계속 걸어가려 했다. 어제의 일이 있었기에 그녀도 모른 척 지나갈 것이라 생각했다.

"일찍 일어나셨군요."

"…햇살이 꽤 따갑게 비추어서 말이오."

"호호, 태양이 대협의 잠을 방해했군요. 어쩌나?"

요 나흘간의 그녀는 잘 웃지도 않고 밝지 않았는데 평소와 다른 모습을 보게 되자 그는 약간의 위화감을 느꼈다.

어제까지의 그녀는 차분하면서도 다소곳했으며 조용한 분위기 속에서 어울리지 않는 사악함다저 풍겨 나오는 여인이었지만 지금은 상당히 맑고 밝아 유아빈과 닮았다고 생각될 정도였다.

'……?

그는 의아했지만 어제의 일로 어색해하는 것인가 생각하고 한번 미소를 지어주고는 갈 길을 가려 했다.

"대협."

"…….'"

"이런 내가 추한가요?"

끈적한 목소리로 이렇게 말하면서 그녀는 그의 몸에 가만히 안기는 것이었다. 그녀의 돌발 행동에 그는 당황할 법도 하지단 그녀에 대해 놀랄 만큼 놀랐고 이제 신경 쓰지 않기로 한 관계로 당황하지 않고 덤덤히 말했다.

"글쎄, 추하다는 생각보다는 의아하단 생각뿐이오."

"그래요? 당신은… 분위기도 그렇지만 여러모로 다른 남자들과는 많이 다른 것 같아요. 보통 이런 날 보면… 피하거나 욕망에 사로잡혀

는데……."

그녀의 손이 그의 옷 안으로 들어왔지만 그는 씁쓸하게 웃으며 말했다.

"간 소저, 이러지 마시오. 미안하지만 난 내 욕정은 나 스스로 다스릴 수 있는 사람이오."

다른 사람이 그런 말을 했으면 믿지 않았겠지만 그녀는 이 남자가 말하자 믿을 수밖에 없다는 이상한 생각이 들었다. 그녀는 차분히 손을 빼고는 두 발자국 뒤로 물러섰다. 방금 전과는 또 다른 분위기의 그녀였다.

"……?!"

그는 갑자기 돌변한 그녀의 분위기에 다시 놀랄 수밖에 없었다. 평소 그녀의 모습으로 돌아왔기 때문이다.

"미안하군요. 내가 이상하죠? 이렇게 내 마음대로 변할 수 있는 것도 그렇게 자주는 아니에요. 하지만……."

그녀는 말을 잇다 말고는 그를 향해 살풋 웃었다. 아름다웠지만 그는 결코 그 웃음이 아름다울 수만은 없었다.

'저것인가? 이젠 사악함이 겉으로 나왔다!'

"전 대협의 성격이 신중하다고 판단했습니다. 입 역시 무겁다고요. 그럼."

그녀는 그에게 살짝 고개를 숙이고는 모퉁이를 돌아 사라져 버렸다.

'자기 마음대로 변할 수 있는 것도 흔하진 않다고? 그것이 무슨 말이지?'

"사람이 변한다……."

그는 이런저런 생각을 하다 우연히 그쪽으로 생각이 갔다.

"이심인(二心人)……!! 심마의경(心魔醫經)이란 책에 나와 있던 그것인가? 정말 그런 사람이 있을 수 있을까? 마음이 두 개인 자!"

그녀가 이심인이라는 가정 하에 어떤 두 개의 모습인지 생각해 보았다. 하나는 착하고 순한 모습의 간도민, 하나는 뜨거우며 매혹적인 간도민. 하지만 놀라운 것은 그 외면적인 모습과는 달리 외면과 너무나 대조적인 내면이 도사리고 있었다. 사악한 내면과 순수한 내면.

'그녀의 환경 탓이겠지.'

그는 대충 그녀에 대한 생각을 이렇게 마무리 지을 수밖에 없었다. 더 이상 그녀에 대해 생각할 필요성이 없기 때문이었다.

하지만 그도 사람의 알 수 없는 모순적인 심리 상태를 완전히 알 수 있을 리 없었다. 그녀에 대해 알아버린 것이 꽤나 위험한 일이 된 것임을…….

간도민은 자신의 방으로 돌아와 탁자에 앉아 책을 폈지만 알 수 없는 불안감이 그녀를 감싸고 있었다. 진정이 되질 않는 것이었다.

'뭐지? 왜 이렇게 불안한 거야?'

탁자에 검지를 계속 두드리는 게 불안함이 행동으로 표현되고 있는 듯했다.

그녀는 여태껏 이렇게 불안한 적이 없었다. 오화란이 자신에 대해 알았을 때도 간단히 그녀를 자신의 노예로 만들었을 정도로 그녀는 평상시와 똑같을 수 있었다.

'그를 나의 것으로 만들지 못할 거 같아서 그런 거야? 그런 거야, 간도민?

아니었다. 그라면 분명 입을 다물어줄 사람이었다. 남을 믿는다는 것이, 그것도 처음 본 사람을 믿는다는 것은 그녀가 읽은 무수한 책략경(策略經), 모사경(謀士經)에선 가장 큰 실수로 치고 있는 것이었지만 왠지 믿을 수 있었다. 그녀가 알고 있는 고독빈랑은 남에게 함부로 부탁하는 남자가 아니라는 것도 그를 믿는 것에 한몫하고 있었지만.

'하지만 뭐야?'

그녀는 입술을 꼭 깨물었다. 이런 불안감은 차분한 자신의 모습이 아닌 것 같아 정말 싫었다.

'내 내면의 사악함이… 그를 죽이라 하고 있어!'

"왜?!"

그녀는 발작적으로 책을 집어 던져 버렸다. 연약한 힘으로 던져 얼마 날아가지 못했지만 그녀의 신경질적인 내면을 충분히 보여주는 행동이었다.

"대체 뭐야?"

그녀의 호흡은 흥분으로 꽤나 거칠어졌다. 대답이 나오지 않아 더욱 화가 나는 건지도 몰랐다.

"사매, 무슨… 일이에요?"

간도민은 너무 흥분한 탓인지 오화란이 들어온 것조차 눈치 채지 못했다. 오화란은 간도민의 의외의 모습에 눈을 동그랗게 뜬 채 그녀를 쳐다보았다. 그녀가 이렇게 흥분하여 자신을 주체하지 못하는 모습은 오화란에게 있어서는 정녕 처음 보는 것이기에 놀라지 않을 수 없었다.

"…아니… 아무것도 아냐."

“…….”

“정말이라니깐! 호호! 왜, 무슨 일이야?”

“…사부님께서 부르십니다. 며칠 전에 온 두 분 손님과 함께 대사청으로 오라고 하세요.”

“그래, 알았어. 두 사람에게는 사매가 전해줘. 곧 갈게.”

“예, 알겠어요.”

“…….”

문을 반쯤 열고 나가려던 오화란은 그녀를 돌아보고 불안한 표정으로 말했다.

“정말 괜찮은 거죠?”

“물론이야.”

“그럼.”

“잠깐만.”

“……?”

“화란의 무공에 대해서 난 아무것도 모르지만… 누구보다도 강하지? 네 사형보다도?”

간도민의 진지한 모습에 그녀는 강인하고 자신있게 대답했다. 너무나 진지한 대답 속에 담겨진 뜻은 누군가가 듣는다면 경악할 만한 것이었다.

“사형은… 나의 반수도 안 돼요. 설령 천하제일인이라는 사라성주라 해도 날 어쩌진 못해요. 날 믿으세요.”

간군학이 대사청으로 모이라고 한 이유는 자신이 일주일 정도 어디론가 출타할 일이 있어서 얼굴 보는 것이 이번이 마지막이라며 간소하-

나마 같이 식사를 위해서라 했다. 식사 후엔 미리 하는 작별 인사라며 대충 인사한 그는 찬바람이 돌 정도로 냉랭하게 떠나 버렸다. 자신의 딸에게도조차 인사를 하지 않는 것이 매우 비정해 보일 정도였다. 마지막까지 썰렁한 모습에 사마진영은 눈살을 찌푸렸지만 그 이상의 반응은 없었다.

관영호는 자신의 방에서 무엇을 해야 할지 곰곰이 생각해 보았다. 여정을 위한 휴식도 충분히 취했으므로 이제 여기에 있어봤자 아무런 할 일이 없었다.

오늘 올지도 모르는 그녀의 약혼자 문학문과 그녀의 뒷일이 적잖이 궁금했지만 자꾸 파고들면 귀찮아질지도 몰랐다. 자신이 그녀에 대해 어느 정도 안다는 것이 그녀에게는 그다지 탐탁지 않을 것이니 이 정도에서 물러나 떠나주는 것이 자신이나 그녀에 대한 예의였다.

'사라성에 갈 차례인가? 정말 오랜만에 친구들을 볼 수 있겠군.'

그는 희미하게 미소 지으며 사라성 무림대회 때를 떠올렸다. 임사우의 위풍당당한 영웅의 기개, 고형강의 다부진 근육과 호탕한 웃음, 비화 도용연의 익살맞은 재치와 자신을 보던 부담스런 눈빛, 그리고 백매화의 순수하면서도 아름다운 눈빛과 마음씨, 마검 우영의 어색했던 웃음, 그 웃음에 웃던 모두의 웃음. 며칠 안 된 기간이었지만 그에게는 꽤나 좋은 추억으로 남아 있었다.

'그들도 나를 그렇게 생각해 줄까?'

자신은 없었지만 아무래도 괜찮았다. 자신이 좋으면 그만 아닌가? 약간은 일방적일지 몰라도 이런 것에선 이기적이어도 괜찮다고 생각하는 그였다.

'오늘 떠나야겠구나. 아빈이 차라리 날 따라오지 않은 것이 잘된 것일지도 모르겠군. 숭고했을지도 모르는 사랑이 결국엔 추악함과 씁쓸함만 남은 채 끝이 나는 것이 아닌가? 고독빈랑은 무엇을 위해 살았던 것이지? 그도 그녀의 그런 모습을 알고 있었을까? 글쎄…….'

그는 일단 생각을 멈추고는 사마진영에게 길을 떠나자는 말을 하기 위해 그녀의 방으로 갔다.

"…이제 떠나려고 하오."

문밖에서 간단히 알아들을 수 있을 정도로 말했다. 아직까지 그녀에 대한 호칭이 애매한 그였다. 그녀는 당신이라고 부르기로 스스로 정한 것 같은데 자신도 이제 정할 필요가 있을 것 같다고 생각했다.

어차피 한동안은 같이 다닐 사이인데 호칭을 정해놓는다면 오히려 편하면 편했지 나쁠 것은 없었다.

그가 말을 했지만 아무런 반응이 없자 준비를 하는 것인가 하고 가만히 밖에 있었다. 하지만 안에서 기척은 있어도 움직임이 느껴지지 않자 이상하게 생각한 그는 다시 한 번 말했다.

"이제 떠나려고 하니 준비하는 게 좋을 것 같소."

"…잠시 들어와 보세요."

"……?"

그는 그녀의 평상시와는 다른 힘없는 목소리에 의아함을 느끼며 안으로 들어갔다. 안에는 그녀가 탁자에 앉아 들어오는 자신을 바라보고 있었는데 그 눈빛에 꽤나 당황하는 기색이 서려 있었다.

"왜 그렇게 당황하고 있소?"

“내 몸이 이상해요…….”

“무슨 말이오? 내가 보기엔 멀쩡한데.”

그 역시 명색이 의술을 할 줄 아는 자로서 그가 보기엔 아무런 이상이 없었지만 그녀가 함부로 서툰 말을 할 사람은 아닌 것으로 보아 자신도 모르는 무언가가 있는 것 같았다.

“내 생각엔… 독에 중독된 것 같아요.”

“……!”

“겉으로 표도 안 나고… 그리고 언제 중독되었는지도 모르겠어요. 오늘인지 아니면 전에 벌써 중독되었는지…….”

“몸 내부의 상태는 어떻소?”

“글쎄요. 특별히 증상은 없지만 약간 노곤해요. 그것 외에는 아무런 증상이 없네요. 사실 독에 중독되었는지 확신도 못하겠어요. 그저 느낌뿐이라…….”

그녀는 자신이 말해 놓고도 이상한지 고개를 갸우뚱거렸다. 누구나 그럴 것이고 듣는 사람도 이 사람, 미치지 않았을까 하는 생각이 들게 할 정도로 이상한 말이었다. 하지만 그가 아는 사마진영은 함부로 허언을 할 여인이 아니기에 그녀의 느낌이란 것을 최대한 생각해 볼 필요가 있었다.

‘노곤해진다……. 내가 아는 독 중에서 중독 현상이 나타나지 않으면서 그런 것은 없다. 그럼 제조된 것인가?’

그는 갑자기 생각나는 것이 있어 그녀에게 급히 물었다.

“언제 중독되었는지도 모른다고 했는데… 그럼 그 노곤한 증상이 나타난 것은 언제부터요?”

“아마 아침 식사 하고 반 시진 정도 지나서일 거예요.”

“아침 식사라…….”

“하지만 음식에 독이 있을 이유가 없잖아요. 그리고 음식에 독이 있었다면 다같이 중독되었을 것이고… 게다가 맛도 느낄 수 없었어요. 무색, 무미, 무취의 상급독을 이런 곳에서 취급할 능력이 있을지는 의문이군요.”

“…….”

확실히 그녀의 말은 옳았다. 그녀도 한 집단의 수장으로서 누구보다도 지혜가 뛰어난 사람이었다. 더구나 그가 인정한 여장부가 아닌가? 오히려 자신보다도 뛰어난 자질의 그녀이다. 그런 그녀가 아무 생각 없이 중독되었다고 자신에게 섣불리 말할 리 없다.

그녀는 원한을 사고 있는 사람이 이곳엔 없었기 때문에 자신이 중독되었음을 느끼고 분명 황당해했을 것이다.

“독에 중독되었다면 왜 노곤한 증상뿐일까요? 중독시키려면 여러 가지 치명적인 독도 많은데…….”

“음…….”

그는 도무지 생각이 나지 않자 침음성을 흘렸다. 독에 중독되었다면 가장 중요한 것은 어떤 독인지를 알아내는 것인데, 문제는 관영호가 모르는 독이었기 때문에 제조되었을 가능성이 커 독의 정체를 아는 것엔 어려움이 있었다.

“일단 독을 중독시킨 사람이 누구인지 지목부터 해봐야 할 것 같소. 우리는 이곳으로 오면서 아무런 일도 없었소. 사람과 이야기한 것은 유랑객 한 사람뿐이고 그렇게 눈에 띄게 행동한 일도 없으므로 일단 가장 유력한 사람은 유랑객과 이곳에 사는 세 사람일 것이오. 그대의 생각은 어떻소?"

"당신 말이 맞는 것 같아요. 하지만 유랑객은 아무런 연관성이 없으니 빼고 싶군요. 혹시 제가 독에 당한 것이 우리가 아니면 당신이 한 일과 연관성이 없나요?"

"흠……."

"참, 그리고 당신도 독에 당했는지 알고 싶군요. 뭐, 당신이 독에 중독될 일은 없을 거라 생각하지만……."

"……!"

그녀의 말을 끝으로 그는 뭔가 연관성이 떠오르기 시작했다. 간도민이 생각난 때문이었다. 확인해 보진 못했지만 그의 판단으로 보면 그녀는 분명 상당한 재녀였고 만약 마음만 먹는다면 이런 알 수 없는 독의 합성도 할 수 있을 것이라 생각되었다. 그리고 자신과 그녀에게 독을 중독시킬 이유도 되었다.

"홍 오라버니가 죽은 것이 슬픈 일이기는 하지만 사람의 생사는 하늘에 달린 법입니다. 그래도 오라버니의 유언을 들어주고 지켜주셔서 정말 감사하군요. 다시 한 번 감사드립니다."

"호호, 사마 소저도 참……. 저보다는 사마 소저께서 절세의 미인이라 할 수 있을 거예요."

순수한 표정과 조신한 그녀가 오늘 아침 자신을 유혹하던 행동이 갑자기 생각났다. 평소와는 너무나 달랐던 의외의 모습. 누구나 다른 사람이 자신의 또 다른 치부를 본다면 기분 좋을 리 없을 것이다. 그런데 자신은 그녀의 치부라면 치부라 할 수 있는 독특한 이면을 보고 말았다.

'누구도 그녀가 이런 짓을 할 것이라 생각하지 못하겠지. 분명 내 음식에도 독을 넣었을 것이다. 하지만 대체 무슨 독인지 알 필요가 있어. 범인이 확실한 것은 아니지만 대략 윤곽이 잡힌다.'

그는 간도민이 이 일의 장본인이라 결정짓고 있었다. 그럼 필요한 것은 이 독이 어떤 독이냐는 것이었다. 노곤함만 있을 뿐이고 내공은 여전하며 즉사를 일으키는 독도 아니다. 만성독일 확률이 높았지만 중독의 증세가 전혀 없다는 것은 그런 가능성을 희박하게 하고 있었다.

"독기가 느껴지지 않으니 내가 내공으로 그 독을 태울 수도 없는 노릇이군."

"이제 어떡하죠?"

"일단… 있어봅시다. 내게 생각이 있소."

"네……."

"그럼 쉬시오. 무슨 일이 생기면 바로 내게 전음을 보내시오."

[모월 모일. 맑음.

사마진영이 중독된 것 같다. 어떻게 중독되었는지도 모르고 중독되었다는 뚜렷한 현상도 나타나지 않았지만 그녀는 분명 자신이 중독된 것 같다고 했다. 그녀의 성격을 보건대 결코 허언을 할 사람이 아니므로 난 그녀의 말을 믿었다.

간도민의 소행인 것 같다는 생각을 하고 하루 내내 그녀를 지켜보았는데 재미있다는 생각마저 들 정도로 그녀는 평소의 모습을 보여줄 뿐이었다. 재미있다고 한다면 중독된 그녀에게는 미안한 일이지만……. 이런 면에서 본다면 간도민은 무서운 여인이다.

오늘은 그녀를 유심히 지켜보기만 했을 뿐이어서 사마진영의 중독에 대해선 별다른 진전이 없는 하루였다. 그녀에게 무엇이라도 들어야 하지만 당연히 그녀는 발뺌을 할 것이 뻔했기에 적절한 방법을 찾아내 그녀가 실토하게 만드는 수밖에 없을 것 같다.

그 독이 무엇인지 알아내는 것이 중요했기에 사마진영의 혈맥, 경락, 내공의 흐름 등을 모두 검사해 보았지만 아무런 증상이 없었다. 그녀가 착각하고 있는 것이 아닌가 하는 생각도 들었지만 난 그녀의 느낌을 믿기로 했다.

독은 아닌 것 같기도 한데 독이 아니라고 하기엔 딱히 뭐라 분류 지을 것이 없고, 대체 무엇인지 알 수 없으니 불안한 마음도 조금 생긴다. 알 수 없으면 불안한 법이다. 그러나 사마진영은 자신이 중독되었다고 생각하고 있음에도 평상시와 같은 모습을 보여주고 있다. 웬만한 사람 같으면 불안한 마음에 안절부절못하겠지만 그녀는 마치 남의 일같이 냉정한 것을 보면 대단한 여인이라는 생각이 새삼 든다.

그녀의 약혼자인 문학문이 오늘 밤에 몰래 그녀를 찾았다. 문학문과 난잡한 짓을 벌이는 그녀의 모습이 어제보다 더욱 심한 것이 그의 마음이 넘어가지 않을 수 없겠구나 하는 생각을 하며 씁쓸한 웃음을 지었다. 그때 보여진 그녀의 색기(色氣)는 정말 가슴이 섬뜩할 정도였다.

그리고 그 두 사람을 지켜보던 오화란의 눈에서는 눈물과 함께 질투, 그리고 안타까움도 같이 비춰지고 있었다. 같이 훔쳐보는 처지라 웃음도 나긴 했지만.

그녀를 자세히 보지 않아 진면목을 알아채지 못하고 있었는데 그때 보니 대단한 무공을 지니고 있음을 알게 되었다. 굳이 비교를 하자면 지금의 사마진영보다 더 강한 여인이다. 참고로 사마진영은 예전에 내가 봤던 사라성주만큼 강한 여인이다. 역시 중원은 숨은 고수들이 많아 무인들에게는 즐거운 곳이다.

문학문이 섬전무가에서 멀어지고 있는 것을 느끼고는 생각에서 벗어났다. 마치 숨겨둔 애인처럼 행동하는 것이 이해가 되지 않아 웃음이 나온다. 벌써 새벽이다.]

아침 햇살은 여전히 대사청을 밝게 비추고 있었다. 아침 햇살은 이곳뿐만이 아니라 섬전무가 전체 건물 안을 비추고 있었다. 이곳 섬전무가를 지은 사람이 아침 햇살을 좋아한 사람이었는지는 모르지만 일부러 아침 햇살이 비춰지도록 지었음을 알 수 있을 정도로 아름답고 환하게 비춰지고 있었다.

하지만 밝은 분위기의 햇살과는 달리 커다란 대청 안의 식탁은 원래 식사 때 말이 없는 사람들임에도 유난히 썰렁하기만 했다.

유일하게 말을 하던 간군학이 어디론가 떠나 버렸으니 원래 말이 없는 관영호야 당연한 것이고, 마찬가지로 과묵하고 진중한 사마진영 또한 말이 없었으며, 일단 차분한 간도민도 말할 것 없이 조용했고, 오화란도 묵직한 성격에 말이 없었다. 그래도 분위기는 그렇지 않아야 하는데 무엇 때문인지 상당히 썰렁한 분위기였다. 이유는 사마진영이 밥을 먹지 않고 가만히 간도민을 쳐다보고 있었기 때문이다.

아침 음식들이 식탁에 놓여지고 다들 수저를 들고 먹을 때였다. 사마진영만 계속 수저를 들지 않고 밥을 먹지 않는 것이었다.

"사마 소저, 밥맛이 없으신가요? 왜 식사를 하지 않으시죠?"

"그것은 간 소저께서 더 잘 알 것이라 생각하고 있어요."

"……"

그녀의 묘한 한마디로 분위기가 썰렁하게 된 것이다. 하지만 관영호는 이에 상관치 않고 묵묵히 밥을 먹고 있을 뿐이었다. 그는 어떤 독이 들었든 상관없기 때문에 신경 쓸 필요가 없었다. 이런 동료의 태평에 한 번쯤 흘겨볼 만도 했지만 사마진영은 그러지 않았다.

세 사람은 밥을 다 먹었지만 여전히 일어나지 않고 가만히 앉아 있었다. 얼마간의 침묵이었을까? 간도민이 오화란에게 눈짓을 주자 알겠다는 듯이 고개를 끄덕이고는 음식들을 치우기 시작했다. 관영호도, 사마진영도 이제 그녀가 말을 할 것인가 하고 생각했지만 예상은 빗나가 버렸다.

"그럼 푹 쉬세요. 전 이만 가보겠습니다."

그 말만 하고는 대사청을 조용히 나가 버렸다.

"……"

사마진영은 간도민이 의외의 행동을 했음에도 별다른 표정 변화가 없어 무슨 생각을 하고 있는지 알 수 없었다. 곧 그녀도 자리에서 일어나더니 그를 보고 말했다.

"저도 방에서 쉬겠어요. 일이 있으면 제 방으로 와주세요."

고개를 가볍게 숙이고는 그녀 역시 대사청을 나가 버렸다. 앉아 있는 관영호와 식기를 치우고 있는 오화란만이 큰 대사청에 어색하게 남아 있었다. 하지만 그녀는 아무 말 없이 묵묵히 그릇만 치우고 있을 뿐이었고 이상하게도 관영호는 그런 그녀를 조용히 바라보고 있었다.

지울 줄을 모르는 그의 시선에 부담되었는지 그녀는 결국 말문을 열었다.

"무슨 일이 있나요? 계속 절 쳐다보는데……."

"……."

하지만 그는 아무 말 없이 가만히 쳐다볼 뿐이었다. 보통 사람 같으면 화낼 일이었지만 그녀는 피식 웃고는 하던 일을 계속했다. 식기를 큰 쟁반에 다 놓자 주방으로 가려고 대사청을 막 나가는 그녀를 향해 그가 갑자기 말문을 열었다.

"소저는… 간 소저를 좋아하시오?"

"……!"

그녀의 몸이 아주 잠시나가 조금 떨렸음을 그는 볼 수 있었다. 그러나 그녀는 곧 떨림을 멈추고는 태연히 말을 받았다.

"물론이죠. 아가씨는 좋은 분이세요. 그래서 무척 좋아하죠."

"……."

그가 의미를 알 수 없는 미소를 짓고 있는 것을 그녀는 등을 돌리고 있었기에 알지 못했다. 그가 아무 말 없자 그녀는 그를 돌아보고는 말했다.

"이제 가도 되나요? 아니면… 더 뭐 물어보실 거라도?"

"물어볼 것은 없지만… 내가 물어본 의미에 대해서 다시 생각해 보고 제대로 말해 주었으면 하오."

그의 목소리는 상당히 차분했다. 그것 때문인지는 몰라도 그녀는 약간 두려운 맘이 드는 것을 거부할 수 없었으나 그런 것에 질 여인이 아니었다.

"당신… 위험한 것을 봤군요. 아니면… 느낌……?"

"글쎄, 느낌이라고 해두는 게 좋겠소."

'당신을 위해서나 나를 위해서나……'

끝의 생각은 당연히 말로 나오지 않았다. 만약 그 장면을 봤다고 하면 꽤나 큰 혼란과 동시에 자신을 괴롭힐 마음을 가질 게 분명했다. 그리고 몰래 봤다는 말로 자신이 무공을 지녔다는 것을 알게 하고 싶은 짓은 더 더욱 하기 싫었다.

"느낌? 제가 뭔가 눈에 띄는 표정이나 행동을 했던가요? 절대 그런 일은 없었을 텐데……?"

그녀는 평소 간도민에 대한 자신의 행동과 표정 관리에 상당한 자신감을 내포하는 말을 했다. 자신은 그가 말한 것과 하등의 관계가 없는데 그런 말을 한다는 것 자체가 이상하다는 듯한 표정에 관영호도 순간 자신이 잘못 알고 있는 것이 아닌가 하는 생각이 들 정도였다. 게다가 그와 그녀는 긴 대면 시간을 가진 적도 없었고 간도민과 셋이서 같이 있는 시간은 밥 먹을 때를 제외하곤 없었으니 오화란이 저렇게 뻔뻔하게 발뺌하고 있는 것이었다.

'보통은 당황하는데 태연하게 대답하는 것을 보니 침착하면서도 머리 회전이 좋군. 이 집안 사람들은 하나같이 머리가 좋은 것인지 아니면 거짓말을 잘하는 것인지……'

그는 약간 씁쓸한 마음이었지만 밖으로 드러내지 않고 그녀에게 말했다.

"그런 것이 중요하겠소. 느낌은 절대적인 것이 아니니 이상할 수밖에. 난 느낌을 말했을 뿐이오. 하지만 당신의 말은 내 느낌이 틀리지 않음을 말해 주고 있는데……."

"……."

그녀는 입술을 꼭 깨문 채 무엇을 생각하는지는 알 수 없었지만 그의 말을 듣고 약간 눈빛이 흔들리는 것을 관영호는 놓치지 않고 보았다.

"그래서… 당신은 지금 제게 무엇을 바라는 거죠? 협박을 하려는 것인가요? 후후, 협박을 하려면 상대를 잘못 골랐다는 것을 아셔야 해요."

그녀의 눈빛이 조금씩 살기를 띠는 것이 잘못하면 살인이라도 불사하겠다는 것 같았다. 그는 쓰게 웃으면서 두 팔을 내저으며 말했다.

"그런 것은 아니오. 그나저나 소저는 아까 있었던 둘의 대화가 궁금하지 않소?"

"말 돌리지 마세요. 당신은 대체 내게 뭘 원하기에 그런 말을 한 것이죠? 당신도 바보가 아니라면 다른 사람의 치부가 드러나면 어떤 행동을 할지는 대충 알 텐데……?"

그녀의 목소리는 아까보다 더 살기를 띠면서 가라앉아 있었지만 관영호는 포기하지 않고 계속 말을 이었다.

"진정하시오. 난 여인들끼리의 그런 관계를 나쁘게 보는 사람이 아니오. 내가 그 말을 한 것은 아침에 있었던 일과 관계있소."

"……."

그녀가 아무 말 없자 일단은 들어보겠단 의미로 받아들인 그는 다시
말을 이어갔다.

"간 소저에게는 미안한 말이지만 아무래도 간 소저가 사마 소저에게
독을 쓴 것 같소."

"하지만 사마 소저는 전혀 독에 중독된 것 같지 않았어요."

"그게 이상해서 그대에게 묻고 싶은 것도 있소. 분명 독에 중독은
된 것 같은데 전혀 현상이 나타나지도 않고 있소. 혹시 간 소저가 독에
관한 전문가요? 아니면 당신이 아는 한도 내에서 독이 있는 물품을 들
인 적이 있다든지……."

"글쎄요. 잘 모르겠군요. 아가씨는 천재인지라 분명 독에 관해서도
모르지는 않을 거예요. 하지만 독이 있는 물품을 들인 적은 내가 아는
한은 없는 것 같군요."

"……."

"정말 아가씨가 한 것이 맞는지, 그리고 정말 독에 중독되었는지 모
르겠군요. 나의 주관적인 감정이 들어가 있다고는 하지만 솔직히 믿기
힘들어요."

그녀에게 벌써 상당히 밉보인 것 같은지 어투는 평상시와 같았지만
그를 보는 그녀의 눈빛은 예전과 달라져 있었다.

"믿지 않아도 좋소. 나도 일단은 추측일 뿐이니까. 하지만 그렇게
추측하고 있는 이상 계속 알아볼 것이오."

그는 그 말을 하고는 자리에서 일어나 밖으로 걸어나갔다. 그녀의
옆을 스치는 순간 그는 자신의 특유의 묘한 말 한마디 하는 것을 잊지
않았다.

"아, 난 입이 무거우니 그런 것에 대해선 걱정하지 않아도 좋소. 믿지 않으면 소용없는 일이지만. 후후……."

일단 말은 꺼내놨으니 일은 시작된 셈이었다. 오화란에게 사실을 말했으니 운이 좋다던 그녀는 분명 간도민이 그랬는지에 대해서 알아볼 것이다. 아니, 어쩌면 오화란도 알고 있는데 모르는 척하고 있는지도 모르기에 가장 확실한 방법은 단도직입적으로 물어보는 것이었다. 하지만 그녀가 오늘 아침처럼 발뺌을 할 가능성이 매우 컸다.

'만약… 그런 일은 없어야겠지만 그런 독도 분명 있긴 있지. 독은 아니지만 시전자의 마음으로의 명령과 동시에 그것이 활동하면 신체에 큰 타격을 주지. 흠, 고독(蠱毒)도 독 자가 들어가니 독인가? 아직 독인지 아닌지 구분이 모호하고 책마다 구분이 다르기에 알 수가 없어. 하지만 그런 것은 구하기가 쉽지 않아. 운남성에서 천 리는 더 남으로 가야 있는 원시 종족들이 사는 곳에서 고독이 만들어진다고 알고 있는데… 그런 것을 쉽게 구할 수 있을까?'

갑자기 생각난 것이지만 고독일 수도 있다는 가능성이 상당함을 부인할 수 없었다. 하지만 당시 의학 책에는 고독에 대한 자세한 설명은 없었는데 가장 큰 이유가 바로 고독을 직접 접해보기가 매우 힘들었기 때문이다. 그랬기에 고독에 중독되면 어떤 현상이 있는지도 알 수 없었다.

'애매하군. 하지만 고독일 가능성도 배제할 수는 없기에 절대 그냥 지나칠 수 없다. 아니면 그녀의 천재적인 머리로 조합한 신독(新毒)일지도. 그렇다면 그녀는 진정 천재다. 무림사에서 획기적인 독이 만들어진 셈이지.'

문제는 둘 중 어느 쪽이라 해도 해결책을 찾기가 힘들었기에 자신들에게는 그렇게 좋은 상황은 아니었다.

'일단 고독이라 가정해 보자. 지금까지 고독에 대해 자세한 기전을 써놓은 책은 없었으니 고독이 체내에 들어왔을 때 자세히 어떤 반응을 일으키는지 나의 지식으로는 알 수 없다. 충(蟲)으로도 분류되는 그것은 체내에 들어가면 어떻게 활동을 하는지 알 수가 없고 독이긴 하되 충이라 그 활동 여부를 알아낼 수도 없다. 만약 고독이라면 간도민 그녀에게 직접 고독에 대해 들어야 치료할 수가 있을 것이다. 그럼 그녀가 조합한 새로운 독이라면? 그것도 마찬가지로 그녀에게 해독약을 얻어야 할 것이다.'

이래저래 생각해도 결론은 똑같이 나왔다. 간도민 그녀에게 모든 것이 달려 있는 것이다. 그는 쓴웃음을 지을 수밖에 없는 것이 귀찮아도 이만저만 귀찮은 일이 아니었다. 힘으로 어찌해 볼 수 있는 노릇도 아니니 앞길이 막막해졌다.

그가 이런저런 생각을 하는 사이 사마진영의 방 앞에 도착해 그녀에게 자신이 왔음을 알리고는 방 안으로 들어갔다. 계략을 짜든지 뭘 하든지 간에 확실히 뭔가를 할 필요가 있음을 느꼈다.

"잠입?"

"네, 당신도 물론 느꼈겠지만 오화란이란 여인의 무공은 정말 놀라울 정도예요. 그러니 내가 하기엔 무리인 것 같고 당신이 간도민의 방에 몰래 들어가서 방을 한번 살펴보는 것이 어때요? 그 방법이 가장 확실할 것 같군요. 아니면… 그녀의 일거수일투족을 하룻 동안 살펴보는 것도 괜찮고요."

"흠……."

나쁜 제안은 아니었다. 오히려 확실한 방법이었다. 자신의 무공 정도라면 오화란이라도 해도 그녀의 눈을 피할 수 있었다.

'그런데 난 왜 그 쉬운 생각을 하지 못했지?'

씁쓸한 기분이 드는 것은 어쩔 수 없었다. 확실히 늙긴 늙었나 보다 하고 생각하는 관영호였다. 하지만 그 자신도 모르는 것은 자신은 무공을 숨기고 싶은 생각 때문에 무공을 그렇게 쓰는 쪽으로는 생각이 흐르지 않아 잠입에 대한 생각을 미처 못했을 수도 있었다. 괜히 혼자 자책하는 그였다.

일은 빠를수록 좋았다. 한 시진 뒤 그녀는 집 안을 산책하는 시간을 가진다고 방을 나간 상태였고 그는 어렵지 않게 그녀의 방 안으로 들어갈 수 있었다. 그녀의 방은 그날 밤에 본 것과 다를 바가 없었다. 꽤 소박한 벽 장식품에 은은한 향기가 풍기는 전형적인 여인의 방과 다름 없었다. 어제 그가 보지 못했던 것이 하나 있었는데 창문 바로 옆의 벽에 세워져 있는 화장대를 겸한 큰 거울이었다. 전신을 볼 수 있는 크기였는데 그의 모습이 비춰지고 있었다. 자신의 모습을 제대로 본 지 너무나 오래된 그는 잠시 당황할 수밖에 없었다.

'후후, 정말 젊군. 마음도 젊은가? 그건 자신 못하겠다.'

그는 거울이란 것을 통해 자신을 볼 기회가 지금껏 단 한 번도 없었다. 단지 얼굴만 잠시 본 적은 몇 번 있는 것 같았지만 이렇게 전신을 보는 것은 처음이라 그런지 너무나 어색한 느낌이 들었다.

'자신을 본다는 것은 정말 용기가 필요한 것이구나. 그럼 이런 거울

을 매일 보는 여인들은 용기가 대단한 것인가? 크큭!'

그는 잠시 쓸데없는 생각을 하면서도 전혀 틀린 생각은 아니라는 생각이 들었다. 분명 아주 틀린 말은 아니었다.

'난 왜 나 자신을 보는 것에 당황했을까? 너무 심각하게 생각하는 것일 뿐인가? 모르겠군. 그렇지만… 앞으로는 절대 당황하지 않겠다.'

그는 거울을 보고 싱긋 웃으면서 다시 방 안을 세밀하게 살펴보았다. 뭔가 특이한 곳은 없었기에 일일이 서랍 같은 것을 뒤져 보는 방법뿐이었지만 독 같은 것을 일반 서랍에 보관할 리 없었다.

'은밀한 장소라도 있는가?'

그는 벽 장식 같은 것을 조심히 들춰보았지만 없었다. 침상 위의 이불도 들춰보았지만 당연히 헛수고였다. 침상이 다행히 옮길 수 있는 것이어서 가볍게 침상을 한 손으로 들어 옆으로 조심히 놓고는 바닥을 보았다. 하지만 그곳도 특별한 것은 없었다. 방이 꽤나 단순해서 더 이상 특별히 숨길 만한 곳은 없어 보였다.

'그럼 그녀를 감시하는 수밖에 없단 말인가? 오화란이 있어서 약간은 힘들 텐데…….'

독에 대해서 말을 하지 않았다면 모르지만 일단 오화란도 알고 있는 이상 자신들이 간도민을 감시할 수도 있다는 것을 그녀의 머리 정도라면 충분히 예상할 수 있는 일이었다.

"……!!"

그는 빠른 속도로 누군가가 다가오고 있는 것을 느꼈다. 갑작스럽게, 그것도 빠르게 누군가가 다가옴을 느끼고는 좀 놀랐지만 그것이 오화란임을 알고 그는 눈부신 속도로 예전에 엿보았던 동그란 창문을 통해 문을 열고는 빠져나갔다. 그가 빠져나감과 동시에 오화란이 방 안으로 급하게 들어왔다.

"……."

그녀는 뭔가 이상한 듯 방 안을 살펴보았지만 아무런 이상이 없자 고개를 갸우뚱거렸다.

"음, 이상하군. 오다가 두슨 기척을 느낀 것 같았는데? 둘 중 하나가 왔다 간 것일까? 관영이란 남자는 무공이 없는 것 같았고… 그럼 사마진영이 들어왔었나?"

그녀는 못마땅한 듯 얼굴을 찌푸렸다.

"흥! 그렇다고 뭔가를 찾을 줄 아나 보지? 설령 아가씨가 그랬다고 해도 일단 벌어진 이상 풀 수는 없을 거야. 아가씨가 마음먹은 일은 반드시 성사되거든. 호호호!"

그녀는 승전한 장군처럼 과장된 웃음을 지으며 밖으로 나갔다. 그 모습을 지켜보던 그는 그녀가 좀 추해 보인다고 생각했지만 그런 생각할 때가 아님을 알고 있었다.

'어떡한담……. 이미 그녀는 눈치를 챈 것 같으니 감시하는 것이 마우 힘들 것 같군. 기회가 만들어지기를 기다리는 수밖에 없는 것일까? 그리고 그녀는 정말 날 죽이려고 나와 그녀에게 독을 푼 것일까? 후후, 정말 인간의 마음은 알 수 없는 것인데 사람 마음의 한 길속을 누가 알까? 기다리면 기회는 오겠지. 그때를 기다리는 수밖에.'

[모월 모일. 맑음.

그날 이후로 하루가 지났다. 여전히 아무런 이상 없는 일상이 흐르고 있을 뿐이다. 오히려 계속 머무는 우리가 눈치가 보일 지경이다. 그들은 아무런 볼일이 없는데 우리만 어떤 알 수 없는 용건을 위해 기다리고 있는 것이 뻔뻔스럽게 신세지려는 것처럼 보이는 것 같아 황당할 정도이다. 하지만 저들도 그렇게 나온다면 우리도 그렇게 나가야 한다. 분명 간도민이 뭔가 술수를 썼다고 생각되지만 그것이 무엇인지는 여전히 알 수가 없다.

오화란이 문학문과 몇몇 일행이 이곳을 다시 방문한다고 말했다. 열 명 쯤 온다고 하니 결코 적은 수는 아니다. 밤하늘을 보니 내일은 날씨가 오늘처럼 구름 한 점 없이 맑을 것이다. 요즘 같은 날은 사람을 만나기에 좋은 날씨지만 서로에 대한 태도가 조심스러워야만 좋은 만남이 될 것이다.

만남이란 말이 나와서 말인데 나는 사람과의 만남에 대해선 자신이 없다. 난 사람과의 만남이 내 인생을 통틀어서 많지 않다. 어느 정도냐 하면 내가 일생 동안 겪어왔던 만남의 횟수가 평범한 아이가 일 년간 겪을 여러 만남보다도 적다. 나 자신의 문제가 가장 컸지만 지금은 그걸 말하려는 것이 아니라 나 자신의 성격 때문에 만남이란 것에 익숙하지 못하다는 것을 말하고 싶다. 그래서 문학문이란 자와 처음에 만나지 않은 것이기도 했다. 물론 간군학이 내심 원한 것이기도 했지만.

뭐, 정확히 말하면 사교적인 자리와 나는 전혀 맞지 않다는 것이 옳겠다. 내 성격상 그런 자리는 도저히 맞지 않다. 서로 의식하는 가식적인 웃음은 내게는 역겨울 뿐이다. 그때도 그렇지만 여전히 지금도 그 마음은 변함이 없다. 객관적으로 생각해도 나의 이런 생각은 다른 사람들이 보기에 이상할지도……. 그러니까 내가 이상하단 말이 되겠지. 큭.

의외의 일로 일정이 미뤄지는 것은 탐탁지 않은 일이다. 계획에 맞지 않는 일이 생긴다는 것은 뭐랄까, 어울리지는 않지만 일단 '모사재인 성사재천(某事在人 成事在天)'이란 단어가 생각난다. 난 이번 여행은 아무런 무리 없이 순행대로 이루어질 줄 알았건만 이렇게 미루어지는 것이 모사재인 성사재천이란 단어가 이렇게도 맞아떨어질 수 있을까 하는 흥미도 일어난다. 옛말은 틀린 것이 하나도 없다. 지금도 그렇고 후에도 그럴 것이다.

아무튼 앞일이 그렇게 순탄하지 않을 것이라는 막연한 생각이 드는 것은 어쩔 수 없는 일이다. 천기의 흐름도 좋지 않고 내가 갈 사라성이 있는 호북성 쪽, 즉 동쪽은 며칠 전부터 계속 흉한 괘[凶卦]만 나올 뿐이다. 일단 경험상 내가 보는 점은 잘 맞았으니 앞일은 순탄치 않을 것이 확실하겠다. 앞일을 알고서도 계속 가는 나 자신이 우습다. 하지만 가야 하니까, 그

리고 가고 싶으니까 흉하든 길하든 상관없다. 겪어서 이겨내면 될 것이 아
닌가?]

　　[모월 모일. 맑음.

　난 왜 모월 모일이란 날짜를 쓰는지에 대한 생각이 갑자기 떠올랐다. 어
차피 날짜가 없다 해도 바로 다음날인지 아니면 며칠 지난 날인지, 오랜
시간이 흐른 뒤에 쓰는 일기인지는 내용을 통해서 알 수 있다. 그리고 이
일기는 누구에게 보여주기 위해 쓰는 글이 아니라는 것이 가장 큰 이유이
다. 뭐, 솔직히 말하자면 난 일기를 처음 쓸 당시부터 이미 날짜 개념은
잊고 살고 있었다. 그리고 여태껏 세월조차 잊고 살지 않았는가?

　오늘은 예정대로 문학문과 그 일행이 섬전무가를 방문했다. 문학문을
포함한 여섯 명의 젊은이와 네 명의 노인이었다. 문학문은 우리를 보고 누
군지 의아해했지만 고독빈량의 부탁을 들어주러 온 손님이란 말을 듣고는
고개를 끄덕였다.

　우습게도 사마진영을 보는 눈빛이 꽤나 노골적이라 오죽하면 사마진영
이 황당한 웃음을 지었을까? 좋게 표현한다면 자신의 감정을 저렇게 쉽게
표정으로 드러내는 것을 보면 꽤나 용감하고 솔직한 청년이다.

　간도민 그녀는 과연 그를 사랑하는 것일까? 아니지 않을까 생각하지만
사람 속은 정말 알기 힘들다. 특히 지혜롭거나 간교한 자일수록 그 마음은
비 온 날 아침 숲 속에 깔린 안개보다 더욱 짙다.

　문학문의 일행 중 너 명의 노인은 묘계은밀대(妙計隱密隊)에서 대주와
버금가는 지위인 장로 역을 맡고 있는 자들로 대(隊)의 특성대로 딱 보기
에도 대단한 연륜과 지혜가 엿보였다. 문학문을 제외한 다섯 명의 젊은이

들은 세 명의 남자와 두 명의 여자로 다들 사라성의 인물들이었는데 모두 처음 보는 인물들이었다.

세 명의 남자 중 두 명이 오대 중 내가 잘 모르는 두 대주의 아들이라 한다. 오대 중 내가 아는 것은 단 두 개로 묘계은밀대와 비도대(飛刀隊)이고 나머지는 이름을 들어봤던 것 같기는 한데 귀담아듣질 않았기에 잘 모르겠다.

남은 한 사내는 비도대에서 최근 젊은 나이로 부대주가 되어 엄청난 위명을 날리고 있는 광류미(光流美) 소한천(疏嫻天)으로 여인 같은 외모에 '아담한 하늘'이라는 아담하고 예쁜 이름을 가진 탓에 남자들에게나 여자들에게나 많은 인기를 얻고 있는 자였다. 물론 그 능력 또한 뛰어나 백사우와 천풍룡에 이은 새로운 영웅으로 부상하고 있는 자였다. 그 인품이 사뭇 괜찮았으며 사람들의 마음을 끄는 매력도 대단해 차기 젊은 영웅으로 적합한 듯했다.

두 여인 중 한 명은 소한천의 여동생인 백소미(白笑美) 소류연(疏柳淵)으로 소한천 못지않은 미모를 지녔다고 소한천을 놀리는 동시에 그녀를 칭송하는 소개를 들었다. 버드나무 연못이라는 아름다운 이름을 가진 그녀는 사마진영만큼이나 아름다운 외모를 지니고 있었다.

재미있는 건 그녀의 성격이었다. 이름과는 달리 괴짜적인 성질이 있었는데 그녀의 말투에서 그 성격이 확연히 드러났다. 툭 내뱉는 말 하나하나에 특이하고 황당한 생각을 담은 말로 다른 사람들을 자주 당황스럽게 만드는 여인이었다. 하지만 타 여인들이 가진 섬세함과는 달리 털털한 성격을 가지고 있어 남자들이 대하기 편한 상대이기도 했다.

다른 한 명은 사라성의 삼 비(秘) 중 하나인 천묘비(川淼秘)라는 독특한 이름을 지닌 곳에서 온 여인이었다. 천묘비가 어떤 곳인지는 나도 사마진 영도 잘 몰랐는데 간도민이 우리가 무림에 나온 지 얼마 되지 않았단 걸 눈치 챘는지 천묘비는 사라성주의 직전제자 세 명의 젊은이들이 있는 곳이라고 설명해 주었다. 언제부터 그들을 키웠는지도 모르고 얼마만한 능력을 지녔는지도 모르지만 사라성즈의 제자라는 사실 하나만으로도 대단한 위명을 날리고 있다고 한다.

천묘비란 이름은 물을 뜻하는 단아하고 시원한 느낌의 이름에 친근감을 주지만 그들이 무엇을 하는자를 알 수 없어 구름에 싸인 듯 신비하다고 한다. 이 여인은 세 명의 제자 중에서 유일하게 정체가 드러나 있는 여인이지만 그 정체가 드러난 지 석 달도 채 되지 않았다고 하니 사라성주가 어지간히 비밀을 지키기 위해 애쓴 것 같았다.

통성명 후에는 식사와 담스가 있었다. 나에게는 그 자리 자체가 재미없는 것이지만 그들의 이야기를 듣고 있으니 무림에 대한 것을 새롭게 알아갈 수 있어서 이야기는 흥미있었다. 그들이 어떻게 함께 왔는지는 모르지만 문학문의 일과 관계있는 것 같았다. 엿들을 수는 있었지만 당연히 나와는 관계없는 일이므로 그냥 듣지 않았다. 오늘은 새로 만난 사람들의 이야기만 주저리주저리 늘어놓아 쓸데없는 일기가 되어버린 것 같다.

달이 밝다. 사천성의 여름은 맑은 날씨만 있어 살기 좋은 곳 같은 생각이다. 그래도 우기가 얼마 남지 않아 곧 비가 올지도 모른다.]

[모월 모일. 맑음.

간도민과 문학문의 결혼이 딱 한 달 남았다는 것을 오늘 알았다. 준비할 것이 많을 텐데 아무런 준비가 없는 것이 이상했지만 섬전무가는 부유

하지 않고 오히려 빈곤에 가깝다는 것을 알고는 내심 수긍했다. 간도민은 보름 후 이곳을 떠나 사라성에서 혼인 준비를 한다는 말을 듣고 나의 생각이 맞다는 것을 알았다.

보름 안으로 어떻게든 일을 해결해야 한다. 나와 사마진영도 사라성으로 가서 어쩌면 그들의 결혼식을 구경할지도 모르지만 그전에 간도민과 우리의 문제를 끝낼 필요가 있다. 날 죽이려는 그녀는 내게 대체 어떤 술책을 쓸까? 아니면 이 모든 것들이 나 혼자만의 과대망상일 뿐일까?

하지만 분명한 것은 사마진영은 분명 독에 중독되었다는 것이다. 여전히 확실한 증상은 없지만 예전보다 체력적으로 약해져 자주 피곤해하는 그녀다. 이것도 증상이라면 증상이랄지……. 하루빨리 간도민과의 일을 끝내야겠다. 그저 기다리고 있는 것이 지겹기도 하고 답답하기도 하지만 어떻게 해야 할지는 아직도 잘 모르겠다.

이런 것을 보면 확실히 옛날 그 시절은 편한 면도 있었다. 난 정말 무식하게 살인만 했으니 어떤 장애가 될 것도 없었고 나에게 음모 같은 것도 소용없었다. 방해되는 것들은 모두 제거했으며 거칠 것이 없었다. 지금 와서 철없던 젊을 때를 그리워하는 것을 보면 늙었다고 해야 할지…….

뭐, 이런 일도 나쁘지는 않다고 봐도 되겠다. 재미있지 않은가? 사람과 갈등하면서 그 갈등을 풀어가는 것들이. 갈등을 풀면서 느끼는 희열과 행복은 정말 보람있지 않을까? 당사자인 그녀에게는 미안하지만 나쁘지는 않을 것이라 생각한다.

삶은 절대적인 것은 없으므로 어디까지나 생각하기 나름이다. 그래서 이런 갈등도 돌려 생각하면 인생에서 희열을 맛보게 하기 위한 전초전으로 볼 수도 있는 것이니 생각할수록 재미있는 것이 사람 관계인 것 같다.

어디선가 늑대 울음소리가 들린다. 내 귀가 너무 밝아서인지는 몰라도 제법 멀리 떨어져 있는 야산에서 늑대 소리가 들린다. 큭! 그녀의 방에서 남녀의 신음 소리도 들린다.]

미풍이 불어와 그의 뺨을 스치자 상쾌하다고 생각하며 자신이 머무는 방 앞에 약간 우거진 숲이 있음을 다시 감사해했다. 정오가 되기 전의 시간은 정말 좋은 날씨임을 느끼며 그는 숲으로 들어가기 전에 놓여 있는 큰 돌터에 앉았다.

돌터는 아침 산책을 하다 쉬게 하려는 의도로 일부러 만들어놓은 것으로 앉기 딱 좋게 지어놓은 것이었다. 네 사람 정도는 앉아 있을 수 있는 길이의 돌터를 만들어놓은 것을 보면 이자는 혼자서 산책을 하지 않았을 것이라는 것을 어느 정도 짐작케 했다.

'좋은 날씨군.'

그는 하늘을 보며 슬며시 미소 지었다. 이렇게 상쾌한 느낌이 드는 아침에 아빈은 그에게 노래를 불러준 적이 있었다. 상쾌한 아침을 푸르게 하는 옥음(玉音)이 떠오르자 갑자기 그녀의 아름다운 목소리가 그리워졌다.

'사치스런 생각일까?'

피식 웃다 문득 무언가 생각이 났다.

'그녀가 노래를 불렀을 때 내가 좋은 실력으로 악기 하나라도 연주해 주었다면 더욱 좋았을 텐데……'

하지만 그는 음악에 대해 생각해 본 적도 없었고 제대로 감상하지도 못할 정도로 음악이란 것을 잘 몰랐다. 다방면의 책을 많이 읽기는 했어도 예(藝) 쪽에는 눈을 돌리지 않았던 것이다.

'아직은 익히지 않아도 되겠지. 이번 일이 끝나고 악기 하나는 연주할 수 있도록 배워볼까?'

그때 우연이랄까, 어디선가 악기를 연주하는 소리가 들려왔다. 의외의 우연에 그는 쓴웃음을 짓다 이내 '내 의지가 우연을 일으킨 것은 아닐까?' 하는 엉뚱한 생각도 해보았다. 음(音)에 대해 잘 몰랐기 때문에 그는 이 소리가 무엇을 연주하는 것인지는 몰랐지만 대충 관악기류일 것이라는 생각이 들었다.

'의외의 우연은 놓치기 힘든 재미지. 한번 가볼까? 이 아침에 누가 악기를 부는 걸까?'

그는 소리가 나는 쪽으로 걸음을 옮겼다. 그리 멀지 않은 곳이라 금방 갈 수 있었는데 그는 일부러 기척을 숨기지 않았다. 악기를 부는 자에게 모습을 드러내려는 의도였기에 숨어 있다가 갑자기 드러내어 경계심을 만들 필요는 없었다.

그곳은 자신의 객방과는 조금 떨어진 곳에 위치한 공터였다. 어두운 분위기의 겉모습을 지닌 섬전무가에서는 의외다 할 정도의 잔디밭이 그곳에 있었는데 그렇게 넓지는 않았지만 푸른 잔디가 있어 이곳은 살아 있다는 느낌을 사람들에게 주는 청량제 역할을 하는 것 같았다.

그런 곳에 다소곳이 앉아 음을 내고 있는 사람은 여인이었는데 푸른 잔디 속에서 솟아오르는 빛같이 새하얀 그녀의 백의는 사람의 눈을 멀게 하는 광채였다. 거기에 이른 아침이라 햇살이 그녀의 얼굴을 비추고 있었고 감은 머리가 완전히 마르지 않아 살짝 빛나는 머릿결은 그녀를 환상의 여인으로 만들어주고 있었다. 오죽했으면 그도 그녀를 보는 순간 흠칫 놀랐을까?

그가 나타나자 기척을 느꼈는지 소류연은 불고 있던 약(龠)을 입에서 내리고는 말했다.

"어? 관 공자시군요. 아침 일찍 웬일인가요? 내 소리가 아침부터 공자의 신경을 거슬리게 했다면 사과하죠."

약간은 성급하게 내린 그녀의 결론에 그는 살짝 미소 지으며 말했다.

"아니오. 상쾌한 아침에 음악을 생각하고 있었는데 마침 음악 소리가 들리는 재미있는 우연어 찾아와 봤소. 소저는 정말 피리를 잘 부는구려."

"풋!"

그녀는 약한 기침을 하듯이 상체를 살짝 앞으로 구부리는 형세로 단말마의 웃음을 짓그는 활짝 미소 지으며 그를 보았다.

"왜 그러시오?"

"아뇨. 공자는 음악에 대해 잘 모르죠?"

"맞소. 음이란 것을 전혀 모르고 살았소. 어떻게 알았소?"

"공자가 한 피리란 말요. 피리란 단어는 보통 음악기(音樂器)에 대해 잘 모르는 사람들이 이런 형태의 악기를 보고 말하는 일반어라고 할 수 있죠. 뭐, 큰 범위의 말이라 틀린 것이라고 할 수는 없지만… 이것은 약이라는 피리의 일종이죠."

"아, 그렇구려. 난 처음 알았소."

그는 신기한 듯 약을 보았다. 하지만 음에 무지인 그로서는 그 피리가 다 그 피리일 뿐이었다. 그런 그의 모습이 재미있는 듯 그녀는 다시 예의 기침 형세의 웃음을 짓고는 말했다.

"관 공자는 꽤 솔직한 것 같네요."

"……?"

"자신이 모르는 것을 쉽게 말하는 거요. 보통 남자들은 그러지 않아요. 특히 나같이 아름다운 여인 앞에서는요."

"아……!"

그는 순간 황당한 마음에 웃음이 터져 나올 뻔했지만 참을 수 있었다. 황당한 느낌이 우스움을 넘어선 때문이었다. 하지만 황당한 표정은 감추지 못했는지 그녀가 알아차린 듯했다.

"어머, 내가 한 말에 좀 놀랐나 보죠? 하지만 방금 한 말은 객관적인 입장에서 말한 것이니 이상하게 생각 마세요. 솔직히 아름답잖아요? 그렇죠? 뭐, 내가 공주병인 건 아니에요. 남들이 다 그렇게 말해 주고 내가 아름다운 여인과 내 얼굴을 비교해도 비슷하니 나도 아름답다고 결정한 것뿐이거든요."

그녀의 의외로 객관화(?)되고 논리정연(?)한 말에 그제야 그는 황당한 표정을 풀 수 있었다.

"흠, 맞는 말인 것 같구려. 확실히 소저는 아름답소."

"…고마워요."

그녀는 약간 홍조를 띤 채 감사의 말을 했지만 그는 알아차리질 못했다. 그런데 그녀는 그가 자신을 봤다고 생각했는지 조금 당황한 기색으로 자신이 들고 있는 약을 그에게 건네주며 말했다.

"흠흠, 이건 대나무로 만든 약이라고 하는 것이죠. 대나무로 만들기도 하지만 보통은 갈대로 만들죠. 구멍은 세 개이고요. 여기… 보이죠?

그걸로 열두 가지의 음을 나요."

"그렇구려. 아까 듣던 음은 정말 상쾌하고 약간 빠른 음이던데 이것으로 그런 속도를 낼 수 있소?"

"네?! 저기… 공자는 왜 그런 생각을 했죠?"

"그야… 구멍이 세 개뿐인데 열두 가지나 음을 내려면 잘은 모르지만 운지법(運指法)이 꽤나 어려울 것 같은데, 아니오?"

"아니, 맞아요. 당신 꽤 똑똑하군요. 악기를 처음 보면서 그런 것도 눈치 챌 수 있다니……."

"……."

그는 그녀의 똑똑하다는 말에 쓴웃음을 지었다. 그 쓴웃음을 짓는 표정이 재미있는 듯 그녀는 흥미있는 눈으로 그를 찬찬히 살폈다. 어제 대화에는 거의 참여하지 않아 눈여겨보지 않았는데 평범하디평범한 남자가 지금 보니 꽤나 재미있는 면도 있다고 생각하는 그녀였다. 게다가 악기를 처음 보고도 그 속성을 대충 파악한 것을 보견 똑똑한 것 같기도 했다.

사실 약은 다른 피리들과는 달리 세 개뿐인 구멍에서 열두 가지의 음을 내야 하기 때문에 지공의 삼 분의 일만 여는 강반규(强半竅), 이 분의 일을 여는 반규(半竅), 삼 분의 이를 여는 약반규(弱半竅) 등 상당히 고난도의 운지법을 써야 함으로 속도가 빠르게 날 수 없는 악기였다. 그래서 느린 곡에 자주 쓰이는 피리였다. 그런 것을 보면 그런 악기에 경쾌하고 빠른 음색을 낸 그녀의 솜씨도 대단하다 할 수 있었다.

"어디 한번 불어볼래요?"

"이것을 말이오?"

“네, 한번 불어나 봐요.”

“흠…….”

그를 보는 그녀는 사악한(?) 미소를 짓고 있었다. 뭔가 재미있는 일을 만들려는 개구쟁이의 표정 같기도 했다. 그런 표정을 알아차린 그였지만 별 생각 하지 않고 약을 얼굴 가까이 들어 올리고는 가로로 잡고 입을 대었다.

푸!

“꺄하하하하하!!”

그녀는 그가 약을 불자마자 바로 웃음보를 터뜨렸다. 배를 잡고 잔디밭 뒤로 한 바퀴 뒹굴기까지 해 옷과 긴 머리칼에 풀이 묻었지만 그녀는 전혀 신경 쓰지 않고 계속 웃음만 터뜨렸다.

약간 머쓱해진 그는 약을 다시 한 번 보고는 고개를 갸우뚱거리더니 다시 가로로 잡고 세게 불어보았다.

푸! 푸!

하지만 그저 강한 입김과 침만 튈 뿐 바람 부는 소리조차 나지 않았다. 그런 그의 모습에 그녀의 웃음소리는 점점 더 커져 가기만 했다.

“오호호호호! 아하하하하! 아이고, 배야!”

“…….”

그런 그녀의 모습에 그는 약을 다시 살펴보고는 그녀가 왜 웃었는지 이내 알아채며 그만 쓴웃음을 흘렸다. 약은 가로로 부는 피리가 아니라 세로로 부는 피리였기 때문이다. 보통은 가로로 분다는 알 수 없는 인식 때문에 처음에 쥐어주면 분명 가로로 불 것이라는 그녀의 생각은 정확히 맞아떨어졌고 그게 너무 재미있었던지 그녀는 배가 터져라 웃었던 것이다.

'재미있는 여인이군. 보통 여인과는 많이 다른 여인이야.'

확실히 그랬다. 보통 여자 같으면 이런 짓도 잘 안 할뿐더러 그렇게 경망스럽게 웃지도 않을 텐데 그녀는 그런 것은 상관없는지 보통 여인으로서는 보여주기 힘든 모습을 아무렇지도 않게 보여주고 있었다.

아무튼 조금씩 진정해 가는 그녀를 보며 그는 다시 약을 바로 잡고는 이번에는 가볍게 불어 보았다.

투우―

약간은 경쾌하고 밝은 음이 흘러나오자 그녀는 웃음을 뚝 멈추고는 그를 멍한 눈으로 쳐다보았다.

"…왜 그렇게 보는 것이오?"

약간은 불안한 마음으로 물어보았다.

"대단한데요? 분명 피리류는 처음 불어보죠?"

"그렇소."

"와! 피리를 처음 부는 사람 중 십이면 십은 소리를 못 내거든요. 물론 나도 그랬고. 공자는 정말 처음 불어보는 거 맞나요?"

"흠, 정말 처음 부는 것 맞소. 그럼 난 재능이 있는 것이오? 음악을 한번 배워볼 만하오?"

"흐음, 글쎄요. 소리뿐만 아니라 운지법이 있기 때문에 알 수는 없는데… 일단 소리 내는 시간을 단축시켰으니 누구보다 빨리 배울 수는 있겠죠. 왜요, 배울 마음이 있나요?"

그녀는 은근한 기대의 눈빛으로 그에게 물었다. 당연히 고개를 끄덕일 것이라 생각했던 그녀는 의외의 반응에 약간 얼굴을 일그러뜨렸다.

그가 고개를 저었기 때문이다.

"에? 왜요?"

"곧 떠나야 하기 때문에 배울 시간이 없소. 소저도 할 일이 있을 것 아니오?"

"하긴… 그렇네요."

그녀는 이내 수긍을 하고는 재미가 식어버렸는지 입맛을 다시고는 잔디에 다시 앉았다. 그리고 그에게 다시 약을 받아 들고는,

"한 곡 땡겨줄까요?"

"큭! 좋소. 한 곡 땡겨주시겠소?"

그는 그녀의 재미있는 말투에 그만 실소를 흘렸다. 그녀는 환하게 웃고는 약에 입을 대려다 갑자기 멈칫하더니 얼굴을 붉힌 채 흰 소매로 입을 대는 곳을 박박 문지르는 것이 아닌가? 그러고는 어색하게 웃으며 말했다.

"난 아직 처녀인데 외간 남자랑 간접 입맞춤은 아직 원하지 않거든요."

"……."

하는 언행과는 달리 의외로 부끄럼이 많고 연약한 면이 있을 것이라고 생각하며 그는 미소를 지어 보였다.

그 생각을 끝냄과 동시에 약에서는 아까와 비슷한 분위기의 음이 흘러나왔다. 그녀는 눈을 감고 불고 있었는데 약을 부는 것이 즐거운 것인지 그에게 들려주는 것이 즐거운 것인지는 알 수 없었지만 입가에 살며시 미소가 맺혀 있었다.

경쾌한 소리를 들으며 그는 하늘을 보았다. 아빈도 그때 이 같은 경

쾌하고 듣기 좋은 노래를 들려주었다. 문득 그 옛날 친구가 버들잎으로 부르던 약간은 째지면서도 명랑한 피리 소리가 귓가에 맴돌기 시작했다.

“…….”

그는 눈을 감으며 희미하게 미소 지었다. 이 노래는 그가 어느 봄날 자신이 사는 곳에 왔을 때 버들피리를 불고 나서 어색한 목소리로 불러주던 동요였다. 자신이 어릴 때 매우 즐겨 부르던 노래였다며 약간은 쑥스러워하면서 말했던 그 장면과 그때의 일들이 생생하게 떠올랐다.

그의 회상과 노래의 끝은 거의 일치하고 있었다. 음악이 끝나자 그와 그녀는 동시에 서로를 쳐다보며 미소 지었다.

“잘 들었소. 정말 좋은 곡이구려. 아는 게 없어 어떤 노래인지는 모르지만 사람을 기분 좋게 해주는 노래인 것만은 틀림없소.”

“고마워요. 이건 제가 지은 곡이에요. 듣기 좋았고 기분 좋았다면 나야 정말 기쁘죠.”

그녀는 활짝 웃으면서 말했다. 그러고는 자리에서 일어서서는 가볍게 기지개를 켰다. 확실히 정숙함이 대부분인 다른 여인들과는 많이 다른 행동거지들이었다.

"이제 가볼게요. 아침 먹어야죠. 배고프네? 관 공자도 어서 가야죠?"

"난 좀 더 이곳에 있다 가겠소. 먼저 가보시오."

그 말에 약간 샐쭉해진 그녀였지만 이내 씩 웃고는 그에게 포권을 하며 말했다.

"그럼 식사할 때 봐요. 산책 잘 즐기세요."

그녀는 그렇게 말한 후 가볍고 자연스러운 몸놀림으로 건물 위로 훌쩍 뛰어올랐다. 그녀는 건물의 지붕에 올라선 뒤 멈추어 서더니 뒤돌아서서 마치 들으라는 듯 조금 큰 목소리로 그에게 말했다.

"관 공자! 왠지 당신이 좋아질 거 같네요! 호호호!"

"……."

그는 그녀의 말에 황당한 표정을 지을 수밖에 없었다. 그리고는 이내 황당한 표정은 쓴웃음으로 변해 버렸다.

"내가 여자를 홀리게 했나? 큭!"

그는 아침 식사 전에 씻기 위해 객방으로 돌아오고 있었다. 별생각 없이 거의 다 왔을 무렵 그의 귀에 대화 소리가 들려오기 시작했다.

"…네, 감숙성에서 왔어요."

"그렇구려. 감숙성에는 땅이 거칠고 기후가 살기에 적합하지 않아 미인이 나오기 힘들다는데 그 말은 말짱 거짓말 같구려. 이렇게 아름다운 미인이 감숙성에 있으니 사람들의 일반적인 생각은 오늘부터 바꾸어야 할 것 같소. 하하하!!"

"고맙군요."

사마진영은 여인이 기뻐할 칭찬에도 그렇게 기쁘지 않은 듯 별다른 표정 변화 없이 감사의 표시만 했다.

그녀를 그렇게 띄워주는 목소리가 문학문임을 안 그는 희미한 미소를 지었다.

'젊음이 대단한 건지 아니면 저 청년만 저렇게 유난한 건지……. 재미있군. 하지만 그녀는 쉽게 넘어가지 않아. 특히 자네같이 호색한 청년에겐. 후후.'

그는 재차 희미한 미소를 지으며 조용히 그녀의 옆에 있는 자신의 방으로 들어갔다. 귀를 닫으면 엿듣지 않을 수 있으니 귀를 닫은 후 그는 방에 있던 수건을 가지고 세면을 하러 나갔다.

"아침 일찍 저에게 무슨 볼일이신가요?"

씻은 지 얼마 되지 않아 머리에 물기가 채 마르지 않은 상태라 보통 여인이라면 그의 무례에 화를 냈을지도 모르지만 그녀는 개의치 않은 듯 평상시처럼 그를 대하고 있었다. 하지만 얼굴에는 어느 정도 그가 온 것에 대한 귀찮음이 서려 있었는데 아무리 그 기색이 옅다고 해도 여인에 대해 어느 정도 전문가라고 자신할 수 있는 문학문은 그것을 눈치 챌 수 있었다. 그러자 자신의 감정이, 그녀에 대한 호감이 자존심의 문제로 바뀌고 있는 것을 느꼈다.

'후후, 높은 벽일수록, 장미 돋친 가시일수록 그것을 얻었을 때 보람은 큰 법이지. 사마진영이라…… 정말 아름다운 여인이군. 여인들마저도 그녀에게 호감을 느낄 정도로 매력이 있구나. 진중하면서도 깊고… 발랄하진 않지만 멋들어진 여인이다.'

나름대로 전문가의 경험이 담긴 판단이었다. 간도민과는 천양지차의 매력을 지닌 여인이라 더욱더 흥미가 갔다. 참고로 예전에 소문이 무성한 소류연을 보고 아름다운 모습에 색심(色心)이 없잖아 있긴 했으나 그녀의 성격은 그라는 전문가에게 맞는 취향이 아니었다. 전문가는 외모뿐만이 아니라 그 외모를 받쳐 주는 다른 면도 같이 보아야 한다는 것이 그의 지론이었던 것이다. 그의 지론으로 볼 때 사마진영은 그의 마음을 불태울 수 있는 여인임이 분명했다.

그는 자신의 능력에 대해 잘 알고 있었으며 마음에 드는 여인이 있으면 그 능력을 이용해 반드시 취해야 직성이 풀리는 성격이었다. 그러다 쉽게 버렸는데 이런 것을 색남, 또는 바람둥이라고 하지만 정작 자신은 그렇게 생각하고 있지 않는 것이 문제점이기도 했다.

그럼 간도민은 왜 버리지 않았을까? 그는 그녀를 아냇감으로 생각하고 있지는 않지만 집안의 결정도 있었고 거기에 그녀의 놀라운 색기는 그를 충분히 미치게 할 만했던 것이다. 그리고 그녀의 무서운 지혜는 충분히 자신의 집안에 도움이 될 터였다.

아무튼 그가 그녀에 대해 그런 생각을 하고 있었지만 설령 그녀가 그것을 들었더라도 지나가는 개가 짖냐는 듯한 표정을 지었을 것이 분명했다. 더구나 그녀의 그에 대한 인상은 그렇게 좋은 것이 아니었다.

'남자는 진중하든지 그렇지 않으면 밝은 느낌이라도 있어야 하건만 대체 이 남자는 나 같은 여인이 싫어하는 것들만 모아놓은 것 같구나. 이 남자가 비록 나한테 관심이 있어 다가오는 것 같지만 난 색을 밝히는 남자는 싫어.'

은근히 그녀의 마음속에서 현재 단주의 직을 맡고 있을 황장경과 자신과 함께 여행하는 관영호를 문학문과 비교했고 그러자 한숨이 나올 뿐이었다.

'정말 이런 남자랑 있는 것이 싫군. 어서 이곳을 떠나고 싶구나. 언제 간도민 그 여인이 자신의 흉심을 드러낼는지……. 정달 약혼자나 약혼녀나 마음에 들지 않는 것은 똑같구나.'

이런 생각을 하고 있으니 만약 문학문이 독심술이라도 익혔다면 정말 열받을 일이었다. 그의 성격상 이런 것을 들었다면 절대 그냥 두지는 않았을 것이다.

"이른 아침부터 디인을 보고 싶은 것은 어느 남자나 동일한 법. 굳이 이유를 찾는다면 본인은 정말 할 말이 없을 것이오. 하하하!"

말끝마다 웃는 것이 자신의 말이 상당히 웃기다고 생각하는 것은 아닌가 하는 엉뚱한 생각마저 들 정도로 그와 있는 것이 지루하고 거북한 그녀였기에 일단 그를 떼어내는 것이 급선무였다.

"사람을 기분 좋게 해주는 말은 고맙지만 아침이라 정신이 없군요. 게다가 당신은 간 소저와 결혼할 사이인데 그렇게 여인을 매혹시키는 말을 다른 여인들에게 하는 것은 삼가하시는 게 좋을 것 같습니다. 그리고 아침 식사 전에 관 공자와 앞으로의 여정에 대해 논할 일이 있으니 생각해야 할 시간이 필요하군요."

명백한 축객령이었다. 예전 같았으면 직선적으로 나가라고 말했겠지만 예전보다 그 오만함과 낙을 압도하는 분위기가 많이 사라진 지금이었다. 물론 안으로 갈무리된 것뿐이지만.

"흠, 알겠소. 사마 소저의 말씀 잊지 않겠소이다. 그럼 아침 식사 때 뵙도록 하죠."

그는 좋지 않은 표정으로 말을 하고는 소매를 가볍게 털며 일어나 그녀의 방을 나갔다. 방을 나서자마자 나타나는 그의 표정은 매우 심하게 구겨져 있었는데 분노한 두 눈빛에서는 은은히 살기마저 서려 있었다.

'흥! 사마진영! 네년이 그렇게 도도한 척해도 내가 마음먹은 이상은 반드시……. 후후!'

사람 수가 많아졌을 뿐 어제와 다름없는 아침 식사가 끝난 지 반 시진이 지났다. 식사가 끝나고 나서 소류연이 일행과 있지 않고 관영을 따라가는 것이 다른 이들을 약간 의아하게, 또는 놀라게 했지만 아직은 그렇게 크게 신경 쓰지 않는 듯했다. 하나 그녀의 오빠는 그 일을 의외의 일로 생각하며 놀라고 있었다.

분명 놀랄 일이었다. 그녀의 성격이 여타 다른 여인과는 꽤 다르다는 것은 누구보다 자신이 잘 아는 사실이었고 그 행동에 대한 의미도 대충 알고 있었다. 그녀는 하는 말이 매우 솔직하고 나름대로 객관적이며 하는 행동도 다분히 엽기적인 면도 없잖아 있었지만 의외로 부끄럼이 많은 아이였다. 그런 아이가 남자를 먼저 따라간 것이다. 그 남자에게 관심이 있어서 그런 것이 분명했다.

'그녀는 자신과 딱 맞는 남자를 원하는데 일단 내가 보기에 저 남자는 아니야. 이상하군. 저 남자의 조용하고 차분한 성격이 류연이랑 어울린단 말인가?'

갑자기 혼란스러워지는 소한천이었다. 자신이 보기에 그녀의 성격과 딱 맞기 위해선 꽤 활발한 성격을 가지고 포용력있는 마음씨를 가진 남자이어야 했다.

그런 면에서 그녀와 맞는 남자를 찾자면 자주 보이지는 않지만 가끔 임사우를 찾아오는 신영웅(新英雄) 천풍공자 뇌운성이 제격이었다. 어디까지나 비교였지만 결론은 그녀의 성격과 관영이란 남자의 성격은 맞지 않다는 것이었다. 그렇다고 자기가 좋다는데 자신이 반대할 이유는 없었지만.

'아니지. 혹시 알아, 잘 맞을지? 후후후, 제대로 된 짝이나 만났으면 좋겠군.'

"이보게, 뭐 하는가? 이야기나 좀 하세. 헌신(獻身)이 기다리고 있네."

"아, 알겠네. 곧 가지. 먼저 가 있게나. 곧 가겠네."

"알겠네. 나의 방으로 오게나."

문을 닫고 조용한(趙勇罕)이 나가자 그는 생각을 접고 자리에서 일어나 창문으로 걸어갔다. 우연인지 그 창문은 다른 방문객인 두 사람의 객방이 있는 쪽이었다. 그는 밖을 바라보면서 괜히 웃음이 나와 기분 좋게 미소 지었다. 자신의 이상하다면 이상한 여동생이 마음에 들어하는 남자가 있다는 것이 그렇게 웃음이 나올 수가 없었고 동시에 궁금하기도 했다.

"그 남자의 어떤 점이 그 애의 마음을 기울게 했지? 평범하기 그지없는 남자였는데……. 그와 같이 있는 대단한 실력을 숨기고 있는 여인이 왜 그와 같이 있는 것도 궁금하군."

여전히 이가 보이도록 미소 짓는 그는 여인들이 보면 홀딱 반할 정도로 아름다운 얼굴이었다.

시간은 흘러 점심 시간이 다되어가자 약간은 안심이 되는 관영호였
다. 아침 식사 후에 갑자기 자신을 따라온 소류연을 보고 불안한 마음
이 약간 없잖아 있었는데 아니나 다를까, 자신의 방까지 좇아와서는 계
속 말을 걸어 덕분에 혼자 있는 시간을 가지지 못한 그였다. 혼자 있는
것을 좋아하는 성격이라 소류연의 간섭은 달갑지만은 않은 일이었지만
차마 내치지는 못했다.

타개책으로 사마진영의 방을 갔지만 그녀는 상관하지 않고 여전히
말을 걸었다. 말이 많지 않은 관영호와 사마진영이었기에 대화의 주도
자는 당연히 소류연이었다.

그녀의 사람을 깜짝 놀라게 하는 황당한 말은 사마진영도 흥미의 눈
으로 그녀를 지켜보게 할 정도였다. 어제의 대화에서도 어느 정도 알
고 있었지만 일단 셋만이 이야기를 하고 그녀가 이야기를 주도해 나가
는 상황이 되자 그녀의 위력은 더욱 드러나고 있었다.

"내 오빠는 정말 대단한 남자예요. 내가 봐도 저절로 감탄사가 나와
요. 난 오빠 자랑은 안 해요. 자랑하려면 날 자랑하지 왜 오빠 자랑을
하겠어요? 하지만 삼자의 입장에서 봤을 때 오빠는 멋지고 대단한 남
자예요. 만약 내가 오빠의 동생이 아니었다면 오빠를 사랑했을지도 모
르죠."

"……."

사마진영은 다시 놀란 표정으로 그녀를 보고 있었다. 한동안 일상적
이고 정상적인 말만 한다 싶더니 또 이상한 말을 꺼내놓는 것이다. 만
약이라는 가정이라 해도 저런 말을 쉽게 한다는 것에 경의감마저 드는

그녀였다.

"오빠가 괜히 비도대의 부대주에 오른 건 아니에요. 대단한 노력파에 재능도 있어서 얻은 당연한 결과예요. 분명 몇 년 지나지 않아 신성(新星)이라 불리는 청풍룡과 천뢰공자만한 영웅이 될걸요? 흐흐, 그럼 좀 귀찮아지겠죠? 너무 잘나면 그 가족은 힘든 법이잖아요."

"그래도 훌륭한 오라버니를 두셔서 좋겠어요."

"뭐, 좋긴 좋죠."

그녀는 활짝 웃으며 말했다. 자부심도 보이는 것이 말은 저렇게 해도 오빠를 매우 자랑스러워하고 있는 것이 분명했다.

"나도 곧 새로이 뜨는 여협으로 부상할 것이라고들 하네요. 맞긴 맞겠죠. 나름대로 활약을 했으니까요."

"허허, 요즘 유명한 신진 고수들은 누가 있소?"

"보통은 다들 일 년 전에 있었던 사라성 무림대회를 기점으로 많은 신진 고수들이 등장했어요. 그중 청풍룡과 천뢰공자는 특출난 고수들이고요. 여고수로는 무면비녀로 활약했던 사라성주님의 따님이신 철사접 호사란이 여 중 최고수로 쳐요. 그리고 마검 우영과 비화 도용연도 그 미모와 무공 실력으로 이름이 나 있죠. 둘 중 마검 우영이 무공 면에선 더욱 뛰어나다는 평이에요. 그리고 백매화 공손아리도 대단한 실력으로 이름이 났어요. 마검과 비화, 백매화는 서로 친근한 사이라 따로 봉화삼매(鳳花三妹)라고도 부르고 앞에 말한 네 여인과 옥문관 너머의 사막에 있다는 신비와 악명으로 드높은 천궁단의 단주인 은중패화(隱中覇花)를 합해 무림에서 빼어난 미녀이며 여인들 중 최고의 무공을 가졌다 해 천오화(天五花)라고 칭하죠. 뭐, 무림이란 워낙 변화가 심하니까 숫자 ‘오(五)’ 는 언제든지 바뀔 수 있어요.”

관영호는 신기한 것을 듣는다는 듯 흥미로운 표정으로 그녀를 보고 있었지만 사마진영은 자신이 거론되자 약간 놀란 표정이었다.

‘내가 그렇게 불리고 있었나?’

그녀는 희미하게 미소 지으며 다시 소류연의 말을 듣기 시작했다. 어느새 소류연은 화제를 무림에서 관영호로 바꾸었다.

“관 공자는 어디서 살아요?”

“옥문관에서 사오.”

“옥문관? 상당히 멀군요. 여기까지 오느라 힘들었겠네요. 고독빈랑과는 친구 사이인가요?”

“아니오. 잠시 그와의 인연으로 그의 부탁을 들어주러 왔소.”

“그렇군요. 저기… 그런데 두 분은 무슨 관계……?”

그녀의 얼굴이 약간 붉어진 것이 다른 때와는 달리 자신의 말에 감정이 들어가 있는 것 같았다. 황당하고 놀라운 말을 할 때 무표정이면 그녀의 감정이 개입되지 않은 것이지만 지금 표정 변화가 있는 것을 보니 감정이 개입되지 않았을까 하고 관영호는 생각했다.

“글쎄요, 그냥 여행을 같이 한다고 봐도 좋고… 어떤 사정으로 같이 지내고 있기도 해요. 일단 이번에 중원으로 온 것은 여행의 목적도 있으니까.”

“그렇군요. 연인은 아닌가요?”

이번 말은 무표정인 것이 감정 개입은 아닌 듯했다. 이런 그녀의 표정 변화를 보며 은근히 재미있음을 느낀 그는 슬머시 미소 지으며 계속 그녀의 얼굴을 바라보았다.

"네, 아니에요. 호호, 소 소저는 왜 그런 것을……?"

전략가답게 눈치 빠른 사마진영은 그녀가 묻는 의도를 어느 정도 파악하고 웃으면서 약간 짓궂은 질문을 하였다.

"뭐… 꼭 내가 그를 좋아해서 물어본 것은 아니에요. 그냥 남녀가 유별한데 같이 다니면 누구나 애인이나 부부가 아닌가 하고 생각하는 것은 당연하잖아요?"

그녀의 감정이 개입되지 않은 말에 사마진영은 이제 황당함을 넘어서 질릴 정도였다. 저런 말을 너무 쉽게 하는 그녀가 정말 신기했다.

"그, 그런가요?"

그녀는 자신도 모르게 말을 더듬거리며 대답했다. 그런 일은 한 번도 없는 그녀였는데 소류연이란 여인의 말에 어지간히 놀란 것 같았다.

"관 공자는 애인이 있나요?"

"글쎄, 후후, 모르겠소."

"그런 대답도 있어요? 호호, 어떤 대답도 괜찮으니 좀 자세히 말해 봐요, 내 궁금증 좀 풀게."

그렇게 말하면서 약간 얼굴을 붉히고 있는 것을 그는 참 재미있게 지켜보며 그녀가 의외로 부끄럼을 타는 여인이라고 생각했다.

"흠, 나 좋다고 하는 여인은 한 명 있소."

"에? 그게 난가요?"

"……!"

사마진영은 얼굴이 벌게져서 그만 고개를 살짝 옆으로 돌려 버렸으며 관영호도 그녀의 황당한 말에 저절로 웃음이 입가에 번졌다.

'정말 재미있는 여인이군. 큭, 부끄러움이 많으면서도 말에 감정이 개입되지 않는다면 어떤 말이라도 할 수 있는 여인인가?

"허허, 아니오. 내가 사는 옥문관에서 사는 여인이오. 소 소저는 정말 솔직한 것이 매력이구려."

"그, 글쎄요. 내가 솔직하다니… 잘 모르겠네요."

그녀는 약간 빨개진 채 대답했지만 칭찬받아 꽤나 기분 좋은 듯 입가엔 미소가 달려 있었다.

"쿡!"

그 모습이 귀여웠는지 사마진영은 웃음이 나오는 것을 참을 수 없어 소리를 죽이지 못했다.

"점심 시간이 다 되어가는구려. 이제 슬슬 대사청으로 가보는 게 어떻겠소?"

그로서는 그녀와 이야기하는 것이 어지간히 힘든지 사마진영에게 눈빛을 보내며 소류연과 그만 이야기하자는 의미를 전달했다. 다행스럽게도 알아차렸는지 아직 점심 시간까지는 약간 이른 시간이었지만 그녀는 동의했다.

"그러죠. 미리 대사청에서 기다려요. 소 소저, 그러는 게 어떨까요?"

"네, 알겠어요. 같이 가요."

그녀의 표정이 조금 아쉬워하는 듯했지만 두 사람의 의견이 같았기에 어쩔 수 없다는 듯 동의했다.

대사청 안에는 이미 간도민, 오화란, 문학문, 소한천, 그리고 사대장로 중 한 명인 구형두(具炯頭) 등 다섯 사람이 담소를 나누고 있었다. 구형두는 '빛나는 머리'라는 재미있는 이름답게 정말 대머리였으며 자신의 이름을 꽤나 좋아하는 노인이었다. 특이한 성격만큼 상당히 재미있는 입심을 가져 젊은이들과 쉽게 어울릴 수 있는 노인이라 사라성의 젊은 사람들에게 꽤나 인기있는, 그리고 누구나 편하게 대할 수 있는 자였다.

오후의 밝은 햇살에 그의 머리가 환하게 비춰 눈이 부시다는 약간은 과장된 생각을 하며 속으로 웃은 소류연은 내색은 하지 않고 사람들에게 가볍게 인사를 하고 구형두에게도 자신의 속마음을 감춘 채 환하게 웃어 보였다. 새로운 일행이 끼어 처음엔 약간 어색해했지만 곧 익숙해져 다시 담소가 한창이게 되었다.

그들이 하고 있던 화젯거리는 무림의 강자들에 대한 것이었다. 어떤 무림인이든 강자가 되기를 원하는 것은 당연한 것이고 강자들에 대해 이야기하는 것 또한 좋아했다.

"무림 사상 역시 최강자는 천뢰상인(天雷上人)이겠죠? 그분의 천뢰신공은 고금 무적의 장법이에요. 천 회 이상의 생사투(生死鬪)에서 모두 승리를 거둔 무의 화신이었죠. 그의 후예라 할 수 있는 뇌운성 대협이라도 아직은 그분의 경지에 이르지 못했다는 평을 받고 있어요. 그만큼 천뢰상인의 무게가 큰 것이죠."

오화란이 당연한 듯 말하자 다른 사람들도 수긍의 의미로 고개를 끄덕였다. 일단 천뢰상인이 지금까지 있어왔던 무인들 중 최고라는 것을 부인하는 자는 없었지단 항상 예외는 있는 법인지라 구형두가 반론을 냈다.

"흠, 알 수 없는 일이야. 케케, 무림은 항상 발전한다는 설이 가장 유력하지. 또한 대부분의 무림인들이 인정하는 것이기도 하고. 그렇기어

전국시대의 무공과 지금의 무공은 비교할 수 없는 법일세. 물론 많은 예외가 있기도 하지만 말이야. 일단 오비천의 다섯 천주도 결코 무시할 수 없는 최강자들이야. 그들 중 모두가 중원의 세력은 아니지만 일단 무림인이니 비교해 본다면 천뢰상인에 버금가지 않을까? 어쩌면 더 뛰어날 수도 있을 것이고."

"하지만 그들은 세력을 이루고 있고 천주도 항상 바뀌잖아요. 천주가 어떤 자인지도 잘 모르니 어떤 이름을 가진 자가 강한지 알 수 없어 그들을 비교하는 것에는 약간 문제가 있을 것 같아요. 천주직을 이어받는 모든 자들이 최고의 경지에 이르렀으리란 법은 없으니까요."

간도민이 예리한 지적으로 그에 반론을 폈다. 그녀의 말에 뒤이어 소류연이 말했다.

"마교의 창시자인 마교황령(魔敎荒靈)이 최고수가 아닐까요? 마공의 창시자라고도 불리며 모든 마의 원류인 자잖아요."

"하지만 그는 천뢰상인에 뒤진다고 알려져 있단다. 그는 무공보다는 특이한 마법 쪽에 더욱 뛰어났으니까. 그의 마법이 마교를 더욱 이상하게 몰고 가버렸긴 한데… 아무튼 그는 무공 면에서 고금제일로 취급하진 않는단다."

소한천은 동생의 말에 반론을 폈다. 그걸 지켜보던 문학문이 말을 이었다.

"흠, 지금은 부족하다 여겨지는 것은 사실이지만 분명 사라성주님의 화후는 확신컨대 분명 고금제일을 뛰어넘을 것이오. 요즘은 특히 천일 폐관에 드셨으니 분명 좋은 결과가 있지 않을까 하오."

그의 말에 다들 수긍하는지 고개를 끄덕였다. 사라성주는 분명 명실

공히 천하제일이었고 그의 화후를 보건대 머지않아 누구도 넘볼 수 없는 경지에 이를 것이라고 다들 동의하는 것이 사람들의 중론이었다.

"하지만 누구도 확연히 천뢰상인을 뛰어넘는다고 단정 지을 사람은 없는 것 같군요."

오화란이 다시 대화의 주제를 끌고 나오자 다들 할 말이 없는지 잠시 조용해졌다. 이 침묵을 깨야겠다 생각했는지 소류연은 곰곰이 뭔가를 생각하다 해답을 발견한 듯 약간 밝은 표정으로 말했다.

"아, 버금가는 강자가 또 한 명 있네요. 꽤 지난 일이지만 혈영지세(血影之世)의 주인공인 혈영천마(血影天魔)요."

"혈영천마!"

"흠……."

다들 이야기하길 꺼려하는 분위기도 있었지만 어느 정도 수긍하는 눈빛도 있었다. 그걸 보고 소류연은 이야기할 만하다 느꼈는지 계속 이야기를 이었다.

"그에 대해서는 아무것도 알려지지는 않았지만 천뢰상인 못지않은 패도 장법으로 혈세했죠 아무도 그와 일 대 일의 대결에서 삼 장(三掌)을 넘기지 못한 것은 또한 천뢰상인을 능가하는 하나의 전설이기도 하지요."

"흠, 맞아요. 하지만 더욱 놀라운 것도 있잖아요. 그 당시 세인을 더욱 놀라게 한 사실 말예요. 사실인지 아닌지는 모르지만 그가 차고 있던 도는 그가 활동했던 당시 한 번도 꺼내지 않았다는 말이 있죠. 그가 도의 고수였는지는 모르지만 만약 그가 도마저 꺼냈다면 그 당시 모든 문파는 피로 씻겨졌을지도 모른다는 말이 나올 정도임은 그 실력의 끝을 알 수 없다는 말이 되겠죠."

소류연의 말에 간도민이 좀 더 자세한 사실을 덧붙이니 혈영천마가 천뢰상인에 가까워지고 있는 것 같기도 했다. 하지만 자신의 이야기가 나오자 잊고 있던 사실이 상기되어 속으로 씁쓸한 웃음이 나올 수밖에 없는 그였다. 사마진영도 흘깃 그를 쳐다본 뒤 다시 사람들이 이야기하는 것을 바라보았다.

"하지만 그는 일단 너무 살인을 많이 했다는 점에서 살인자라고 낙인찍히지 않았느냐? 아무리 무공이 고강해도 일반적 인식이 그런 이상 고금최고수라는 별호를 붙이기는 힘들지 않을까?"

소한천이 자신의 동생에게 말을 하면서 간접적으로 간도민의 말을 반박했다.

"그래도 어차피 시간이 흐르면 그런 것은 잊혀지겠죠. 아마 그 역시 천뢰상인과 버금가는 고수로서 전설로 남을 것 같아요."

"허허, 간 아가씨 말도 맞소이다. 시간이 흐르면 많은 것이 잊혀지죠."

"세월이라…… 잊혀짐……."

관영호는 구형두의 말에 희미하게 미소 지으며 중얼거렸다. 아련한 기억의 끝 자락을 잡고 있는 것일까?

"뭐라고 그랬나요, 관 공자?"

소류연은 그가 뭐라고 중얼거리자 궁금한지 조용한 가운데 그에게 물어왔다. 그러자 사람들의 시선이 그에게 쏟아졌다.

"아무것도 아니오. 세월의 흐름이라고 구 노사께서 말씀하시길래 잠시 생각 좀 한 것뿐이오."

“하하하, 관 공자께서는 정말 어른 같소. 말투나 분위기가 말이오.”

소한천이 그렇게 말하자 다들 가볍게 웃었다. 그러던 중 소한천은 자신의 동생이 관심을 가지는 남자라 그런지 그에 대해 조금씩 궁금해지기 시작해짐을 느끼며 그 궁금함을 참지 않고 물었다.

“사마 소저와 관 공자는 어디를 여행 중이시오?”

“일단 고독빈랑의 부탁으로 이곳에 왔는데 앞으로는 사라성을 방문하려 하오. 그곳에 볼 친구도 있고 해서 말이오. 그런 김에 간 소저의 결혼식도 구경하면 더 좋겠지요.”

“아! 친구 누구를 보러 가는 것이죠? 관 공자 같은 분과 친구라면 꽤 멋진 분이겠어요.”

소류연이 좀 민망스러울 법한 말을 쉽게 하자 그녀를 아는 몇몇은 그녀가 관심의 의도로 말을 한 것인지 그저 순수하게 말을 한 것인지 혼란스러워했다.

“과찬의 말씀이오. 그저 일 년 전에 있었던 무림대회를 구경할 때 잠시 인연을 맺은 친구들이오.”

“그렇다면 사마 소저는 관 공자와 어떻게 아는 사이인가요? 사마 소저는 일신에 상당한 무공을 지니셨음에도 숨기시고 계신 것 같아 신비함을 뿜어내고 있어요. 아름답기도 하고……”

간도민이 말을 꺼내자 사마진영은 약간 싸늘한 표정을 지었다. 그 표정은 다른 사람들도 다 눈치 챌 수 있는 것이라 다들 놀라워했다. 다른 사람들이 보기엔 사마진영이 간도민을 싫어하는 듯한 인상이었기 때문이다.

“말씀은 고맙군요, 간 소저. 하지만 간 소저의 미모야말로 주위의 빛을 잃게 할 정도로 아름다워요. 그 마음마저 미모와 같기를 바랄게요."

"네, 말씀 고마워요."

사마진영은 은근히 비꼬는 말을 그녀에게 했지만 중인들 중 몇 명을 제외하고는 그녀에 대해 아는 바가 없었으므로 그녀의 말은 칭찬이자 조언으로 생각할 수밖에 없었다. 하지만 관영호를 비롯한 오화란, 문학문은 그녀가 한 말이 비꼬는 것임을 충분히 알고 간도민의 반응을 보았지만 평상시와 다름이 없어 그녀가 사마진영의 말을 과연 칭찬과 조언으로 받아들였는지 아니면 비꼬는 거란 걸 알고도 그런 반응을 보인 건지 알 수가 없었다.

하지만 적어도 관영호는 그녀의 반응이 가식적이라는 것을 충분히 알 수 있었다. 그것은 느낌이긴 했지만 확신했다. 그는 이 모순적인 사실 앞에 그것이 재미있는 듯 가볍게 미소 지었다.

'난 항상 느낌이란 불확실한 것이라고 생각했는데 왜 이것은 확실하지? 아, 그렇군. 후후, 느낌이 불확실하다는 것은 그 속에 확실함과 불확실함의 양면이 존재한다는 것이겠군. 잠시 잊고 있었어.'

"아, 전 이제 음식을 만들러 가봐야겠어요. 올려놓은 밥이 다 될 때가 되었군요."

"사매, 나도 같이 가죠. 도와드릴게요."

간도민은 그녀와 함께 음식을 만들겠다고 대사청을 나가 버렸다.

"케케, 이 늙은이도 잠시 다른 늙은이들과 있다 음식이 나올 때쯤 맞춰 오겠네."

구형두도 그렇게 말하고는 대사청을 나가 버리자 순식간에 대화는 중단될 수밖에 없었다.

"다 가버렸네요, 오라버니. 이제 뭘 하죠? 조그마한 돌로 공기놀이라도 할까요?"

그녀는 표정 변화 없이 잘도 이상한 말을 했다. 그녀의 말에 다들 황당한 표정을 지었지만 그녀는 이를 모르는지 순진한 눈으로 대사청으로 나가는 사람들을 보고 있었다.

'저 여인은 대체 무슨 생각으로 저런 말을 하는 것이지?

문학문은 질렸다는 표정으로 그녀를 쳐다보며 생각했다. 자주 만나는 사람들이라 자주 겪는 일이기도 하지만 여전히 적응이 되지 않는 그였다. 괜히 짜증이 나 팔을 힘차게 아래로 내리면서 흰 소매를 펄럭이고는 고개를 옆으로 돌려 가볍게 인상을 썼다. 이렇게라도 하지 않으면 황당한 기분이 계속될 것 같았기 때문이다.

사실 그의 논리적이고 이성적인 사고로는 도저히 혼란스럽고 의미 없으며 황당하다 못해 어이없는 말들을 이해할 수 없었다. 차라리 농담이라는 표정과 느낌을 주면 웃어줄 수도 있겠지만 그녀의 표정은 절대 그렇지 않았다. 그냥 평상시에 당연히 하는 말처럼 자연스럽게 하는 것이라 더욱 그랬다.

"허허, 그냥 하다 만 이야기나 하는 게 좋지 않을까?"

그래도 조금 익숙한 소한천이 그렇게 대답했다.

"오라버니, 내 말을 너무 심각하게 받아들인 것 아니에요? 누구라도 내 말이 농담인 것을 아는데 왜 오라버니만 쓸데없이 진지하게 답하는 것이죠?"

"미안하구나."

그녀의 말은 장내의―그래 봤자 네 명뿐이지만―모든 이들의 머리에 강한 충격을 줄 수밖에 없었다. 완전히 뒤통수를 맞은 느낌이었던 것이다.

'큭! 전혀 농담 같지 않은 것을 어떻하오, 소저.'

관영호는 속으로 그렇게 생각하면서 슬며시 미소 짓고는 그녀를 바라보았다. 재미있는 여인임이 분명했다.

사람이 많아서 음식이 많은 관계로 세 번 정도 음식을 대사청으로 날라야 했다. 세 번째로 음식이 들어올 때 식탁에 앉아 기다리던 사마진영은 화장실을 가기 위해 자리에서 일어났다.

콰당!

"……!!"

"……!!"

그때 갑작스럽게 난 큰 소리에 중인들은 깜짝 놀랐다. 사마진영이 의자에서 나오다가 넘어졌는지 주저앉은 채 상체가 앞으로 넘어져 있었던 것이다.

"괜찮소?!"

문학문이 놀라 그녀에게 소리를 지르며 다가갔다. 너무나 의외의 사태였기 때문에 다들 정신없어하는 가운데 사마진영이 천천히 상체를 일으켰다. 그러나 관영호는 그녀의 상태가 이상함을 느끼고는 급히 그녀에게 다가갔다. 문학문이 그녀를 일으키려 했지만 그는 그것을 저지하고 그녀의 얼굴을 살폈다. 보아하니 얼굴뿐만 아니라 온몸에서 땀을 흘리고 있었고 일으킨 상체를 유지하기 위해 안간힘을 쓰고 있는 듯 표정이 굉장히 찌푸려져 있었다. 그는 그런 그녀의 표정을 처음 보는 것이기에 놀랄 수밖에 없었다.

"괜찮소? 몸 상태가 어떻소? 온몸이 무기력한 것이오?"

"네… 온몸에……."

그 말과 동시에 앞으로 상체가 다시 쓰러지려는 것을 그는 가볍게 받고는 더욱 놀랐다. 온몸이 불덩이였기 때문이다.

"……."

어떻게 된 일인지 그는 대충 짐작이 갔지만 이것이 정말 중독된 것으로 인한 증상의 시작인지 확신할 수는 없었다. 그는 그녀를 힐끔 쳐다보았으나 그녀의 표정은 다른 사람들과 다를 바 없이 사마진영을 걱정하는 얼굴빛이었다. 그 표정에 그의 입가로 조금은 싸늘한 미소가 번졌다.

"관 공자, 어서 손을 써야 하지 않소? 그렇게 그녀를 막연히 안고 있기만 하면 무엇 하겠소! 어서 방도를……."

문학문이 그녀를 빼앗기 위해 그에게 다가가려 한 순간 관영호가 몸을 살짝 돌리더니 팔을 펼쳐 중인들을 향해 손을 뻗었다. 마치 무엇을 달라는 듯한 행동 같았다.

하지만 왜 그런지를 알 수 없는 사람들은 영문을 몰라 어리둥절할 뿐이었다. 그 모습에 문학문은 어떻게 해야 할지 잠시 판단이 서질 않았으나 일단 그를 다그치기로 했다.

"이보시오, 관 공자! 대체 무엇을 하는 거요?! 지금 사마 소저가 이상하질 않소? 무슨 대책을 세워야……."

"죽진 않을 것이오."

그는 문학문의 말을 냉정하게 잘라 버리고는 계속 팔을 뻗은 상태로

간도민을 쳐다보았다. 그의 건방진 말투에 문학문은 발끈할 뻔했지만
다른 사람들의 시선을 생각하여 참고는 냉정을 되찾은 뒤 어떻게 할지
생각하다 결국 살살 다그치는 투로 나가기로 했다. 하지만 문학문은
그녀를 걱정하는 마음보다는 어떻게든 그의 품에서 사마진영을 떼어내
고 싶은 심정이 그의 마음을 지배하고 있었다.

"관 공자, 지금 그녀는 심각한 사태에 빠진 것 같소. 여기 사대장로
중에 황(黃) 장로께서 의술을 할 줄 아시니 그분께 맡겨보는 것이 어떻
겠소?"

"그래요, 관 공자. 문 소협의 말을 듣는 것이 현명한 판단일 것 같군
요."

소류연은 조급한 표정으로 그를 바라보며 말했다. 그녀가 보기에도
그의 행동이 이상했던 것이다.

하지만 그녀 옆에 있던 천묘비에서 온 백리경(百里璟)은 묘한 눈빛으
로 그를 바라보고 있었다. 그녀의 약간 붉은 듯한 눈썹은 그녀의 반짝
이는 눈망울과 조화를 이루어 불타는 듯한 느낌을 주고 있었다. 그녀
가 나타난 지는 얼마 되지 않았지만 그녀의 묘한 눈웃음은 피와는 무
관하지만 마치 피를 부르는 것같이 섬뜩하다 하여 혈미소(血媚笑)라고
불리고 있었다.

"……."

소류연의 말에도 그는 묵묵부답이었다. 사람들은 그의 알 수 없는
행동에 어떡해야 하나 고민하는데 문학문이 그에 대한 해답을 내주었
다.

"아무래도 관 공자의 정신이 이상한 듯하오. 사마 소저의 갑작스런

상황에 많이 놀란 듯하니 일단 제압하여 재워놓고 사마 소저를 치료하는 게 해결책인 것 같소."

"내키진 않지만 일단은 그 방법뿐인 것 같구려. 말로써는 쉽게 해결할 수 없는 눈빛이오, 관 공자는."

소한천이 어쩔 수 없다는 안타까운 표정으로 문학문의 말에 동의했다. 다른 사람들도 고개를 끄덕이는데 유일하게 백리경만이 그러지 않고 계속 그를 바라브고 있었다.

그녀는 눈동자를 돌려 자신의 오른쪽에 있는 간도민을 바라보았다. 분명 그의 눈빛과 손의 방향은 그녀를 향해 있었다. 자신도 아니었으며 간도민의 오른쪽에 있던 오화란도 아니었다. 정확히 그의 눈빛은 그녀의 얼굴을 바라보고 있었으며 그의 손은 그녀의 몸을 향하고 있었다.

그것은 분명 그가 간드민에게 뭔가를 원하는 듯한 행동이 분명했다. 무엇을 원하든 간에 문제는 사마진영이 그런 상태인데도 불구하고 그는 그런 알 수 없는 행동을 하고 있다는 것이었다. 이를 살펴보면 간도민과 이들 두 명의 일행 간에는 자신들이 알 수 없는 무언가가 있다는 결론이 나오게 된다. 어디까지나 그가 정상적인 상태라는 전제 하에서의 말이지만.

"잠깐만요."

중인들은 말수가 많지 않은 백리경이 말을 꺼내자 시선을 그녀에게로 보냈다. 그녀는 끼고 있던 팔짱을 풀고 한 발자국 앞으로 걸어나오더니 탐스러운 분홍빛 입을 열어 말했다.

"관 공자가 이상하다고 하는데 그보다는 그의 행동을 보세요. 이상하지 않나요?"

"……."

"……."

중인들은 그녀의 말에 관영호를 자세히 살펴보았다. 분명 이상한 점이 있긴 했다. 영리한 문학문은 그녀의 말을 듣고 관영호의 시선과 손이 어디로 향해 있는지를 바로 눈치 챘다. 곧 다른 사람들도 알게 되었다.

"왜 간 소저를 보고 있죠?"

소류연이 누구에게 묻는 것인지 알 수 없는 질문을 했다. 그녀의 질문에 사람들의 시선이 저절로 간도민에게로 향했다. 간도민은 사람들의 시선에 어리둥절해하면서도 당황한 표정을 지으며 말했다.

"왜… 그러죠?"

"음, 간 아가씨의 표정을 보건대 아무것도 모르는 듯하오."

차가운 인상을 지니고 있으며 예순을 넘겼으나 아직도 검은 머리에 중년인처럼 보이는 황동명(黃冬溟)은 그녀의 표정을 살피고는 간단하게 결론을 냈다. 그의 한마디가 꽤나 영향력이 컸던 듯 사람들은 고개를 끄덕였다. 하지만 백리경은 쉽게 수긍하지 않고 간도민에게 물었다.

"간 소저, 관 공자와는 아무런 일도 없었나요? 우리들은 잘 모르지만 분명 그는 당신에게 무언가를 원하고 있는 것 같아요. 나의 짧은 생각에 섣부른 판단일지도 모르지만 사마 소저는 독에 중독되었을지도 모르겠군요. 어디까지나 관 공자의 지금 상태가 정상이라면 말이죠."

백리경이 묘한 눈웃음을 지으며 중인들에게 충격적인 말을 했다. 꽤나 자신의 판단에 확신을 가지는 듯 섣부른 판단이라고 말했지만 자신감이 담겨 있는 말이었다.

'무서운 여인이군. 아니면 지혜로운 여인일지도…….'

관영호는 그녀의 추리를 들으며 감탄했다. 이지적인 여인이라 그런지 상황 판단에 결코 냉정을 잃지 않고 삼자의 입장에서 판단할 수 있는 것 같았다.

"너무 비약적인 추리가 아닌가요? 저는 정말 그와 아무런 일도 없었는데 그렇게 말씀하시다니 당황스럽군요."

그녀는 정말 당황스럽다는 듯한 표정을 지으며 백리경을 바라본 후 사람들의 동의를 구하려는지 주위를 훑어보았다. 그녀의 완벽한 연기(?) 덕인지 사람들은 고개를 끄덕였다. 문학문은 자신의 약혼녀를 은근히 심문하는 백리경을 보며 그다지 좋지 않은 표정으로 말했다.

"백리 소저, 너무 황당한 추리 같습니다. 관 공자는 단지 고독빈랑의 부탁으로 여기에 온 것뿐이고 그녀는 그의 방문을 환영해야 마땅할 판에 왜 사마진영에게 독을 뿌리겠소. 말도 되지 않는 소리요."

"맞네! 학문, 자네 말이 몇 번을 생각해도 타당한 것 같네!"

나헌신이 그의 말에 동의를 표하며 큰 소리로 외쳤다. 이 말에 힘입은 듯 사람들은 모두 문학문의 말을 믿는 표정을 지었다.

"…당신들은 본인은 가만히 있는데 너무 말이 많다고 생각하지 않소?"

조용하지만 귓가에 확연히 들려오는 관영호의 말에 약간 어수선했던 대사청 안은 순식간에 침묵으로 가라앉아 버렸다. 갑작스러운 침묵으로 서로 간에 어색함을 느낄 정도였다.

“관 공자.”

“아무래도 관 공자의 정신은 아주 정상인 것 같군요.”

백리경은 자신의 말이 맞았다는 것에 대한 자부심인지 아니면 어리석은 사람들을 비웃는 것인지 알 수 없는 묘한 미소를 지으며 사람들을 바라보았다.

문학문은 그녀의 미소를 보고 한 대 치고 싶은 생각이 들 정도로 얄미웠지만 당연히 그럴 수 없음에 더욱 속이 끓었다. 자신의 생각이 틀렸다는 것에 대한 부끄러움과 자신의 약혼녀가 의심을 받는 것에 대한 조바심이 만들어낸 생각이었다.

“관 공자, 간 아가씨와 정말 무슨 일이 있었던 것이오?”

구형두가 묻자 그는 간도민을 바라보던 눈을 그에게로 돌렸다. 그 바람에 오화란이 약간 다급한 표정을 짓는 것을 보지 못했다. 다른 사람들도 그에게 집중해 있느라 보지 못했다.

‘여기서 그가 사실을 말하면 일이 이상해진다. 간 아가씨의 입장이 난처해지면 곤란해.’

오화란은 만약 그가 한 자라도 그 사실을 털어놓을 기미가 보인다면 은밀히 손을 쓸 작정이었다.

‘섬전풍(閃電風)이면 아무도 모르게 쓰러뜨릴 수 있어.’

그녀는 슬며시 검지를 구부렸다. 만약 그가 허튼 말을 할 기미가 보이면 서슴없이 지력을 날릴 심산이었다.

“제가 꼭 그것을 말해야 할 이유는 없다고 봅니다. 이미 무언가를 말하기에는 너무 늦었으니.”

사람들은 뜻을 알 수 없는 그의 말에 의아한 표정을 지었다. 오화란과 간도민도 마찬가지였다. 분명 지금 사실을 말하면 자신들은 분명 궁지에 몰릴 수 있는 상황이었는데 관영이라는 작자는 아무렇지도 않게 말하는 것을 거부했기 때문이다. 더구나 그의 뒤에서는 사마진영이 아픔에 몸부림치고 있는데도 말이다. 그 아픔에는 그도 생각지 못한 또 다른 고통도 섞여 있음을 알고 있는 간도민과 오화란이었다.

'냉혹한 성격 같지 않은데?'

오화란은 그가 갑자기 겉모습과 다른 냉정한 성격을 가지고 있을지도 모른다는 생각을 했다.

관영호는 사람들이 이상한 시선으로 자신을 바라보고 있음에도 개의치 않고 바닥에서 몸부림치는 그녀를 가볍게 안아 들었다. 그 모습에 백리경은 또 한 번 눈빛을 반짝였다.

'힘 하나 없는 서생처럼 보이는 그가 아무리 여인이라지만 쉽게 들 수 없는 무게를 가볍게 들어 올렸어.'

속단은 금물이기에 그녀는 그 이상은 생각하지 않았다. 그녀는 자신이 생각해도 매우 논리적이고 이성적이며 합리적인 사고를 가진 사람이었기에 사실에 근거하지 않은 불확실한 추측은 자신이 용납할 수 없었다.

"관 공자, 사마 소저는 어떡하려고요?"

소류연이 안타까운 표정으로 그의 뒷모습을 보며 말했다.

"아까도 말했지만 죽지는 않을 것이오, 아직은."

그렇게 말하며 비릿하게 웃는 그의 미소는 아무도 볼 수가 없었다. 그리고 그 미소가 얼마나 사람을 두렵게 할 수 있는 웃음인지도 아무도 몰랐다.

사마진영의 몸은 여전했다. 땀이 비 오듯 쏟아지고 있었고 몸에선 연기가 되어 보이지 않을까 걱정될 정도로 뜨거운 열이 나고 있었다. 그는 사마진영의 방으로 들어가 그녀를 침상 위에 눕히고는 찬물에 수건을 적셔 일단 그녀의 얼굴을 닦아주었다.

“……”

닦아도 땀은 계속 났다. 분명 아까 자신이 말한 대로 죽지는 않을 것이지만 그녀의 고통을 덜어줄 수는 없었다.

‘대체 무슨 독이지? 발작이 일어났음에도 알 수가 없구나.’

“말을 할 수 있겠소?”

“…으……”

고통스런 신음성을 내는 그녀의 눈은 빨개져 있었고 얼굴도 붉은 것이 보기가 안타까웠다.

“……”

“…내… 모, 몸이… 욕… 정……”

“……!!”

그는 그녀의 매우 희미한 말을 간신히 듣고는 깜짝 놀랐다. 그녀의 몸에서 욕정이 일고 있다면 그건 더욱 심한 고통일 것이다.

“최음 성분도 있단 말인가?!”

문제는 심각했다. 만약 최음제란 것을 알았다면 그는 아까처럼 여유(?)를 부리지는 않았을 것이다.

“하지만 최음제가 어떻게 시간을 두고 발작할 수 있는가? 최음제가 아니란 말인가? 최음 현상은 둘째 치고 대체 저 고통스러워하는 현상

은 무엇이지?'

도무지 알 수 없었다. 이런 약을 가지고 있는 간도민을 이해할 수 없었다.

'역시 말을 듣지 않을 때는 매란 말인가? 협박을 해야 할까?'

"이제 몸이……."

"……."

그는 그녀의 말을 듣기 위해서 생각을 멈추고 고요한 시선으로 그녀를 바라보았다. 그녀는 그의 시선에 묘하게 마음이 편해짐을 느끼며 말했다.

"이상하게… 안정되어 가요……."

말하는 것과 고통을 참는 것에 많은 힘을 소진했는지 그녀는 그 말을 끝으로 잠에 빠져 버렸다.

"……."

그는 일단 그녀의 발작이 사그라들었다는 말에 안심은 되었지만 이 역시도 알 수 없는 현상이기에 황당했다. 이제 어떻게 할까 생각하다 일단 그녀의 얼굴에 범벅인 땀을 씻어주기 위해 수건을 적셔 다시 닦고 있을 때 세 사람이 들어왔다.

"관 공자, 사마 소저는 괜찮나요?"

소류연과 그의 오빠인 소한천, 그리고 여자치고는 육 척(六尺)의 훤칠한 키에 이지적인 얼굴, 붉은 느낌을 주는 눈썹을 지닌 백리경이 방 안으로 들어왔다. 소류연은 사마진영에게 다가가 그녀를 안타까운 표정으로 바라보았다.

"잠들었군요."

"고통이 줄어들고 있다는 말을 하고 잠들었소."

"고통이 없어지고 있다고요?"

백리경은 답을 원하지 않는 물음을 하고는 바로 생각에 잠긴 듯한 표정이었다. 그런 그녀를 한번 보고 관영호에게로 고개를 돌린 소한천이 그에게 물었다.

"정말로 괜찮겠소?"

"……."

그는 아무 말 없이 그저 고개를 가볍게 끄덕이고는 다시 수건을 물에 적셨다.

"제가 할게요."

소류연은 그에게서 수건을 빼앗아 자신이 사마진영의 얼굴을 닦았다. 그런 모습을 가만히 지켜보던 관영호가 말했다.

"수고스럽지만 백리 소저와 함께 그녀의 옷을 벗겨 전신을 씻겨주시오. 온몸에 땀을 흘려 닦아야 할 것 같소."

"네, 알겠어요. 경 언니, 그만 생각하고 이리 와서 좀 도와줘요. 함께 그녀를 벗겨보자고요."

"……."

소한천은 기묘한 그녀의 어투에 황당한 표정으로 자신의 동생을 바라보다 고개를 휘휘 젓고는 관영호를 따라 밖으로 나가 버렸다. 자신의 동생이지만 정말 이해하기 힘들다고 생각하면서.

하루가 지나자 사마진영의 상태는 원래대로 돌아와 있었지만 아팠다는 기색은 얼굴에 드러나 있었다. 일어나서 돌아다녀도 상관은 없지만 관영호는 그녀를 무리하도록 놔주지 않았다. 같이 간호를 해준 소류연과 백리경은 일단 숙소로 보내 쉬게 했으며 소한천도 앞으로의 일 때문에 자리를 비운 상태인지라 자신이 그녀를 간호하고 있었다.

관영호는 정오의 나른한 햇살이 창을 통해 들어오는 것을 실눈을 뜨고 바라보고 있었다. 마치 안 보이는 무언가를 보려는 듯한 표정으로.

"뭘 보고 있나요?"

재미있는 듯 살며시 미소 지은 얼굴로 관영호를 보던 사마진영은 궁금함을 이기지 못하고 그에게 물었다.

"빛이 무엇인지를 생각하고 있었소."

"…잘 모르겠군요. 그것과 햇살을 보는 것이 무슨 상관 있나요?"

"그것이 무엇인지 알기 위해선 그것을 봐야 하오. 그래서 난 빛을 보고 있었소."

"훗!"

그녀는 전에 소류연이 한 말에 웃던 것과 같은 몸짓으로 웃으며 그를 보았다. 밝게 미소를 지으니 꽤나 보기 좋은 그녀였다. 그는 그녀가 왜 웃는지를 대충 알고는 그녀를 향해 희미하게 미소 지어 보이며 다시 예의 그 표정을 지었다.

"훗, 그만 해요. 관 공자가 그러니까 웃겨요."

그는 언제부터인지는 모르지만 그녀의 자신에 대한 호칭이 바뀌었는데도 알아차리지 못하고 있었다. 다른 사람들도 그를 다 그렇게 불러서 익숙해졌기에 모르고 있는 것이었다.

"미안하오. 하지만 난 봐야 하오."

쓴웃음을 지으며 말했지만 그의 묘한 고집 담긴 표정을 읽고 흥미가

인 그녀는 뭐가 그리 궁금한지 참지 못하고 또 물었다.

"왜 보려 하는 거죠?"

"빛의 오의(奧義)를 알기 위해서요."

"빛의 오의? 그게 뭐죠?"

"나도 모르오. 그러니 이렇게 보고 있지."

그는 고개를 들어 창문을 보았다. 이제 실눈으로 햇살 보기는 끝났는지 더 이상 실눈은 하지 않았다. 그녀는 기분이 상쾌해짐을 느끼며 일으켰던 상체를 다시 눕혔다.

"이제 어떡할 거죠? 난 이렇게 되어 언제 또 발작할지 모르겠군요."

"협박."

그의 간결하면서도 명료한 의외의 한마디에 그녀는 놀라면서 다시 상체를 일으켰다.

"정말인가요? 사실 나도 그 방법을 생각하긴 했지만 당신이 원하지 않을 것 같아 일찌감치 포기했죠. 그런데 지금 와서 그 생각을 하다니… 허탈함도 없잖아 있군요."

"사람은 항상 후회하면서 사는 것이니까……."

그는 약간 장난스런 느낌으로 말했지만 그녀는 그렇지 않은 모양이었다.

"하긴, 그래도 후회하면 억울하니 안 할 거예요."

관영호는 그녀 모르게 약간 씁쓸한 미소를 지으며 자리에서 일어나 탁자로 다가가 앉았다.

"이 일이 끝나면 어떻게 할 거죠? 정말 사라성으로 갈 건가요?"

"그렇소. 마음먹은 일은 해야 하지 않겠소."

“관 공자가 분명 말했잖아요. 동쪽은 흉괘뿐이라면서…….”

“내가 그런 말을 했소?”

“하긴 당신은 모르겠죠. 생각 중에 중얼거린 걸 제가 들은 것뿐이니까요.”

그녀의 말에 관영호는 자신이 그런 버릇이 있다는 것을 처음으로 알게 되었다. 생각에 잠기면 뭐라고 중얼거리는지 자신도 알아차리지 못하고 있는 모습과 옆에서 그런 자신을 놀란 눈으로 보고 있을 그녀를 상상하니 쓴웃음이 나왔다.

“그렇구려. 그래도 가긴 갈 것이오. 재미있지 않소, 어떤 일이 기다리고 있을지…….”

“그런… 가요?”

그녀는 위험을 즐기는 듯한 그의 의외의 모습에 신기한 눈으로 그를 바라보다가 다시 상체를 눕히고는 눈을 감았다. 이대로 영원했으면 좋겠다는 생각을 하다가 깜짝 놀라 눈을 다시 뜨는 그녀였다. 그러다 피식 웃고는 몸을 옆으로 돌려 그의 뒷모습을 가만히 바라보았다. 왠지 포근한 느낌이었다. 자신이 아파서인지는 몰라도 마치 존재하지 않는 사부처럼, 할아버지처럼 따뜻한 느낌이 가슴을 적셔오고 있었다. 하지만 그 느낌은 오래가지 못하고 말았다.

“저 멀리 여기로 오는 발자국 소리가 들리오. 간도민과 오화란인 것 같구려.”

“…….”

그의 감지는 틀리지 않았다. 얼마 지나지 않아 사마진영의 방문을 두드리는 소리와 함께 오화란의 목소리가 들려왔다.

"들어가도 될까요?"

"……."

그가 아무 말도 없자 사마진영은 상체를 다시 일으키고는 약간 쌀쌀하게 대답했다.

"푸대접하지 않으니 들어와도 돼요."

그 말과 동시에 문이 열리면서 간도민과 오화란이 들어왔다. 오늘은 식사하러 대사청에 가지 않아서 몰랐는데 간도민의 옷차림이 오늘따라 매우 화사했다.

상하 모두 연둣빛의 하늘거리는 옷을 입었는데 자줏빛의 대(帶)가 그녀의 허리를 감싸며 옷을 지탱하고 있었고 연둣빛의 옷과 대조적인 느낌을 주어 눈에 확 띄었다.

그리고 하얀 포(袍)를 겉에 걸쳐 입어 전체적으로 밝은 느낌의 옷은 그녀의 미모를 매우 화사하게 만들고 있었다. 더구나 진하게 한 화장은 화사하여 포가 주는 백색의 느낌과는 대조적으로 매혹적인 분위기를 연출하고 있었다.

그녀의 허리띠에 매어져 있는 향낭에는 어떤 향인지는 알 수 없으나 그 향기는 어떠한 사내도 그녀를 향해 고개를 돌리지 않을 수 없을 정도로 매혹적이었다.

사마진영과 관영호는 그녀의 화려한 모습에 잠시 말을 잃었다. 그러다가 사마진영이 이내 정신을 차리고 말했다.

"오늘따라 화사하군요. 아름다워요."

감정이야 어떻든 그녀의 미에 대해선 솔직한 말이었다. 간도민은 그걸 알고는 생긋 웃으면서 감사의 말로 칭찬을 받았다.

"무슨 일로 오셨소?"

관영호는 자신을 쳐다보는 오화란의 시선을 무시하고는 간도민을 바라보며 말했다. 간도민은 그를 보고는 다시 생긋 웃으면서 말했다.

"그야 물론 문병……."

그녀는 계속 말을 이을 수가 없었다. 관영호가 '문병'이라는 말이 나오자마자 손을 펼쳐 그녀에게 내밀며 제지의 신호를 보냈기 때문이다.

"미안하지만 그녀는 몰라도 나는 겉치레를 싫어하는 사람이오. 그리고 위선도 싫어하는 사람이오. 그냥 정말 온 이유를 말씀해 주시면 고맙겠소."

"이……!"

오화란은 건방지다고도 할 수 있는 그의 말과 말투가 거슬렸던지 인상을 쓰며 달려들려 했다. 하지만 간도민이 그녀의 소매를 당기며 제지했다. 그러고는 붉게 칠해져 색기있는 입술에 미소를 그리며 말했다.

"정말… 못 말리겠군요. 진작에 알아야 했는데. 당신의 성격 말이에요. 제가 어리석어 몰라뵀었군요."

그러면서 정말 미안한 듯 두 손을 모아 살짝 고개를 숙이는 것이었다. 하지만 그는 그녀의 사과 아닌 사과를 받지 않고 계속 그녀를 바라보았다.

"흥! 힘 하나 없는 서생 주제에 뻗대는 것이냐?"

오화란은 다른 것은 몰라도 간도민에 대해서는 꽤나 민감해 평소의 과묵하고 듬직한 모습은 보이지 않았다.

"사람은 힘이 강할 때만 모든 것을 할 자격이 있다면 동물이나 마찬 가지일 것이오. 오 소저는 생각을 바꾸는 것이 옳을 듯하구려. 무공이 비록 강해도 올바른 생각과 행동이 그에 맞게 오르지 않으면 결국엔 스스로 만든 장애물로 인해 진정한 강자는 될 수 없을 것이오."

"……."

간도민은 그의 말을 확실히 이해하진 못했으나 상당히 의미있는 말 이라고 생각했다. 하지만 오화란은 그의 말이 글쟁이의 이론만 아는, 무시해야 할 것이라고 치부해 버려 어떠한 감흥도 받을 수 없었다.

"그 말은 네가 진정한 강자라도 된단 말이구나. 어디 시험해 볼까?"

그녀는 싸늘하게 웃으며 정말 검을 꺼내 들려고 했다. 그걸 본 그는 희미하게 웃으며 생각했다.

'비록 강하나 어떤 한 가지 일에 대하여 흔들림이 보이니 정녕 강하 지는 않구나. 만약 그녀의 마음에 흔들림이 생겨 허점이 보인다면 사 마진영도 그녀를 충분히 이길 수 있을 것이다. 하지만 허점마저 보이 지 않고 평정심을 이루어 마음의 물결에 동심원이 생기지 않는 심적 상태를 유지할 수 있다면 크게 강해질 수 있으리라.'

누구든지 어떠한 상태에서도 평정심을 유지할 수 있는 공부가 되어 있다면 상대방과의 싸움에서 큰 이득을 점할 수 있을 것이다. 물론 상 대방과의 무공 차가 그리 크지 않다는 전제 하에서지만. 그리고 대결 은 둘째 치더라도 스스로의 무공도 일취월장할 것이 분명했다. 심신일 체(心身一體)라는 누구나 아는 단순한 원리지만 이것은 마음의 상태가 평온하고 신체가 그 마음에 일치될 때만이 가능한 것으로 아는 것과는 다르게 아무나 하는 것이 아니었다.

"됐어요, 사저. 그만 하세요."

"네, 알겠어요."

그녀는 고분고분 간도긴의 말을 듣고는 한 발자국 뒤로 물러났다. 간도민은 자신의 품에 손을 넣더니 작은 낭(囊)을 꺼내더니 오화란에게 주었다. 오화란은 약간 놀란 표정을 지었지만 이미 예측하고 온 듯 더 이상 놀라지 않고 그것을 관영호에게 휙 던졌다. 어지간히 그에 대한 감정이 좋지 않은 듯했다.

"그건 해독약이에요. 사마 소저에게 주세요. 달여 먹어야 합니다. 그리고 소변을 볼 때는 분비물을 닦기 위해 수건을 준비하는 것이 좋을 거예요."

그 말을 끝으로 그녀는 몸을 돌려 나가려 했다. 오화란도 그를 잠시 노려보더니 몸을 돌렸다.

"잠시만."

"……."

관영호는 나가는 간도민을 제지하고는 잠시 해독약이 든 낭을 쳐다보다 그녀의 뒷모습을 브며 말했다.

"어떤 독이었는지 말해 즐 수 있소?"

"아니요. 물론 안 돼요."

"……."

그는 이미 예측한 듯 씁쓸히 웃으면서 말을 이었다.

"왜 갑자기 이렇게 나오는 것이오? 그리고 독은 나한테도 뿌린 것 아니었소?"

"네, 뿌렸어요. 하지만 중독되지 않았더군요. 가끔 나가 만든 독에 내성을 가진 사람도 있기 때문에 상관은 없어요. 하지만 그것 때문에 해독약을 준 것은 아니에요. 솔직히 말하면 어제의 난처한 상황에서 우리를 구해준 것도 있고……."

그녀는 거기까지 말하고는 고개를 돌려 사마진영을 보고는 살풋 웃더니 다시 관영호를 보았다. 묘한 눈빛을 하는 그녀.

"지금은 당신을 죽일 생각이 없어졌어요. 하나 만약 다음에 또 본다면 당신을 죽이고 싶을지도. 그리고… 나에 대해 아는 사람이 있다는 생각이… 꼭 불쾌한 것은 아니군요. 호호호! 묘한 쾌감도 있어요. 호호호호호!"

그녀는 외모와는 다르게 요사스럽게 웃으면서 사마진영의 방을 나갔다. 오화란은 사마진영과 관영호를 번갈아 보더니 말했다.

"운이 좋구나. 오늘 이내로 이곳을 떠나주었으면 한다."

"……."

"……."

둘은 잠시 아무 말도 없었다. 무슨 생각을 하는 것일까? 침묵을 깬 것은 사마진영이었다.

"무슨 생각을 하고 있나요?"

"후후, 협박을 할 필요가 없어져서 약간 허탈한 기분이오."

"호호, 그렇군요. 차라리 잘된 일일지도. 운이 좋았다고 해야 하나요, 오화란의 말처럼? 일단 어서 약을 먹고 싶군요. 그리고 여기를 빨리 떠났으면 해요."

"아가씨, 정말 그들을 그냥 보내줄 건가요?"

“그래, 괜찮아. 생각이 달라졌어. 그뿐이야.”

“네.”

오화란은 그녀의 뒷모습을 가만히 보며 뒤따라 걸었다.

‘하지만 난 당신을 잘 알아요. 또 다른 당신은 그들을 죽이고 싶어
할지도…….’

묘한 미소를 지으며 고개를 돌려 그들이 있는 방을 보는 그녀였다.

‘마음에 들지 않는 서생, 그리고 오랜만에 보는 강한 여인. 아가씨의
말처럼 재미있어.’

箕育片月滿
地碎崖淸
絶技作技南
誤有較
無哭
廣背燿
頹折

[모월 모일. 맑음.

오늘 섬전무가를 떠났다. 그녀에게서 해독약을 받고는 달여 사마진영에게 먹이니 한 시진이 지나 소변을 보았다. 대체 무엇 때문에 수건을 가지고 가라 했는지는 모르지만 여인에게 그런 것을 묻는 건 아무래도 예의에 어긋날 것 같아 묻지 않았다. 궁금했지만 참을 것은 참아야 한다.

오늘 낮에 그녀가 그렇게 화려하게 입었던 것은 문학문과의 나들이 때문이었다고 한다. 얼핏 엿들었으나 틀린 말은 아닐 것이다.

떠날 때 앞까지 나와준 소류연과 백리경이 고마웠다. 자신을 위해 간병을 해준 그녀들이었기에 무엇보다 사마진영이 고마워했다.

소류연이 꼭 간도민의 결혼식 날 보자면서 애틋한 눈으로 바라보던 것을 잊을 수가 없다. 가벼운 미소로 대답 대신 하긴 했지만 지금 생각하면 쓸쓸한 웃음이 나오는 것을 막을 수가 없다. 어쩌다 이렇게 되었는지 그녀의 마음에 미안할 뿐이다.

오늘 밤은 노숙을 하는 터라 어두운 밤하늘이 환하게 펼쳐져 있다. 내 옆에서 앉아 사막을 보다가 지루해지면 별을 세다가 잠드는 아빈이 생각났다. 그러다 별을 생각하니 점성학자라던, 아니다, 그에 관해서는 쓰지 않을 것이다. 그의 부탁 때문이기도 하지만.

과정이야 어쨌든 간도민에게 패물을 건네준 것으로 고독빈랑의 부탁을 들어준 셈이니 일은 완수한 것이나 다름없지만 허탈함이 남는 건 어쩔 수 없는 일이다.

고독빈랑은 그녀가 아프다 했는데 그녀는 몸이 조금 허약한 것 외에 별다른 병은 없었다. 왜 그럴까? 이런저런 고민 끝에 고독빈랑은 그녀에게 속은 게 아닐까 하는 생각이 든다. 꽤나 억지 같기도 하지만 충분히 생각할 수 있는 가능성이다. 고독빈랑이 그녀에게는 그렇게 달가운 자가 아니었기에 멀리 보내기 위해 그런 거짓말을 했을 것이라 생각됐다. 그리고 그녀의 뛰어난 머리로 그 방법은 얼마든지 만들어낼 수 있었을 것이다.

사람의 죽음에 절대적인 감정이 있을까? 그러니까 죽음이라는 것 자체가 슬픔일까? 물론 누구에게는 기쁨으로 다가올 수도 있는 것이긴 하다. 난 죽음이 절대적인 감정을 지니고 있는지 궁금하다. 그러다 문득 사람의 죽음은 삶의 하나라는 말이 기억났다. 죽음이 삶의 연장선 상에 있다면 죽음은 슬픔만은 아닐 것이다. 죽음이 인생의 하나, 그리고 인생은 삶이기에 삶이란 것은 기쁨과 슬픔, 허무, 분노, 희망 등을 담고 있으니 죽음이란 삶의 여러 의미처럼 갖가지의 감정을 지니고 있는 것이다.

고독빈랑은 죽었다. 내 친구도 죽었다. 그 꼬마 아이도 죽었다. 모용황

룡도 죽었다. 천궁자도 죽었다. 하지만 난 살아 있다. 난 살아 있음에 일단 기뻐해야 할지도 모른다. 하지만 언젠가는 슬퍼할지도 모른다. 그리고 죽는다면 죽는다는 것에 슬퍼할지도 모른다. 하지만 그 죽음에는 내가 알지 못하게 분명 기쁨의 감정도 담겨 있을 것이다.

뭐, 고독빈랑을 회상함에 이러한 생각까지 하게 되었지만 결국 고독빈랑은 죽었고 그 죽음에 대한 그들의 반응이 나에게 씁쓸함으로 다가온다는 사실은 변하지 않겠지. 이렇게 잊혀지는 것인가?

사마진영의 호흡이 점점 잠의 호흡으로 가까워지는 것이 들린다. 나도 이만 자야겠다.]

그는 다 쓴 일기를 덮고 짐이 있는 곳에 넣어둔 후 자리에 누웠다. 차가운 느낌이 그의 등을 타고 흘러왔으나 그것이 고통스럽지는 않았다. 오히려 맑은 정신으로 많은 별들을 바라볼 수 있어 좋았다. 늙으면 잠이 준다는 것은 결코 헛말이 아닌 듯 잠에 빠져야 할 시간이 훨씬 지났음에도 그의 눈은 밝게 빛나고 있었다. 어쩌면 그가 생각하고 있는 것이 곧 일어날지도 모르기 때문에 잠이 오지 않는 것일 수도 있겠지만.

'나도 별을 세면서 잠이나 잘까?'

그는 자신의 실없는 생각에 희미하게 웃으면서 별을 보았다.

'…….'

그렇게 별을 한 식경은 바라보았지만 여전히 잠은 오지 않았다. 무표정하게 하늘을 보던 그는 어느 순간 약간 굳은 표정을 지었다. 오십 장 밖에 누가 와 있는 것을 느꼈기 때문이다. 너무나 은밀해서 하마터면 못 알아차릴 뻔했다. 그가 다른 생각을 하고 있었다고는 해도 현재 그의 실력에 비추어볼 때 오십 장 안으로 다가온 것을 보면 대단한 실력자이다. 애초에 올 것이라 예상하고 있었기에 누구인지 생각할 필요도 없었다.

'오화란이군.'

그는 일어나지 않았다. 곧 그녀는 기척을 드러낼 것이고 그러면 사마진영도 일어날 것이며 자신도 좋든 싫든 일어날 것이니 미리 일어날 필요성을 느끼지 못한 것이다.

생각보다 오화란은 꽤 빨리 자신의 기척을 드러냈다. 이십 장쯤 다가서자 그녀는 발자국 소리를 숨기지 않았던 것이다.

사마진영은 잠에서 깨어나 몸을 일으키고 있었다. 누군지 궁금해하는 표정이었으나 그녀의 뛰어난 머리로 곧 누구인지 추측한 듯한 표정이었다. 관영호는 그녀가 십 장 거리까지 다가서자 천천히 상체를 일으켰다.

부스럭.

밤이었지만 많은 별에다 희미한 달빛이 비추고 있어 사물을 식별할 수는 있을 정도였기에 시야에 큰 부담이 되지 않았다. 덕분에 소리가 난 쪽으로 시선을 돌리자 오화란의 모습이 비교적 자세히 드러나게 되었다.

무표정한 듯하면서도 싸늘한 눈빛, 입가에 걸린 매마른 감정의 편린은 그녀가 어떠한 심정인지를 대충 알게 해주었다.

"……."

"……."

“일어나 있었군. 내가 올 것을 예측이라도 했나 보지?”

그녀의 감정 섞인 뒤틀린 말투는 어두운 숲 속에서 울려 퍼졌다. 사마진영은 그 말투에 꽤나 기분이 거슬렸지만 경거망동하지는 않았다. 그녀도 상대방의 실력이 결코 만만하지 않다는 것을 어느 정도 느꼈기 때문이다.

“오 소저는 왜 여기어 온 것이오?”

관영호는 알고 있었으나 그녀가 온 이유를 물었다. 하지만 오화란은 그런 형식을 차리지 않그 싸늘한 미소를 지으며 말했다.

“알고 있으면서 묻는 것이냐, 건방진 서생? 아가씨의 내심은 분명 너희들을 죽이고 싶어하는 것을 난 알고 있지. 너희들보다 내가 아가씨에 대해서 더 잘 알거든.”

“그렇구려. 하지만 꼭 이래야겠소? 당신답지 않구려.”

“나답다? 나답다는 것이 어떤 것이지? 내가 항상 신중하고 진중한 여인인 줄로만 알았느냐? 난 아가씨를 위해선 어떤 것도 할 수 있는 사람이다.”

약간은 거친 목소리가 그들에게, 그리고 숲 속을 울렸다.

관영호는 잠시 오른쪽 숲 속을 힐끔 보다가 다시 사마진영을 보았다.

“싸움은 피할 수 없을 것 같소. 당신은 아직 기운이 완벽히 회복되지 않았으니 저 여인과의 싸움이 힘들 것이오.”

사마진영은 그가 아직 완전히 회복하지 못한 자신을 생각해서 한 말임을 알고는 고개를 끄덕이며 뒤로 물러났다.

“……?”

오화란은 잠시 어찌 된 영문인지 몰라 어리둥절하다 이내 깨닫고는 생각에 빠졌다. 그녀는 함부로 쉽게 판단하는 여인이 아니었기에 사마진영과 관영호의 이야기가 결코 장난으로 그러는 것이 아님을 알 수 있었다. 그저 평범하여 무공이라고는 하지도 못하게 보이는 사내가 태연한 표정으로 자신과 싸우려는 것이다.

"너… 무공을 할 수 있는 것이냐?"

"글쎄, 내가 해줄 말은 방심하지 말라는 것뿐."

"호호호! 그거 대단한 자신감인데? 하지만 모르는구나. 난 너희들이 생각하는 것보다 훨씬 강하다."

"난 싸움에 임하는 데 필요없는 말은 하지 않았으면 한다."

그의 몸에서 폭발하듯 강력한 기도가 솟아오르자 오화란은 대경하여 자신도 모르게 한 걸음 뒤로 물러서고 말았다.

"태, 태산! 실력을 숨긴 고수였단 말인가?!"

"어제 대사청에서 나에게 여차하면 지력(指力)을 날리려 하더군. 무림인은 보복의 단어에 충실하니 나도 그렇게 해보지."

그는 따로 지력을 전문적으로 익힌 적은 없지만 충분히 따라할 수는 있었다. 그리고 그것은 그 어떤 고수의 지력보다도 강할 것이 분명했다.

그는 팔은 들지도 않은 채 검지만 가볍게 튕겼다.

휙!

거센 휘파람 소리가 두 여인의 귀를 간질이며 날아갔다. 붉은색 지강(指罡)이 순식간에 그녀의 왼쪽 팔로 다가갔다.

"으윽!!"

그녀는 대경하고는 급히 섬전보(閃電步)를 밟으며 지강을 피했다. 하지만 그녀의 눈은 이미 커질 대로 커져 있었다.

"지, 지강?!"

"잘 피하는군. 좋은 보법이었소."

"평범한 서생이 지강이라……."

그녀는 꽤나 놀란 듯했지만 이내 비릿한 미소를 지으며 여유를 보였다. 자신도 그것을 못하지 않았기에 결코 주눅 들 필요가 없었다. 단지 착해 보이던 자가 입에 담지도 못할 욕을 내뱉었을 때 느끼는 당혹감이랄까? 그것뿐이었다.

오화란이 검병(劍柄:검의 손잡이)을 잡아 발검 자세를 취하자 관영호는 고개를 가볍게 끄덕였다.

"좋은 자세. 내가 본 발검 자세 중 최고군. 자, 그 자세로 이제 나와 당신의 거리를 순식간에 좁힐 수 있는지 구경해 보지."

"너야말로 방심하지 말았으면 한다."

"……."

싸늘한 대꾸와 함께 오화란의 몸을 중심으로 은은한 뇌전(雷電)이 주위를 천천히 휘감기 시작했다. 그 뇌전은 서서히 맴돌더니 조금씩 그녀가 쥐고 있는 검 안으로 흘러 들어갔다. 그 기이한 혼상에 관영호는 흥미의 눈빛을 살짝 내비추었다.

콰릉!

번개 치는 소리가 정말 이것일까? 사위를 찢을 듯한 소음에 사마진 영은 얼굴을 찌푸렸다.

"아!"

지나가 버린 소음의 빈자리를 오화란의 짧은 신음성이 대신했다. 찰나지간 오화란과 관영호 사이의 거리가 좁혀진 채 드러난 장면은 그녀가 신음성을 흘리며 놀라워할 만했다. 오화란의 검이 관영호의 손등에 의해 옆으로 빗나가 있었으며 검에서 순간 폭발적으로 솟아올랐던 뇌검기(雷劍氣)도 없었던 것이다. 그녀가 시전한 쾌검에서 솟아오른 뇌검기는 섬전무가의 대표 무공인 섬전뇌기공(閃電雷氣功)의 특성상 순간적으로 무시무시한 힘을 내는 무공으로 그 찰나지간의 힘을 막아내기란 웬만한 절정고수가 아닌 한 힘들었다. 하물며 사라성주도 이길 수 있는 무공을 지니고 있다고 생각하던 그녀의 검을 손등 하나로 흘려내 버렸으니 그 놀라움이란 한마디 신음성으로 표현하기 매우 아쉬웠으리라.

"어, 어떻게……?"

"상당히 빠르군. 방심했으면 물론 꿰뚫렸을 속도였소. 하지만 방심하지 않은 내겐 무용지물인 것 같군. 이게 다가 아니라면 다시 해보시오."

그 말과 함께 그는 그녀에게 한 팔을 가볍게 휘둘러 밀치는 듯한 행동을 취했다. 그러자 오화란의 몸은 저항을 했음에도 불구하고 아까의 자리로 횡하니 날아가 버렸다. 다행히 경신(輕身)으로 안전히 착지하긴 했지만 놀람은 여전히 가시지 않았다. 누구보다 강하다고 생각했던 자신이 마치 일류의 손에 의해 농락당한 삼류 같다는 느낌이 들었기 때문이다. 그녀의 마음을 눈치 챈 그는 희미하게 웃으며 말했다.

"후후후, 아직 정신을 못 차렸소? 정신을 맑게 하지 않으면 그 어떤 고수도 삼류에게 비참한 패배를 당할 것이오. 기본을 모르면 안 되지."

"……!"

그녀는 그의 말을 듣고 정신이 확 깨는 것을 느꼈다. 흥분으로 인해 평소의 모습을 보이지 못하고 추태를 보였다 생각한 그녀는 입술을 꽉 깨물며 검집에 들어가 있던 검을 천천히 빼 들었다. 동시에 그녀는 그가 자신보다 강하다거나 약할지도 모른다는 판단을 버렸다. 최선을 다해 그를 처치할 생각만 하기로 했다.

그녀가 섬전검법(閃電劍法)을 시전하기 위해 다시 섬전뇌기공(閃電雷氣功)의 구결을 읊으며 내공을 운용하자 전신에서 뇌전이 주위를 밝히며 솟아올랐다.

"섬전검 팔식 뇌령참(雷靈斬)."

고요한 그녀의 중얼거림과 함께 그녀의 몸이 순식간에 사라지면서 그의 삼 장 앞에서 일 장가량 공중에 뜬 채 나타나 언제 휘둘렀는지 모를 정도로 빠르게 위에서 아래로 그었다. 얼마나 빠르게 휘둘렀는지 그녀의 모습이 나타났을 때는 이미 검이 아래로 내려간 상태였다. 하지만 관영호는 그녀의 빠른 검을 눈이 아니라 몸으로 느낄 수 있었다.

'검을 오십 번 휘둘렀군.'

그의 생각은 계속 이어질 틈이 없었다. 순식간에 일어난 일에 여유를 둘 수는 없는 법. 오십 번 이상 휘두른 검은 이미 사방을 뒤덮은 후라 그는 좌우 어디로도 피할 길이 없음을 느꼈다. 하지만 그는 지체없이 빠르게 두 손을 내밀어 천마장을 시전했다.

쿠쿠쿠쿵!!

그는 자신의 장력이 잘려 나가자 위험에 처할 뻔했으나 다행히 자신의 손에 다가오기 전에 무수한 뇌검기가 사그라졌음을 느끼고 안심했다. 약간 뒤로 밀려났으며 속이 약간 울렁였지만 별다른 아픔을 느끼지는 않았다.

방어에 이어 그는 그녀가 쉴 틈을 주지 않으려는 듯 바로 혈영장을 네 번이나 연거푸 날렸다.

"하악!!"

그녀는 방어가 끝나자마자 바로 이어지는 그의 갑작스런 공격에 깜짝 놀라 숨이 넘어가는 소리를 내고는 다급한 마음에 급히 섬전보를 써 뒤로 피했다. 그의 방어와 공격은 약속이나 한 듯이 매끄러웠기에 미처 방비할 틈이 없었던 것이다.

콰콰쾅!!

그녀가 있던 자리에는 널찍한 구덩이가 생겼는데 이를 본 오화란은 가슴이 서늘해질 수밖에 없었다.

"무, 무슨 장력이 이렇게……?"

"집중만이 살길이지. 싸울 때는 말하지 마시오."

그는 그녀를 향해 유유서행으로 다가가면서 천마장을 날렸다. 그녀는 상상을 벗어난 엄청난 장력이 자신에게 날아오자 처음 접하는 경험에 순간 숨이 막히는 느낌을 받았다. 그러나 이내 정신을 차리고 검면으로 대상을 치듯이 휘둘렀다.

"육식 뇌광충(雷光蟲)!"

그녀의 검에서 작지만 엄청난 수의 검기가 뇌광을 띤 채 날아가 그의 장력에 맞섰다. 이름 그대로 하나하나의 검기들이 빛을 발하는 벌레 같다는 느낌을 주는 것들이었다.

쿠쿠쿵!

두 사람 무공의 성질이 양(陽)이라서 그런지 부딪칠 때마다 상당한 굉음이 났다. 그만큼 둘의 힘이 대단하다는 증거였다.

"핫!"

그녀는 자신을 뒤로 밀어내는 압박감을 내색하지 않기 위해 이를 악문 뒤 기합 소리를 내며 칠식 섬전광혈(閃電狂血)을 시전했다. 미친 듯이 전방으로 검을 휘두르자 그와 그녀 사이에는 뇌검기만이 밤하늘을 밝혔다.

파파파팟!!

"……."

그는 살아 숨 쉬면서 미친 듯이 몰아치는 검기가 자신의 장력을 소멸시키는 것도 모자라 자신의 손바닥에 상처를 입히는 것을 보았다. 피가 흐르는 자신의 손바닥을 잠시 본 그는 희미하게 미소 지었다. 전혀 고통이 느껴지지 않기에 미소 지을 수 있는 것인지도 몰랐다.

"흥, 놀랍긴 하다만 너의 무공은 그것이 다인가 보지?"

그녀는 약간의 우세를 점하자 자신감이 다시 살아나는 듯 여유를 가지고 그를 조롱했다.

"좋은 자신감이오."

그는 그 자신감이 마음에 들었는지 미소 지으며 그녀를 보았다. 그녀는 관영호가 여전히 태연하자 기분이 나빠졌다. 평소에는 그러지 않던 자신이 관영호의 그 여유에 이유없이 기분이 나빠진 것이었다.

'무슨 사람의 표정이 저렇게 변화가 없을 수 있는 것이지?'

"나의 장력이 너무 단조롭다면 이번엔 약간 다른 것을 보여주겠소. 대신 조심해야 할 것이오."

그 말을 함과 동시에 그는 기마 자세를 하고는 두 손을 앞으로 내밀었다가 다시 단전으로 손을 모았다. 그 일련의 행동과 동시에 그의 몸에서 방금 전의 모습으로는 상상할 수 없을 정도로 놀라운 힘이 솟아나기 시작했다. 원래 이런 일련의 행동은 다분히 형식적이긴 했지만 이렇게 함으로써 집중이 더 잘된다는 이점이 있었다. 그리고 이렇게 하면 충분히 그녀가 대비할 시간도 줄 수 있었기에 그녀를 배려하는 것이기도 했다.

"……."

그녀는 전과는 너무 다른 기세에 스스로가 초라해지는 느낌을 받으며 이내 다시 분노했다. 평생 이런 느낌을 누군가에게서 받은 적은 무공을 익힌 이후론 결단코 없었다.

'내가 왜, 사라성주도 이길 자신이 있는 내가… 저런 평범하기 그지없게 생긴 사내에게 주눅 드는 것이지?!'

이를 악물며 분노를 삼키니 의외로 기분이 한결 가라앉으며 냉정해지는 자신을 느낄 수 있었다.

'내가 경험하지 못한 무공에 맞닥뜨려져서 그런 것일 거야. 내가 누구보다 강하다는 것을 나 자신도 알잖아? 호호! 저자도 마찬가지겠지만 나도 아직은 본실력을 드러내지 않았어.'

그녀가 이런 생각을 하자 이제 그의 엄청난 기세가 두렵지 않게 되었다. 대결에서 마음의 조절만큼 중요한 것도 없다는 것이 새삼 드러나고 있었다.

그녀는 서서히 섬전뇌기공을 일으키면서 섬전무가 사상 초대 가주 외에는 누구도 익히지 못했다던 섬전검법 후사식(後四式)의 구결을 하나하나 기억하기 시작했다. 만약 이것만 익혔더라면 그녀는 지금의 강자는 될 수가 없었다. 되어봤자 초대 가주만큼의 무공만 익힐 수 있었을 것이다. 하지만 그녀는 어느 순간 섬전뇌기공의 보이지 않는 그 이상의 경지까지 깨달으면서 자신만의 새로운 무공으로 나아갔으며 그것은 후사식의 위력을 더욱 강하게 할 수 있는 밑바탕이 되었다.

'섬전검 구식 낭아회척(狼牙回掔).'

낭아회척은 이기어검술의 일종이었다. 하지만 검의 회전이 강렬하게 일어나는 것으로 더욱 강력한 위력을 가할 수 있는 검법이었다.

그녀는 검결을 떠올리며 검에 내공을 주입했다. 검을 잡은 손을 놓자 그녀의 검끝이 인중을 향한 채 그녀의 가슴 앞에 떠서는 강렬한 회전을 하기 시작했다.

'어검술?!'

사마진영은 그녀의 검이 뜬 채로 회전하는 것을 보고는 어검술의 일종임을 눈치 채고 크게 경악했다. 검의 정도(正道)를 걸었을 때 극에 달한 것이 어검술임을 그녀는 알고 있었기에 그 위력도 얼마나 강한지는 충분히 짐작했다. 만병의 왕인 검에서도 최고의 경지라고 일컬어지는 어검술. 그것이 이십대의 젊디젊은 여인에게서 시전되려 하고 있는 것이다.

"……."

하지만 사마진영은 그가 전설의 무인 천궁자도 쓰러뜨린 상상도 못할 강자라는 것을 알고 있었다. 어검술에 쉽게 당할 사람이 아니었다. 그녀가 봐도 관영호는 오화란에게 한 수 접어준 채 상대하는 것 같았고, 아마 그것 때문에 잠시 불안한 마음이 일었던 것이 분명하다고 사마진영은 생각했다.

선공은 오화란이었다. 그녀의 앞에서 뜬 채로 회전하던 검이 빠른 속도로 그를 향해 날아갔다. 하지만 선공에 대한 대응 또한 너무나 빨라 고수 아닌 자가 보았다면 동시에 공격한 것으로 보일 정도였다.

오화란의 낭아회척과 관영호의 혈영천마장은 그 속도 차이 때문인지 관영호와 멀지 않은 곳에서 부딪쳤다. 큰 굉음을 기대했던 사마진영은 그렇지 않자 의아한 눈으로 장내를 다시 살폈다.

지지지직!

그녀의 검과 혈영천마장은 큰 폭음을 내지 않고 마치 살이 타는 듯한 소리를 내면서 밀고 당기고 있었다. 거대한 두 힘이 만나자 곧 대치 상태에 들어가게 된 것이다.

"으으!"

"……."

자칫하면 내공 대결로 이어질 수 있는 상황이었지만 오화란은 길게 끌지 않으려는 듯 힘을 더 끌어올렸다.

파아앗!

마치 빛이 폭발하는 듯한 소리가 들리며 그녀의 검은 혈영천마장의 강대한 힘을 뚫고 그의 가슴을 향해 날아갔다.

"안 돼!"

사마진영은 그 섬뜩한 광경에 자신도 모르게 소리를 질렀지만 이미 늦은 외침일 뿐이었다. 그녀가 달려가 돕기에는 오화란의 검이 그녀보다 훨씬 빨랐던 것이다.

무언가 스치는 소리가 크게 나면서 오화란의 삼 척가량의 장검은 그를 지나가 뒤쪽의 나무로 날아갔다. 그 여력이 얼마나 대단했던지 그녀의 검은 나무를 그대로 베어버리고는 크게 회선하여 그녀의 앞으로 날아와 땅에 떨어지고 있었다. 그녀의 검에는 붉은 피가 맺힌 채 땅을 적시고 있었다.

"관 공자……."

그녀는 왼쪽 겨드랑이 바로 아래쪽을 오른손으로 쥐고 있는 관영호를 안타깝게 바라보았다. 그리고는 다가가려 했는데 그는 왼팔을 펼쳐 그녀가 오는 것을 막았다.

"헉… 헉……! 피, 피했단 말인가?"

그녀는 지쳐 숨을 헐떡이면서 놀람에 찬 목소리로 반문했다. 믿을 수 없다는 표정이 확연했지만 현실은 냉정한 법이다.

관영호는 자신의 가슴으로 날아오는 검을 아슬아슬하게 피해낸 것이다. 그래도 완벽히는 피하지 못해 겨드랑이 아래쪽을 다친 것 같았다. 그의 옷과 오른손은 피로 서서히 물들어가고 있었다.

"그 상황에서 힘을 더 부여해 다음 검식으로 넘어가다니… 대단헛소. 나야말로 방심해서 크게 상할 뻔했군."

그는 그래도 단족스러운 듯 그녀를 보며 미소 지었다. 오화란은 빨리 끝내려는 심산으로 무리하여 십식 낭호폭(狼虎瀑)을 그 상태에서 썼던 것인데 그 회심의 일격이 경상 하나로 끝나 버렸으니 허탈함이 이루 말할 수 없었다.

"아직 그게 끝은 아닌 것 같지만 상당히 지쳐 있군. 그러면 간 소저를 위해 할 일을 못하게 될지도 모르잖소. 자, 어떡할 것이오?"

"으… 건방 떨지 마라! 아직……!"

그녀는 거칠게 소리친 후 한쪽 무릎을 꿇은 상태에서 검을 쥐어 그에 의지한 채 간신히 몸을 일으켰다. 다시 자세를 잡고 내공을 더욱 끌어올리는 것을 본 그는 그녀가 더 이상 무리를 하면 좋지 않을 것이라 판단했지만 굳이 염려의 말을 해줄 마음은 없었다. 그녀는 일단 자신들을 죽이러 온 것이고 자신은 그녀를 막아야 했다.

"후, 십일초식 연환뢰섬강(連環雷閃罡)!"

그녀가 관영호를 향해 검끝을 겨누자 검환(劍環) 형태의 강기가 연달아 그를 향해 쏟아졌다. 열 개의 검환이었는데 검환의 경지에 이른 것도 대단한데 거기에 더해 저런 신기막측한 무공을 사용하니 놀랍기 그지없었다.

'허, 정말 대단하군.'

그는 더 이상 생각하지 못하고 그녀의 검환을 맞받아야 했다. 그도 피와 살로 이루어진 몸이었기 때문에 이번 것은 방심할 수 없었다. 재빨리 품에서 비도를 꺼내어서는 혈천지옥도 극(極)을 펼쳤다. 엄청난 길이의 도강이 솟아오르면서 일렬로 다가오는 검환들을 순식간에 그어 버렸다. 대기마저 갈라 버릴 듯 패도적이며 날카로운 도강. 극만으로는 부족한 느낌이 있었지만 그래도 피해는 감수할 자신이 있었다.

파파팟!!

검환들이 하나하나 잘리며 공중에서 소멸되어 갔지만 모두가 소멸된 것은 아니었다. 남은 몇 개의 검환이 살인적인 위력을 담은 채 그에게 부딪쳐 간 것이다. 그는 예상대로 다른 무공을 써 막을 기회는 이미 늦었다고 판단하고는 온몸에 혈영강기를 끌어올려 방어했다. 조금 위험했지만 애초에 이 정도의 피해는 감수할 자신이 있었기에 괜찮다고 생각하는 그였다.

파파파광!!

가죽 북 터지는 듯한 소리가 나면서 그의 몸이 공중에 뜬 채 뒤로 날아갔다.

"관 공자!"

사마진영은 이번에는 정말 정통으로 맞은 줄 알고 경악성을 터뜨렸다. 하지만 놀랍게도 그는 공중에서 멋지게 한 바퀴 공중돌기를 하고는 가볍게 땅 위로 착지했다.

"괜찮나요?!"

"……."

그는 고개를 끄덕였다. 다른 사람이었다면 고통이 매우 심했을 것이나 그는 고통을 남보다 훨씬 적게 느끼는 몸이었기에 별상관은 없었다. 그리고 내상은 전혀 없는 듯 안색은 멀쩡했다.

그걸 본 오화란은 조금씩 흔들릴 수밖에 없었다. 흔들리지 않는다면 그건 인간이 아니리라. 자신의 최고에 가까운 절기를 정통으로—비록 위력이 격감되긴 했지만—맞고도 내상 하나 없이 멀쩡한 상태인 사람을 보면 누구나 심금이 떨리지 않을 수 없을 것이다.

"너, 너는 대체, 쿨럭!"

그녀는 내공을 너무 무리하게 사용했는지 다시 한쪽 무릎을 꿇고는 기침을 했다. 하지만 피가 나오지 않은 것을 본 그는 내기가 잠시 상했을 뿐 그녀 정도라면 금방 회복할 수 있을 것이라는 걸 알았다.

"당신도 대단하구려. 그 정도로의 내공을 소모하고도 심한 내상은 아닌 것 같으니……. 아직 숨긴 것이 있는 것 같소?"

그는 묘한 미소를 지으며 그녀를 바라보았다. 보면 볼수록 신기했다. 저 나이에 저토록 고강한 무공을 가지고 있다는 것이 그에게는 놀라울 뿐이었다. 자신은 저 나이 때 저렇게 강한 경지에 이르지 못했다. 아니, 자신 말고 그가 보았던 천재라 불리던 몇몇도 그 정도의 경지는 이르지 못했다. 만약 같은 나이였을 때 싸웠다면 진 것은 자신이었다.

"헉, 헉……! 내게… 시간을 주는 것이냐?"

"맘대로 해석해도 좋소."

"분명 여기까지는 내가 진 것 같다. 인정한다……. 내공에서는 내가 뒤지는 것 같으니……. 내 내공도 만만치 않은데… 괴물 같은 놈!"

"……."

"하지만 이제 다를 것이다. 난… 반드시 너희들을 죽일 테다. 아가씨를 위해서!"

그녀는 전과는 느낌이 완전히 다른 엄청난 힘이 솟아 나오기 시작했다. 관영호의 기도를 능가할 정도의 절대적인 힘!

"놀랍구나. 대단한 성취다. 그 상태로 간다면 내 친구 못지않은 경지에 이를 수 있겠구나."

관영호는 그녀의 경지에 진정으로 감탄했다. 비록 대치하고 있는 상대였지만 초월경에 이르지 않은 사람이 저 정도의 경지를 보인다는 것에 절로 고개가 끄덕여졌다.

"간다!! 파쇄뇌각(破碎雷角)!!"

그녀는 큰 소리로 외쳤지만 그 소리와는 달리 힘이 없는 듯한 몸짓으로 가볍게 검을 날렸다. 하나 검이 곧 열여섯 조각으로 나누어지면서 그를 향해 날아갔다. 번개를 방불케 하는 열여섯 조각의 검 조각!

그것은 장엄한 유성우였으며 위대한 자연의 분노와도 같았다.

섬전검의 특색은 그 무엇보다 섬(閃)이다! 엄청난 속도는 전보다 더욱 향상된 듯 순식간에 그를 향해 날아가는 어검 조각들. 하지만 관영호의 반응 또한 그에 못지않게 놀랍도록 신속했다.

"무(霧)!"

파아아앗!

쿠쿠쿠쿠쿵!!

사방을 뒤덮을 정도로 광범위한 붉은 안개가 그의 손바닥에서 쏟아져 나오면서 검 조각과 부딪치자 엄청난 굉음이 났고 이내 형언할 수 없을 정도로 붉은 빛이 어둠을 밝히며 사방을 휘감았다.

"아아악!!"

혈광의 끝에 남은 것은 처절한 오화란의 비명 소리뿐이었다. 그녀는 '무'의 힘을 이기지 못하고 십 장 이상 뒤로 날아갔다. 입에서는 내상에 의한 피가 허공 가득히 쏟아지고 있었다. 하지만 얼마간의 힘을 빼고 싸움에 임했기 때문에 그녀가 죽을 것이라는 염려는 하지 않았다. 그녀는 자신을 죽이려 했으나 자신은 애초부터 그녀를 죽일 마음이 없었던 것이다.

확실히 그녀는 그에게 있어서 흥미로운 존재였다. 어린 나이인데다 뭔가 뒤틀린 사고를 지닌 여인임에도 그 정도의 성취를 이루었기 때문이다. 나이로 치면 사마진영도 비슷하게 강했지만 이 여인은 더욱 강했기 때문에 더 흥미가 있었다.

"언젠가 더욱 강해지면 그때 다시 한 번 겨루어봤음 하오."

"……."

하지만 정신을 잃은 그녀에게서 대답이 나올 리 없었다. 그는 그녀에게 다가가 내상 치료약을 먹여주고는 사마진영에게 다가왔다.

"자리를 옮기는 것이 어떻소? 대결로 주변이 엉망이 되어서⋯⋯."

"그게 좋겠군요. 정말 괜찮나요? 그런 것을 몸에 정통으로 맞고도요?"

"괜찮소. 그나저나⋯⋯."

그는 말꼬리를 흘리고는 숲 속의 어느 한 나무 위를 바라보더니 희미하게 웃으며 말했다.

"백리 소저, 그대의 호기심과 탐구력은 감탄하오만⋯ 이제 그만 내려왔으면 하오."

"⋯⋯!"

"모르는 척하려 하지 않았나요?"

사마진영은 조용히 웃으면서 말했다. 그녀도 백리경이 있다는 것은 알았지만 관영호가 아무런 기색이 없어 무시하려 하나 생각했기에 아무 말 하지 않았던 것이다.

"알고 있었군요."

백리경은 나무 위에서 가볍게 아래로 뛰어내리더니 장내로 들어왔다. 자주색 무도 경장 차림이 훤칠한 키에 매우 잘 어울리는 모습이었다.

"모른 척하는 것이 좋을 것이오."

"⋯⋯."

"방금 전의 일에 대해서나 간도민에 대해서나 나에 대해 발설한다면 내가 귀찮아지는 일이 많으니 좋지 않을 것이고⋯ 간도민에 대해서 아는 척을 한다면 그녀가 당신을 죽일 것이오. 우리를 죽이려 했던 것처럼."

"별로 두렵진 않아요."

"두려운 것과는 다르지. 죽음과 관계있는 것이니까 말이오."

"얼마나 위험한지는 몰라도 죽지 않을 자신은 있으니 걱정은 안 해 주셔도 되오."

그녀는 약간 거슬렸는지 얼굴이 살풋 찌푸린 채 말했다. 이지적인 여인이 얼굴을 찌푸리니 마치 고민을 하는 듯한 표정 같다는 생각에 그는 웃음이 흘러나오려 했으나 참고는 몸을 돌려 짐을 들었다.

"때론 말할 필요가 없는 것들도 있소. 이번 경우가 그렇지. 그대는 입이 가벼운 사람이 아니길 빌 뿐이오."

"그런 건 걱정 말아요. 원한다면 말을 하지 않을 테니. 하지만 흥미가 가는군요. 엄청난 실력을 가진 당신 말이에요. 오화란도 물론이고. 둘 다 믿기지 않는 실력을 가진 고수들이란 것, 정말 흥미있는 사실이군요. 역시 사부님의 말씀처럼 세상에는 숨어 사는 고수들이 많은 것 같아요. 느낌으로만 알던 것을 두 눈으로 직접 확인까지 했으니……."

그는 자신이 흥밋거리가 되어버리자 자신이 흥미있어 하던 것과 비슷한 상황에 재미있다는 생각이 들었다. 자신은 남을 흥밋거리로 여긴 적이 있는데 지금은 자신도 남에게 흥밋거리로 비춰지고 있다. 이것조차 재미있다고 해야 할지 아니면 어이없다고 해야 할지 알 수 없었지만 그다지 중요한 생각은 아니었기에 일단 그만두고는 사마진영을 재촉해 걸음을 옮겼다. 남겨진 백리경은 그들의 뒷모습을 바라보다가 한쪽에 쓰러져 있는 오화란을 바라보았다.

"도와주고 싶지만… 내가 당신을 돌보면 조금 위험해질지도 모르겠 군요. 죽을 것 같지는 않으니… 그럼."

그녀는 어찌 보면 매정할 정도로 간단히 장내를 벗어나 버렸다. 나무 위를 날아가는 그녀의 신형은 달빛에 비추어져 미려하게 빛났다. 자리에 쓰러져 의식을 잃은 오화란의 슬픈 몸만이 후일을 말해 주듯 섬뜩하게 어둠으로 스며들고 있었다.

"이제 그녀와의 인연은 끝일까요?"

길을 걷던 사마진영이 갑작스런 질문을 했다. 관영호는 그녀가 누구를 지칭하는지를 알고 잠시 생각하더니 고개를 들어 달을 바라보았다.

"아직……. 간도민과의 인연은 꽤나 질길지도 모르오. 하지만 알 수 없는 것 또한 하늘이 정해준 인연. 그것이 좋게 될지 나쁘게 될지는 아무도 모르는 법이오. 다만 기다리면 다가오는 것이 세상사 아니겠소? 나나 그대나 그때가 되면 어떻게 될지 저절로 알게 될 것이니 굳이 지금 생각할 필요가 있겠소? 그것만이 아니라도 인간 개개인 누구나 짊어져야 할 짐도 많고 자신조차도 그 이유를 알 수 없는 생각나지 않는 고민도 많지 않소. 다만 우리가 가져야 할 것은 그때가 되었을 때 스스로를 잃지 않는 것뿐. 당연한 말이지만 누구나 지키기 힘든 일이기도 하오. 단순함 속에 진리가 있으며 그 진리를 지켜 나가는 사람이 초월할 수 있는 법이오."

관영호의 깊은 뜻이 담긴 말을 사마진영은 곰곰이 되씹고 있었다. 이해될 듯 말 듯한 애매한 말이었지만 그 느낌만은 전해져 그녀에게 울리고 있었다.

  '단순함 속에 진리가 있지만 지켜 나가기 힘들며 그것을 지켜 나갈 수 있는 자가 초월할 수 있다……. 아직은 잘 모르겠지만 언젠간 나도 알겠지? 그리고 언젠간 강해질 것이다, 그분의 유언처럼.'

  그녀는 가슴에서 천궁자의 얼굴이 떠오르자 가슴이 뭉클했지만 이내 지워 버리고는 부지런히 그를 뒤따랐다. 여름이라 춥지는 않았으며 아직은 깊은 밤이었다.

◆제4장 ◆ 추억의 사내

“사막의 바람…… 좋군.”

사내는 옥문관 너머 불어오는 바람을 맞고 있었다. 모래가 섞여 있어 잘못하면 콧속으로 모래가 들어갈 판인데도 그는 개의치 않는 듯했다. 서른 초반으로 보이는 사내는 딱 벌어진 어깨에 적당한 키의 강인한 느낌을 풍기는 체격을 지니고 있었지만 얼굴의 윤곽은 부드러운 선이 져 있어 강인한 느낌은 아니었다.

입가에 살짝 맺힌 미소는 그가 상당히 사람을 기분 좋게 해줄 수 있는 사람임을 짐작키 했다. 오랜 여행으로 인해 약간 탄 얼굴이었지만 얼굴에서 밝은 빛이 나는 듯한 느낌을 주고 있어 처음 보는 사람도 편하게 대할 수 있을 인상이었다. 그리고 귓가에 꽂혀 있는 나뭇가지가 어울리지 않을 듯하면서도 괜찮아 보여 시선을 끌기에 충분했다.

“후……..”

그는 숨을 길게 내쉰 후 오른쪽 어깨를 왼팔로 주무르면서 목 운동을 했다. 마치 뭔가를 준비하는 듯한 행동이었지만 주변에 아무것도 없는 것을 볼 때 아무 의미 없이 하는 행동인 것 같았다. 하지만 사내의 지금 심정은 그 어느 때보다 긴장하고 있다는 것을 누가 알고 있을까.

“몇 년 만인가, 친구. 후후.”

그는 어디론가 걸어갔다.

“…….”

그는 옛 추억이 되살아나는 느낌에 환하게 미소 짓고 있었다. 어떤 일이 있었는지는 모르지만 다섯 개의 봉분도 있었다. 하지만 결코 을씨년스러운 분위기가 아니라 풍취가 느껴지고 있었다. 죽은 이들에게는 미안한 일이지만.

“슬프지만 슬프지만은 않은……. 안타까움인가? 느껴지는군, 친구의 마음이.”

그는 고개를 돌려 허름한 집을 바라보았다. 변치 않은 정겨운 모습이었다.

“오랜 세월이 흘렀건만 변한 건 하나도 없구나, 너와 나의 추억이여……..”

“후후후, 하지만 놀라운걸? 여자가 있다니! 여자랑은 평생 인연이 없을 것 같던 무뚝뚝한 친구가 말야. 크크크!”

그는 장난스럽게 웃으며 자리에 털썩 주저앉았다. 자신의 얼굴을 쓰다듬으면서 쓸쓸하게 웃었다. 어떤 의미의 웃음이었을까?

"미안하군. 나로 오지 못해서⋯⋯."

알 수 없는 말이었지만 그의 말에는 정말 미안한 마음과 안타까운 마음이 묻어나 있어 누가 옆에 있었다면 이 사내가 집주인에게 큰 잘못이라도 한 것처럼 보였을 것이다.

"하지만 나는 나겠지. 이 모습이 이제는 변해야 나타나게 되는 모습이긴 하지만 나의 영혼은 여전하다네. 후후."

그렇게 말한 그는 한동안 아무 말 없이 주위를 둘러보았다. 간간이 나오는 미소는 마치 그 옛날의 추억을 되새기는 아련한 아상 같아 보였다. 바람이 그의 머리를 휘날리면서 가볍게 모래가 일어나 잠시 그의 회상을 깨뜨렸다.

"어이쿠!"

그는 기분 좋은 당혹성을 내지르며 팔로 모래를 막았지만 가는 팔로는 바람에 실린 모래들을 막을 수 없었다. 그래도 그는 짜증 내는 기색 없이 여전히 기분 좋은 미소를 짓고 있었다.

바람이 일며 그의 머리가 날리는 광경, 그의 해맑은 미소, 그리고 그 배경은 끝없는 모래 사막. 누가 보았다면 한 폭의 그림 같다고 생각할 정도로 매력적인 광경이었다. 행동 하나하나가 자연스럽게 주위와 동화되어 가는 것은 아마 빛 바랬지만 아름다웠던 진실된 과거를 회상하고 있기 때문일지도 몰랐다.

조금씩 바람이 강해지고 있는 것이 한동안 거센 바람이 불 것 같았다.

"이럴 땐 집에 있는 것이 최고지. 신세는 지지 않으려 했지만 할 수 없군. 후후!"

그는 바로 앞에 있는 옛 추억의 집으로 걸어 들어갔다.

"누구세요?"

아름다운 옥음이 들리며 자칫 잘못 열었다간 부서질 것 같은 문이 서서히 열렸다.

"클클, 미안하구려. 바람이 거세질 것 같아서 늙은 노인네가 잠시만 신세를 지려고 이렇게 무례를 범하게 됐소."

젊은 사내의 모습은 어느새 노인의 모습으로 변해 있었다. 그는 관영호와 사마진영이 예전에 청해호에서 본 적이 있는 유랑개의 모습이었다.

"어머, 사막 바람이 거세지네요. 요즘 들어 자주 그래요. 들어오셔서 따뜻한 차라도 마시면서 바람이 그칠 때까지 시간을 보내세요."

"고맙소. 심성이 고운 아가씨구려. 요즘 흔치 않게 맑은 마음과 사람을 상쾌하게 해주는 목소리까지 가졌구려."

그는 아부인지 칭찬인지 모를 말을 하며 몸에 내려앉은 모래를 털고 집 안으로 들어갔다. 그의 몸은 긴 여행을 했음을 보여주는 듯 남루했지만 얼굴에는 남을 거스르지 않는 편안함이 깃들어 있어 유아빈은 어떤 거부감도 느끼지 않았다. 그래서 더욱 흔쾌히 그의 입거를 허락했는지도.

여름의 문턱이 다가왔기에 문을 열어놔야 하건만 닫혀 있는 집이었다. 하지만 신기하게도 시원했다. 그는 이 사실을 알고 있었지만 일부러 놀란 척했다.

그녀는 한쪽 눈을 찡긋 감으면서 장난스럽게 말했다.

"허허, 내가 소저보단 몇십 년 인생을 더 살아봐서 아는데 그런 남자일수록 표현을 잘 하지 않지. 하지만 그런 남자일수록 믿음직스런 면도 많을 것이오."

"맞아요."

그녀는 고개를 크게 끄덕이며 그의 말에 동의했다. 그는 계속 말을 이었다.

"흠, 늙은 나이에 이런 말을 하려니 쑥스럽구먼. 소저는 그 사람에게 사랑한다는 말을 한 적 있소?"

"엥?!"

유아빈은 그의 말에 깜짝 놀란 듯 두 눈을 크게 떴다. 그 모습이 얼마나 귀엽고 웃겼던지 그는 하마터면 크게 웃을 뻔했다.

"왜 그러시오?"

"그리고 보니 그런 말은 한 적이 없네요."

그녀는 풀이 죽어서는 어깨를 축 늘어뜨리며 힘없이 대답했다.

"쯧쯧, 그래도 실망하지 마시오, 소저. 아마 소저의 마음을 어느 정도는 알 것 아니오? 거기서 이제 그 말만 더한다면 그 남자는 더 이상 피할 수 없을 것이오. 말없이 그대의 마음을 알게 하는 것과 말을 해서 그대의 마음을 표현하여 그 사람이 알게 하는 것과는 크게 다르오. 적어도 그 남자의 입장에서는. 어떻소, 조금 대답이 된 것 같소?"

"네, 정말 해답을 찾은 것 같기도 해요. 호호호!"

그녀는 정말 기분이 좋은지 시원하게 웃었다. 그 모습에 그도 기분이 좋아짐을 느끼며 같이 너털웃음을 짓고는 다시 말했다.

“소저의 그 행복한 남자는 어디 갔소?”

“여행 갔어요.”

“에잉! 데리고 가도 시원찮을 판에 떼놓고 갔단 말이오? 그것
도…….”

그는 ‘다른 여자랑’ 이라고 말하려다가 급히 말을 끊어버렸다. 하마
터면 실수할 뻔해서 가슴이 약간 두근거리는 그였다. 다행히 그가 말
을 도중에 끊었는데도 이상한 점을 알아차리지 못하고 그의 말에 발끈
하면서 말했다. 가재는 게 편일 수밖에 없었다.

“아니에요! 그 사람이 날 데려가려고 했지만 난 그냥 그의 일상의 자
리를 지켜주기 위해서 남는다고 했단 말예요!”

“……”

그는 약간 눈을 크게 뜬 채 황당한 미소를 지으며 그녀를 가만히 쳐
다보았다. 그러자 그녀는 자신이 실수한 것을 깨닫고는 쑥스러운 표정
으로 그에게 사과했다.

“어머! 죄, 죄송합니다. 이런 무례를…….”

“허허허허허!”

그는 오랜만에 크게 웃을 수 있었다. 얼마만에 크게 웃는 것인지 알
수 없었다.

“소저는 정말 재미있구려. 괜찮소. 오히려 보기 좋소. 그 남자, 정말
행복하겠구먼.”

“……”

그녀는 살짝 미소 짓는 것으로 그의 말을 받았다.

“그 마음 변치 말기를 바라오. 남녀지간의 일은 그 미래를 알 수가

없어 슬픈 일이기도 하기 때문이오."

그는 진심을 담아 그렇게 말했다. 그녀는 입술을 꼭 깨물고는 결의에 찬 눈빛으로 고개를 크게 끄덕였다.

"물론이죠. 일편단심이에요. 그리고 그 사람보다 잘난 사람은 절대 없으니까 아마 내 마음을 흔들 남자는 절대로 없을 거예요. 호호호!"

그녀는 그의 자랑을 완벽하게 하고는 기분이 좋은지 다시 크게 웃었다.

"허허……."

그는 약간 황당한 웃음을 지었지만 이내 멈추고는 밖을 바라보았다. 여전히 바람은 거세게 불고 있었다. 더 있으면서 그녀와 이야기하고 싶었지만 가야 할 때였다. 그는 눈을 내리깔고 희미하게 미소 짓고는 다시 그녀를 보고 말했다.

"이 노인네는 워낙 여행을 좋아해서 말이오. 클클… 역마살이라도 끼었나 보오."

"아, 여행을 하신다고 하셨죠? 저에게 이야기나 해주세요. 바람이 그칠 때까지라도요."

그녀는 정말 기대된다는 듯 눈을 반짝이며 그의 입을 바라보았다. 하지만 그는 미안한 듯한 미소를 하고는 말했다.

"이 일을 어찌하면 좋소. 허허, 벌써 바람이 그쳐 버렸구려."

"어머? 벌써요? 보통 반 시진은 부는데요. 잘못 보신 거 아녜요?"

그러면서 그녀는 창문을 통해 밖을 바라보았다. 정말 바람은 그쳐 있었고 밖은 고요한 사막이 눈앞에 펼쳐져 있었다.

"어머? 벌써 그쳤네요? 이상하네?"

"허허! 아가씨가 나의 재미있는 이야기를 들을 인연이 없었나 보오."

그는 익살맞게 말하곤 자리에서 일어났다. 그녀도 같이 일어났지만 그는 그녀를 막았다.

"아니오. 배웅할 필요는 없소. 그런 것마저 받으면 신세진 노인은 너무나 미안해서 다른 곳으로 떠날 수 없지 않소. 여행자는 절대 한곳에 큰 정을 주어서도 받아서도 안 된다오."

그는 따뜻하게 웃으면서 그녀의 어깨를 눌렀다. 그리고는 품에서 조그마한 환단을 꺼내었다. 금박에 싸여 있어 매우 귀한 것처럼 보였는데 은은한 향까지 나고 있어 누구나 먹고 싶은 충동을 일으킬 정도로 향기로웠다.

"쉬게 해준 것에 대한 보답이오. 클클!"

"이건……?"

"생명을 구할 수 있는 약이오. 누군가 위험한 일에 빠져 생명이 경각에 달렸을 때 이것을 먹으면 회복할 수 있는 명단이지. 특히 사랑하는 사람이 그런 일에 빠진다면 더욱 필요할 것이오."

"이런 귀한 것을!"

그녀는 거부하려 했지만 그의 손은 이미 떠나 있었다.

"괜찮소. 난 필요없으니까. 잘 간직했다가 신중하게 쓰시오. 허허."

그는 유아빈이 거짓 같은 내용을 잘도 믿는다고 생각하며 모퉁이를 돌아 문을 열고는 밖으로 나갔다. 여전히 바람은 강하게 불고 있었지만 그녀의 눈에는 고요한 사막만 보일 뿐이었다. 하지만 그녀는 밖에서 바람이 강하게 불고 있는 것을 몰랐다.

"거짓 같아도 효력은 좋을 것이오."

그의 모습은 어느새 삼십대 초반의 사내로 변해 있었다. 거센 바람이 그를 밀치고 있었지만 그의 걸음은 변함이 없었다. 지독한 모래 가루가 그의 시야를 괴롭혔지만 그는 역시 요지부동이었다.

"내게는 할 일이 아직 있지. 후후."

그는 무언가를 보려 했던가? 걸음을 멈추고는 동쪽 하늘을 쳐다보더니 다시 걸음을 옮겼다.

"동(東)에는 흉(凶)이고 남에는 대흉(大凶)이라……. 동에는 흉마(凶魔)가 나고 남으로 심마(心魔)가 움직이고 있다. 모두 나의 손에 움직인 것이나 그 뜻은 하늘에 달려 있으니……."

그는 누구에게 하려고 했는지, 그리고 점 보는 사람들이나 하는 무슨 뜻인지 이해할 수 없는 말을 한마디 내뱉고는 입을 다물었다. 모래 바람 와중에서도 그의 목소리는 주변에 똑똑히 울려 퍼질 정도로 맑고 분명했다. 그의 걸음은 계속되고 있었다.

◆제5장 ◆ 오패마(五覇魔)

[모월 모일. 맑음.

호북으로 가고 있다. 이제 사라성으로 가는 것이다. 어디까지나 개인적인 이유로 가는 것이긴 하지만 어차피 십만대산이 있는 광서르 가는 길에 겸사겸사해서 가는 것도 나쁘진 않다고 생각한다.

대충 삼 일 정도면 도착할 것 같다. 사라성이 과연 우리를 환영할 것인지는 알 수 없지만 친구를 보고 싶은 마음이 있으니 가는 것이다. 왜 동쪽 길에는 흉만이 있는 것일까? 단지 알려지지 않은 사람 하나가 친구 몇 명 보러 가는 것뿐인데 말이다. 어찌 됐든 무공으로 나를 막을 수 있는 사람은 거의 없을 것이다. 힘어는 굴복하지 않을 자신이 있지만 인간의 일이라는 것은 정말 알 수 없는 것이기도 하다. 무슨 일이 일어날지는 아무도 모른다.

친구들을 다 볼 수 있을까 걱정도 했지만 다 볼 수 있을 가능성이 높다. 아무래도 결혼식이 있으니까 많은 사람들이 올 것이므로 그들도 모두 참석하지 않을까 한다.

하지만 묘계은밀대는 상당히 비밀스런 집단인지라 표면적으로 드러내놓고 활동하는 집단이 아니었기에 사람들이 많이 오지 않을지도 모른다. 청풍룡 임사우가 있기 때문에 그와 같이 있었던 다른 사람들도 아마 오지 않을까 하는 막연한 기대만 하고 있다.

그들을 만나면 무슨 이야기를 해야 할까? 그들이 날 과연 기억해 줄까? 날 반겨줄까? 이런 상념들이 마구 일어났지만 쓸데없는 회의는 필요없다는 생각에 곧 그만두었다. 중요한 것은 그때 상황에 부딪쳤을 때의 마음가짐인 것이다. 초심만 있다면 난 자연스럽게 그들을 대할 수 있을 것이고 그들도 나를 자연스럽게 대할 수 있을 것이라 확신한다.

내일 지나갈 장강 삼협(三峽)은 또 하나의 눈요깃거리가 될 것이다. 사마진영에게 구경시켜 줄 수 있어 중원행에 데려온 보람이 있는 일이기도 하다. 그리고 약간 무리를 해 아미산(峨眉山)에도 다녀와야겠다. 아미산의 정상에서는 자연의 위대한 조화인 불광(佛光)을 볼 수 있는 기회가 있기 때문에 결코 놓치고 싶지 않다.

아미산의 불광에 관해서는 그 전설이 상당히 많이 있다. 서천의 극락에서 보살이 아미산 정상에 와 불법을 펼치니 아침마다 불광이 일어나 중생을 비추게 되었다는 전설이 문득 기억났다.

이것저것 생각한다고 벌써 반 시진이나 지났다.]

[모월 모일. 맑음.

오늘은 재미있는 일이 일어났다. 우연이랄까? 우연이라고 하기엔 너무나 우연적이라 난 재미로 받아들였다.

그녀와 아미산을 구경하고 원래의 길로 되돌아오기 위해 회귀하는 도중 그들을 만난 것이다. 그들은 내가 예전에 사라성에서 본 적이 있는 천풍공자 뇌운성, 그리고 나의 친구 중 하나인 마검 우영, 그리고 모용황룡의 딸이자 날 싫어하는 모용군영 이렇게 셋이다.

그들 셋은 회골림의 일곱 사람들에게서 공격을 받고 있었던지라 만난 상황이 그렇게 평화롭진 않았다. 내가 보기에 뇌운성이 있다면 절대 위험하지 않을 것이라 생각했는데 회골림의 일곱 명은 예상외의 놀라운 실력을 지니고 있었다. 마검 우영보다 월등한 실력을 지니고 있었는데 그녀가 일 년이 지난 사이 초마검도를 수련해 대단한 발전이 있었는데도 그들은 그녀보다 강했다. 모용군영은 이미 상처를 입었는지 장내에서 물러나 있었는데 일곱 명 중 두 사람이 우영과 상대했고 다섯 사람은 뇌운성과 상대했다.

뇌운성의 천뢰신공은 역시 전설의 무인 천뢰상인만의 무적의 절기다웠다. 그리고 그는 다섯 명이나 상대하는데도 무리가 없는 것을 보면 천뢰상인의 진전을 잘 이어받은 것 같았다. 하지만 그 역시 그들을 쉽게는 제압할 수 없었기에 시간이 흐르고 있었는데 그것은 물론 우영과 모용군영의 위험을 의미하는 것이었다.

친구의 위험은 못 본 척할 수 없는 노릇이라 내가 사마진영에게 도움을 부탁하자 그녀는 나의 부탁을 들어주었다. 그녀는 천궁자가 물려준 궁을 들고 장내로 나가자마자 강기(罡氣)형의 활을 뇌운성과 상대하던 다섯 명 중 한 명에게 날렸다. 이 일격으로 싸움의 판도는 순식간에 전도되었다. 그녀의 기습은 아슬아슬한 평수를 이루던 그들에게 크게 불리한 상황을 만들어주었다. 하나 그들은 상황 판단이 매우 빨랐는지 아쉬운 듯했지만 다친 동료를 이끌고 바로 떠나 버렸다.

사마진영은 아직 천궁자의 무형궁에까지는 이르지 못했지만 화살 없이도 활을 쏠 수 있는 강기의 경지는 거의 최고조에 이르러 있었다. 그녀도 일단은 천궁자의 천궁천멸을 쓸 수 있을 것이다. 옛날의 천궁자가 썼던 그 천궁천멸을 말한다. 물론 천궁자가 나와 대결 시 썼던 그 정도의 강렬하고 아름다웠던 천궁천멸을 쓰려면은 그녀도 초월경에 이르러야 하겠지만 지금의 경지만으로도 그녀는 충분히 강하다고 할 수 있겠다.

우영은 나를 반겨주었다. 어색해하지 않았으며 자연스럽게 날 반가워했다. 약간은 걱정도 했지만 이런 나를 잊지 않고 반겨주었다는 것에 기분이 매우 좋아졌다. 걱정을 한 나 자신이 어리석었다는 생각과 함께 다른 친구들을 대할 때 자신감마저 생겨났으니 우영이 고맙기까지 했다.

모용군영은 내가 나타난 것에 대해 상당히 놀라는 눈치였지만 그래도 아는 척은 해주었다. 고맙다고 해야 할지……. 하지만 신경 끄기로 했으니 그녀가 어떤 반응을 하든지 상관은 없다.

뇌운성도 그렇고 모용군영도 그렇지만 이 둘은 사라성의 귀빈으로 대접받고 있다고 한다. 뇌운성은 어디에 구속되기는 싫었는지 사라성에 소속되지 않고 귀빈으로만 있는 것이고 모용군영은 사라성주의 첫째 딸이자 철사접 호사란의 언니이기도 한 호사연의 손님이었다. 그리고 우영도 귀빈의 신분으로 사라성에서 머물고 있다고 한다.

지금의 사라성 체제의 무림은 모든 무림 방파가 사라성의 아래에 있다고 해도 좋았다. 독립을 인정하기는 했지만 현 체제에서 독립으로 크게 되기란 엄청 힘든 것이 당연했기에 대부분의 방파가 사라성 아래에 있다고 해도 무방했다.

그러므로 방파에서 배출되는 기재들은 모두 사라성의 일원으로 자동으로 영입되는 것이었지만 중원은 워낙 넓은 곳이다. 즉 그 기원을 알 수는 없지만 무공을 알고 있는 기인이사들이 많은 곳이 중원인 것이다. 그래서 그런 사람들을 위해 귀빈이란 대우를 해주면서 사라성에서 머물게 해주었으며 이는 사라성의 이름을 더욱 드높일 수 있는 제도이기도 했다.

최근엔 뇌운성과 임사우라는 새로운 젊은 영웅의 등장과 그들의 사라성으로의 영입은 사라성의 입지를 더욱 확고하게 해준 것이라고 한다. 우영도 방파가 있는 것이 아니라 어떤 이름없는 기인에게 무공을 전수받아 애초부터 소속이 없는 무인이므로 귀빈 대접을 받고 있는 것이었다. 물론 아무나 귀빈이 되는 것은 아니지만 그녀는 충분히 그 대접을 받을 실력이 있는 여인이었다.

그들이 왜 회골림의 공격을 받았는지는 모르지만 보아하니 세 일행은 회골림과 성(城)과 관련된 어떤 일을 하고 있는 것 같았다. 사라성에서도 분명 회골림을 아주 무시하고 있지 않는 것이 분명하다.

그의 이름이, 그래, 마뇌귀령사(魔腦鬼靈師) 제갈강(諸葛姜)이라고 했던가? 내가 그 당시 회골림에 몰래 잠입했을 때 보았던 사람이다. 그가 회골림의 수뇌로 세력을 키우고 있었다. 지금은 어떻게 되었는지 모르지만 아마 아까 그 일곱 명을 보건대 적지 않게 힘을 축적한 듯하다.

이들의 일에 신경 쓸 필요가 있는지는 의문이지만 흥미로운 것은 분명하다. 내가 있던 당시와는 다르게 집단전이라는 것이 일어날 수도 있기 때문이다. 내가 있던 당시만 해도 방파, 문파가 존재하긴 했었지만 성(城) 단위라는 대규모의 집단은 존재하지 않았다. 그리고 방파끼리의 싸움이라고 해도 모든 인원이 달라붙어 서로를 살육하는 일은 없는 시대였는데 지금은 그 양상이 크게 바뀐 듯하다. 집단전 이라……. 두고 볼 일이다.]

[모월 모일. 맑음.

오늘도 회골림의 습격을 받았다. 어제와 비슷한 수준의 무사가 열 명이나 왔다. 하지만 그들은 나와 사마진영에 대해서 너무 과소평가한 듯하다. 나야 나서지 않으니 상관없다 쳐도 사마진영에 대한 평가는 확실히 그들도 잘못 내렸음을 오늘 느꼈을 것이다.

뇌운성 못지않은 대단한 무위를 지닌 그녀의 가세는 회골림의 무사들을 참패시키고도 남았던 것이다. 모두들 그녀의 무공에 놀라는 듯했지만 그녀는 담담할 뿐이었다. 그들이 놀랄 수밖에 없었던 것은 평소엔 그다지 드러나지 않게 행동하다가 싸움에 임하게 되니 엄청난 패기와 기도가 그녀에게서 흘러나와 중인들을 압도했기 때문이다.

상황을 보니 계속 습격당할 것 같은데 당연히 그 강도도 더해갈 것이고 위험도 더해갈 것이다. 이들이 무슨 일을 하고 있기에 회골림에서 계속 집착하는지는 알 수 없지만 굳이 알려 하진 않았다. 친구들을 보는 것이 나의 목적이지 사라성의 일과는 관계가 없기 때문이다. 난 지금의 현실에 개입할 필요가 없는 사람이다.

그 옛날 나의 친구 유유객은 내게 이렇게 말했다.

'이 세상을 굳이 양심, 도덕, 명예, 다른 사람들의 시선에 매여 살 필요는 없네. 비록 자신이 사악한 마두라 해도 그것은 자신이 원한 일, 그에 대한 책임은 자신이 지는 것이지. 세상의 정의를 위해 살아가는 것도 자신이 원한 일, 그에 대한 책임은 자신이 지는 것이지. 이 세상을 등지는 것 또한 자신이 원한 일이 아닌가. 그 누가 자네에게 세상을 등지고 사는 것에 대해 뭐라고 하든 신경 쓸 필요없네. 자신이 원한 것은 자신이 책임을 지면 되는 것이니까.

내가 책임지면 되는 것이다. 내가 세상을 등지고 사는 것에 대한 책임을 말이다. 누가 나에게 세사(世事)에 너무 무관심하다며 날 욕한다 하여도 난 그것을 감수할 것이고 꿋꿋이 나의 길을 갈 것이다.

그 옛날 내가 저지른 않은 죄를 누군가가 내게 묻는다면? 여기서 난 씁쓸한 미소를 흘릴 수밖에 없다. 방법이 없다. 만약 그가 내게 목숨을 원한다면 난 그에게 목숨을 주어야 하는가? 아니, 그렇게 생각한다 해도 정작 그 상황이 되면 난 어떻게 할 것인가? 그것이 두려워 난 어쩌면 이렇게 세상에 철저히 무관심하려는지도 모른다. 하지만 이것이 나에 대해, 그리고 그들에 대해 최선의 방법이라면 계속 이렇게 할 것이다. 즉, 문제는 되도록 많이 만들지 않는 것이 가장 좋은 것이지 않은가? 친구의 말마따나 이렇게 함으로써 나는 그들에 대한 내 나름대로의 책임을 지고 있는 것이다.

[모월 모일. 맑음.

호북성까지는 이제 이틀이 남았다. 속도가 느린 편이다. 빠르게 가야 하는 것이 당연하겠지만 이상하게 이들은 일부러 느리게 가고 있는 것 같았다. 무엇 때문인지는 모르나 위험을 자초하고 있는 것은 확실히 이상할 수밖에 없다.

오늘도 상당한 위험을 감수해야 했다. 적의 우두머리는 상당히 판단 능력이 좋았다. 그리고 과감성도 있었다. 사마진영의 실력을 보더니 바로 새로운 고수가 투입되었기 때문이다. 대체 이들에겐 얼마나 강한 고수가 있는지 궁금했다. 그리고 이들에게 이렇게 투자해야 할 이유는 무엇인가? 조금씩 궁금함이 내 마음 구석을 차지하기 시작했지만 그래도 묻지 않았다. 사마진영도 별로 궁금해하는 것 같지 않았다. 그저 그들이 오면 같이 싸울 뿐이었다.

뇌운성이란 청년은 상당히 밝은 사람이다. 별로 좋지 않은 상황에서도 항상 웃음을 잃지 않는다. 그리고 일행들에게 대하는 태도도 신사적이면서 편안함을 잃지 않게 했다. 무공뿐만 아니라 인품으로 보아도 괜히 새로이 떠오르는 영웅으로 칭송받고 있는 게 아니다.

난 그의 진정한 무위가 매우 궁금했다. 어느 정도일까? 그는 일단 대충 봐서는 오화란에게 약간 밀리는 것 같았다. 그만큼 오화란은 강하다. 졌음에도 그녀는 자신의 모든 것을 보여주지 않았으니까. 그래서 그렇게 그녀에게 흥미가 가는 것일지도 모른다.

아무튼 그는 아직 초월경에 들 수 있을 정도의 무공은 아닌 데다 초월경에 들 수 있는 방법도 모른다. 그는 초월경을 이룰 수 있는 운명일까? 그것이 가장 중요한 것이다. 알고 있다고 해도 하늘이 선택한 인물인지는 아무도 모르는 일이다.

생각하건대 이들이 이 정도로 쫓기고 있는 상황이라면 분명 내일은 많은 것을 알 수 있을지도 모른다. 호북성으로 들어가면 회골림으로서도 노골적인 활동은 불가능하게 될 것이기 때문에 우리를 잡기 위해 매우 강력한 한 수를 내밀 것이다. 수뇌급의 인물이 올지도, 두고 볼 일이다.]

"……."

"……."

둘은 아무 말도 하지 않았다. 관영호도 자신은 할 말을 다 했다는 듯 아무 말 않고 나무에 등을 기댄 채 하늘만 바라봤다. 모용군영은 이미 예상했기에 많은 충격을 받지 않은 자신의 감정을 느낄 수 있었지만 한편으론 그의 태도가 괜히 싫었다. 왜인지는 모르지만 그녀는 너무나 한가롭기도 하며 또 초월한 것 같기도 한 그의 행동이나 표정들이 싫었다. 그때도 그랬고 지금도 그렇다.

자신의 아버지가 죽을 것이라는 것은 어느 정도 예상한 일이었고 시간이 지나도 찾아오지 않자 그녀는 그가 죽었다는 현실을 받아들인 지 이미 오래였기에 그가 한 말은 단지 자신의 현실을 더욱더 현실화한 것에 지나지 않았다.

어쨌거나 그녀는 그가 싫었다. 자신의 아버지와 너무 다른 그의 인생에 질투가 났거나 인정할 수 없기 때문인지도 모른다고 순간 생각했지만 그녀는 애써 그것을 부정했다. 그것을 인정하는 것은 자신을 철부지 어린애로 만드는 것에 불과하기 때문이다.

그녀의 아버지는 보이지 않는 곳에서 무림을 위해 인생이라는 희생을 치른 무인으로 자신이 세상에서 가장 존경하는 사람이었다. 그는 항상 바쁜 나날을 보내야 했다. 역대 천검문의 문주는 항상 그랬지만 특히 자신의 아버지는 지금의 시대적 특성상 더욱 심할 수밖에 없었다. 걸출한 인재였기에 그만큼 분주할 수밖에 없었으리라.

그의 아버지는 암암리에 마교를 견제했으며 회골림에도 신경을 썼다. 그리고 오비천에 대해 항상 주시했으며 심지어는 사라성의 잘못된

독주를 걱정하여 이곳저곳에 심복을 깔아 사라성에 대한 많은 정보를 들여오기도 했다. 자신의 아버지는 무림에선 알아주지 않는 그늘 속의 영웅이었다.

그에 반해 자신이 보고 있는 이 남자는 한량이나 다름없다. 의술이 뛰어나긴 하지만 그것으로 좋은 일을 하는 것도 아니었다. 그저 하염없이 세월을 보내고 있는 사람일 뿐이다. 이런 남자의 평화로운 인생을 위해서 자신의 아버지가 희생했다는 것에 분노가 솟아올랐다.

이런 생각을 거부하려 해도 그녀는 멈출 수가 없었다. 그리고 자신의 아버지에 비해 아무런 일도 할 수 없는 자신도 싫어졌다. 자신은 아무것도 아니었기 때문이다. 뛰어난 무공도, 지략도, 이런 한량마저도 지니고 있는 의술도 아무것도 지니지 않은 자신이다.

단지 있다면 아버지가 남겨놓은, 아직은 무너지지 않은 천검문뿐이었다. 오랜 세월 이어져 내려온 천검문이 주력이 사라졌다고 쉽게 무너질 리 없었다.

'난 누구보다 천검문을 잘 이끌어갈 거야. 무너져 버렸다시피 한 천검문을 예전 이상으로 세워서 아무것도 못하는 내가 아니란 것을 보여줄 거야. 천검문은 이대로 무너지는 것이 아니라 후대에도 무림을 위해 힘쓰는 위대한 문(門)임을 보여줄 테다. 언젠간……'

그녀는 얼마나 오랫동안 그를 보고 있는지도 모른 채 계속 생각에 빠져 있었다. 그때 그녀가 바라보고 있던 관영호가 품에서 무언가를 꺼내 자신에게 건네주었다. 그녀는 직감적으로 그것이 아버지의 유언장이란 것을 알 수 있었다. 그녀는 그것을 빼앗듯이 낚아채 급히 펼쳐보았다.

나의 자랑스런 군영에게.

이 편지를 언제 볼지는 모르겠지만 이것을 볼 때면 아비는 이미 너와는 다시는 볼 수 없는 상황에 놓여 있겠구나. 하지만 넌 강한 아이니 슬퍼하지 않을 것이라 믿는다. 아니, 어쩌면 아비의 죽음을 알고 있을지도 모르겠구나.

모든 것이 끝났다고 생각하지 말거라. (중략) 내가 사라성으로 갔다는 것을 듣고는 괜한 행동이 아닌가 하는구나. 어떤 의미로 간 것인지 모르겠구나. 하지만 내가 결정한 일에 쓸데없는 사족을 남기긴 싫다. 네 스스로 잘할 것이라 믿기 때문이란다.

무너져 버린 천검문을 다시 세우는 것에 모든 노력을 가했으면 하는구나. 겁황천의 일은 걱정을 말거라. 만약 네가 이 글을 읽고 있는데도 겁황천의 움직임이 없다면 그것은 일이 모두 해결된 것이란다.

바로 네게 이 편지를 건네줄 사람이 모든 것을 해결했을 것이기 때문이다. 그 사람에게 잘 대해주거라. 그리고 존경해도 된단다. 그 사람은 세상을 등진 기인으로 존경받을 자격이 충분히 되는 대단한 사람이란다. 그리고 그는 내가 본 사람 중 가장 강한 사람이기도 하다. 네게 큰 도움이 될 사람일지도 모르지.

난 비록 가지만 천검문의 위대한 일을 행한 한 사람으로서 너무나 자랑스럽고 후회는 없다. 이제 나의 딸 모용군영에게 십칠대(十七代) 천검문주(天劍門主)를 맡기며 천검문을 다시 일으켜 세우라는 유언을 남긴다.

그녀는 두 손에 잡혀 있던 유언장이 구겨지는지도 모른 채 멍한 표정으로 허공을 바라보기만 했다. 뭔가가 빠져나간 듯 매우 허탈한 표정이었다. 그런 그녀를 힐끔 쳐다본 그는 싱긋 미소 지으며 다시 하늘을 향해 말했다.

"대단한 사람이었소, 그대의 아버지는."

"……."

그녀는 무엇을 생각하는지 아무 말 없이 그저 하늘만 바라보았다. 그런 그녀의 반응에도 아랑곳하지 않고 그 역시 하늘만 바라보았다. 얼마나 시간이 흐른 걸까? 그녀는 여전히 시선을 고정시킨 채 말을 건넸다.

"겁황천은… 정말 당신이?"

"허허, 글쎄… 그다지 알 필요 없는 것이라 생각하오. 그저 아무 일 없으면 그만이라고 보오."

"나에게는 꼭 알아야 할 일 같은데요?"

그녀의 목소리는 예전처럼 다시 냉정하게 변했다. 그의 대답이 그녀에게는 상당히 신경에 거슬린 모양이었다. 그녀의 말투에 그는 씁쓸하게 미소 지었다. 별로 가르쳐 주기 싫다는 말을 돌려 했건만 그녀는 그것을 거부한 것이다.

"겁황천은 적어도 그대가 살아 있는 동안은 나타나지 않을 것이오."

"……."

그의 대답에 그녀는 눈을 크게 뜰 수밖에 없었다. 순간 갖가지 생각이 그녀의 머리를 괴롭혔다. 아무것도 아니라고 생각했던 그는 자신의 아버지의 편지에 쓰여진 것처럼 대단한 사람일지도 몰랐다. 아니, 자신의 아버지가 한 말이니 분명 그럴 것이다.

도저히 인정하기 싫어서였을까? 그녀는 약간 신경질적인 목소리로 한마디 내뱉었다.

"왜 그런 능력을 가지고도 좋은 일에 쓰지 않는 것이죠? 하다못해 그런 의술로 수많은 사람을 살릴 수 있는데도 말이에요."

"후후……."

"왜 웃는 것이죠? 제 말이 틀렸나요? 아니면 나를 무시하는 것인가요?"

"아니오. 그냥… 모용 소저는 그대의 아버지를 상당히 닮은 것 같소."

"그런 말로 제 말을 넘기려 하지 말아요."

"후후, 모든 사람이 좋은 일을 해야 하는 법은 아니지 않소."

"하지만 두 손 다 놓고 아무것도 하지 않는 것은 잘못된 것이라고 봐요."

"그 점이 당신의 아버지와 정말 닮은 점이오. 천검문이라는 환경에서 자란 것이라 그런지 아니면 부전여전(父傳女傳)인지……. 좋은 생각이긴 하지만 독선은 안 되오. 독선을 가지면 자신이 발전하는 것에 큰 장애가 될 것이오."

"독선이라고요?"

그녀는 눈을 크게 뜨며 그를 바라보았다. 자신의 생각이 독선이라는 말을 인정할 수 없었기 때문이다.

"난 그저 나의 삶을 살아가고 있소. 그리고 그 삶에 책임을 지고 있지. 그대도 그대의 인생에 충실하면 되는 것이오."

"난… 당신의 생각을 이해할 수가 없어요."

"이해하려 하지 마시오. 그저 받아들이기만 하면 되오. 아, 오해할 수도 있겠군. 받아들여야 한다는 것이 아니라 나의 삶, 그대의 삶, 타인의 삶을 그대로 받아들이라는 것이오."

그녀는 여전히 이해할 수 없는지 눈살을 찌푸렸다. 사람은 마땅히 서로를 위해 살아가야 하는 것이고 사람들을 위협하는 불의는 척결되어야 마땅하지 않은가? 그녀가 뭐라고 다시 반박하려는 순간이었다.

"모용 소저, 관 공자, 일이 생겼어요! 어서 와보세요!"

갑자기 수풀 뒤에서 우영이 나타나 그들에게 말을 걸었다. 꽤나 다급한 표정이었는데 심상치 않은 일인 듯했다. 관영호는 회골림에서 사람들이 왔다는 것을 알 수 있었다. 추리로도 가능했고 많은 사람들의 기척이 느껴지기도 했다.

관영호는 아무 말 없이 자리에서 일어나 우영을 지나쳐 뇌운성과 사마진영이 있는 곳으로 걸어갔다. 우영도 뒤따랐으며 모용군영도 어쩔 수 없다는 표정으로 둘의 뒤를 따랐다.

"……."

"이제 다 등장하셨는가, 젊은 영웅들?"

관영호를 비롯한 두 명의 여인이 장내로 들어오자 건너편에서 특색 없는 중년인의 목소리가 들려왔다. 관영호는 사마진영의 옆으로 가 맞은편에 있는 일단의 무리들을 살펴보았다. 사람 수는 모두 여섯이었다. 그중 말한 사람을 보고 눈에 이채를 띠었다. 그자는 자신이 예전에 한 번 보았던 사람이었기 때문이다.

'제갈강(諸葛羌)… 이었지? 머리 좋은 남자였지.'

　그는 흥미로운 우연에 그를 유심히 지켜보기 시작했다. 자신은 알지만 상대방은 자신을 모르는 상황이다. 그것도 서로 대치되는 상황이라면 누구나가 재미있어할 것이다.

　"……."

　뇌운성과 우영은 그들의 가슴에 회골림을 나타내는 회색 빛 해골 그림을 보고는 긴장했다. 오늘은 어제까지 보았던 자들과는 너무나 다른 사람들임을 충분히 알 수 있었다.

　"세 명에서 두 명이 더 늘어났다는데… 두 명 중 여인이 정말 대단하군. 활을 쓰는 여인이라……. 활을 쓰는 사람들 중에 고수는 흔하지 않지. 특히 여인이라면 말이야. 있다면 천궁단 하나뿐이겠지."

　"……!"

　사마진영은 장난같이 내뱉은 엄청난 말에 내색하려 하지 않았지만 눈썹이 절로 떨리는 것을 억제할 수 없었다. 단지 활 잘 쓰는 고수라는 사실로 자신이 누군지를 추리하는 그가 놀라웠기 때문이다.

　"하지만 세상엔 워낙 기인이사들이 많아서 말야. 그래도 난 네가 천궁단의 사람임에 점수를 더 주고 싶군. 그것도 상당히 높은 직위의 여자 같은데?"

　"……."

　"말하지 않겠단 말인가? 뭐, 상관은 없지. 용건은 그쪽 둘보다는 이쪽의 셋에게 더 있으니까. 그렇지 않나, 뇌운성?"

　마치 친한 친구에게 하는 듯한 말투였지만 중인들은 그것이 묘하게 그들을 압박하고 있음을 느꼈다.

　"하하! 솔직히 난 별로 용건이 없소만은……."

그의 얼렁뚱땅 넘어가려는 말에 제갈강은 그저 미소만 지었다. 어떤 의미도 담기지 않은 미소라 무엇을 생각하는지 알 수 없었다.

갈색의 그을린 피부에 평범한 체구였고 머리에 쓴 문사건은 얼굴과 묘하게 어울리지 않았다. 문사건을 쓴다면 학자 같은 풍모가 있어야겠지만 그에게는 전혀 그런 분위기가 나지 않고 있었기 때문이다. 정확히 말하면 그에게는 아무런 분위기도 없었다. 그저 무미건조했다.

"저 뒤에 다섯 명!"

모용군영이 그들을 보더니 갑자기 크게 놀라 소리치다 실책을 깨닫고 손으로 입을 막았다. 그걸 본 제갈강은 그녀를 향해 시선을 돌리더니 표정의 변화없이 말했다.

"호오, 이 사람들을 안단 말인가? 꽤나 해박하군, 너는."

모용군영은 놀람이 가라앉자 뒤이어 무거운 마음이 가슴을 짓누름을 느꼈다. 그녀의 얼굴이 굳은 것을 본 우영은 영문을 몰라 그녀에게 물었다.

"저들은 대체 누구죠, 모용 소저?"

"오패마(五覇魔)……."

"헉!"

그녀는 너무나 놀라 순간 헛바람을 들이켰다. 뇌운성도 눈을 크게 뜬 것이 그들의 정체에 어지간히 놀란 것 같았다. 다만 무림의 사정을 잘 모르는 관영호와 사마진영만 별다른 표정이 없을 뿐이었다.

일단 등장 시기만 따져도 오패마는 이백 년이나 지난 사람들로 그만큼 잊혀진 자들이기도 했다. 이들은 그 당시 무림을 지배하다시피 한 다섯 명의 패자(覇者)로 무림을 다섯 등분하여 서로 동등하게 군림하던 자들이었다.

그들의 명호와 이름을 살펴보면 묵성(墨星) 호철호(狐鐵虎), 섬전검(閃電劍) 간훈(簡暉), 이름이 알려지지 않은 광마(光魔), 요광성(妖光星) 두예령(斗藝靈), 적룡혈(赤龍血) 백마진(白馬進) 등이었다.

별호에서 그들의 특성을 대충 알 수 있는데 특히 섬전검 간훈은 섬전무가의 이대가주로 아직까지 살아 있다는 것은 경악스러운 일이 아닐 수 없었다. 더구나 이들은 한 시대를 주름잡았던 패주들로서 이렇게 한자리에, 그것도 제갈강의 지휘 아래 있다는 것은 더욱 놀랄 일이었다.

'오패마까지……. 회골림이 이 정도였나?'

뇌운성은 회골림의 끝을 알 수 없는 저력에 심금이 울림은 어찌할 수 없었다. 그리고 알 수는 없지만 자신이 가지고 있는 '그것' 또한 회골림에서 매우 중요한 역할을 하는 것 같으니 회골림의 힘은 사라성에 결코 뒤지지 않는다고 봐도 무방할 것 같았다. 물론 자신은 아직 사라성에 대해 완전히 알지 못해 대략적인 비교만 할 수밖에 없다 해도 말이다.

"회골림의 주력이라고도 할 수 있는 이들을 데려온 것을 보면 그 물건이 얼마나 중요한 것인지를 알 수 있겠구려. 그리고 우리를 반드시 죽이려는 심산 같소만?"

"잘 봤다. 젊어서 그런지 머리가 잘 돌아가는 것 같군."

제갈강은 싸늘하게 미소 지으며 그를 쳐다보았다. 뇌운성은 그와 눈이 마주치자 온몸에서 오한이 솟는 것을 느꼈다. 두려움은 아니었지만 알 수 없는 무언가가 자신의 몸을 훑고 지나가는 듯한 기분 나쁜 느낌을 받은 것이다. 하지만 곧 마음을 추스른 그는 다시 기분 좋게 웃으며 말했다.

"하하! 그거 무서운 계획이구려. 데려온 사람들도 확실히 화끈한 실력을 지니고 있고 말이오."

아무렇지도 않게 말하고는 있지만 사실 주눅이 드는 것은 어쩔 수가 없었다. 아무리 자신이 위대한 무인의 후예라고 해도 이백 살은 족히 넘은 노마두 다섯 명을 당하기란 불가능한 일이었기 때문이다. 게다가 저 심상찮은 인솔자도 문제였다.

그나마 다행인 것은 천궁단에서 왔을 것이라고 생각되는 사마진영이 있다는 것이었다. 정체가 어떻든 간에 그녀는 지금 자신들의 일행 중에서 가장 훌륭한 전력이 되어줄 수 있었다.

그가 이런저런 생각을 하고 있을 때도 관영호는 가만히 제갈강을 바라보면서 그들이 하는 양을 지켜보고 있었다. 그리고 잘은 모르지만 오패마를 보며 그렇게 나이를 먹고도 자신처럼 살아 있다는 것에 놀라워했다.

'이백 년 이상 된 사람이 다섯 명이나 된다……. 그것도 상당한 실력이겠지? 대충 알 만하다만은.'

그가 이런 생각을 하고 있는데 사마진영의 전음이 그의 귓가에 울려 퍼졌다.

"관 공자, 저 사람을 보세요. 눈을 감지 않아요."

"……?"

그는 그녀의 전음의 의미를 파악하지 못하고 어리둥절한 표정을 지었지만 이내 알 수 있었다. 제갈강의 눈은 놀랍게도 전혀 깜빡거리지 않고 있었던 것이다. 사람은 눈이 깜빡이는 것은 태양 빛의 조절을 위해서, 즉 눈의 보호를 위해서인데 제갈강의 눈은 그것을 거부하고 있는 것이었다.

그는 잠시 생각에 빠졌다. 아무리 세상에 희한한 사람이 많다지만 눈을 깜빡이지 않는 사람은 그도 처음이었다. 선천적인 것이라고 말하기에는 뭔가 부족한 감이 없잖아 있었다.

"아마 특이한 안공(眼功)을 익히지 않았나 생각되오."

어떤 안공인지는 알 수 없었지만 가만히 눈을 들여다보니 별로 좋은 느낌의 눈이 아님은 확실했다.

'위험한 눈이군.'

"뇌운성! 그 도(刀)를 내놓아라! 그럼 편안하게 죽여주겠다!"

"허허허! 그런 뻔한 말을 하다니……. 미안하지만 절대 안 되겠소! 살려준다면 모를까!"

"그 대답이 나올 줄 알고 있었지. 그런데……."

그는 말꼬리를 흐리고는 고개를 돌려 관영호를 쳐다보았다.

"아까부터 나를 계속 주시하고 있는데… 그것도 마치 나를 안다는 듯이 말이야. 너는 나를 알고 있는 것인가?"

그의 말에 중인들의 시선은 저절로 관영호에게 집중되었다. 그렇게 되자 관영호는 자신이 너무 노골적으로 그를 본 실수에 약간 후회가 들어 씁쓸한 웃음이 나왔지만 이미 그가 알아버렸으니 어쩔 수 없었다.

"글쎄, 군이 답을 원한다면 말해 주겠소. 이런 것이 있지 않소? 나는 그쪽을 알지만 그쪽은 나를 모르는 관계 말이오. 아마 누군가는 나를 알겠지만 난 그 사람을 모를 수도 있지 않소. 대충 이렇게 알아뒀으면 하오."

"흠, 평범한 사람인 듯하더니 생각은 제법 깊군. 아무튼 그 말은 난 너를 모르지만 넌 나를 안다 이 말인가?"

그의 말에 관영호는 고개를 끄덕였다. 그러자 다들 놀란 눈으로 그를 보았다. 당연히 놀랄 수밖에 없는 일이었다.

"날 안다고? 어느 정도로 안단 말이지?"

"흠… 내 기억이 맞다면 당신은 마뇌귀령사 제갈강이 아닌가 하오."

"제갈강?!"

사마진영과 관영호를 제외한 세 명은 더 이상 놀랄 수도 없는 지경이 되어버렸다. 오패마에 이은 마뇌귀령사의 등장은 그들의 전의를 사라지게 하는 것이나 마찬가지였다.

마뇌귀령사는 별호에서도 알 수 있듯이 지략, 흉계가 매우 뛰어난 모사형의 무림인이었다. 그의 행적은 별다른 수식어가 필요없었다. 백여 년 전 그는 머리가 너무 좋아서 모략, 계략으로 무림을 엄청난 혼란에 빠지게 했다는 것만 보아도 충분했다. 오죽하면 '마뇌(魔腦)'이겠는가? 하지만 더 놀라운 것은 오패마에 비하면 아래인 제갈강이 어떻게 그들을 밑에 두게 되었나 하는 점이었다.

"아무래도… 오늘은 단단히 마음먹고 온 것 같군."

"그렇지. 일은 빠르고 신속해야지. 이들의 정체를 드러낸다는 것이 좀 아깝긴 하지만 어차피 소문은 나게 될 전력이었다. 그리고 너희들을 다 죽이면 그만이니 괜찮다."

"……."

"한데 생각할수록 이상하군. 어떻게 너는 나를 알지?"

아무리 머리 좋은 그도 관영호가 누구인지는 도무지 알 수 없었
다. 만난 적이 있다면 자신이 기억하지 못할 리 없었고 설혹 어느 마을
의 시진을 걷다가 자신을 보았다고 쳐도 어떻게 자신의 이름을 알 것
인가? 그런데 그는 자신의 정체를 너무나 잘 알고 있는 것이다.

"그런 것을 굳이 알 필요가 있소? 일단 난 당신을 안다는 것만 알아
두면 되지 않소? 당신은 이런 사소한 것 말고도 알아야 할 것이 많이
있을 것이 아니오."

그는 빙긋 웃으며 속 좋게 이야기했지만 제갈강은 그렇지만은 않은
모양이다.

"그렇게 생각하고 싶지만 전혀 그러고 싶은 마음이 생기질 않는군.
날 아는 사람은 매우 드물지. 더군다나 너처럼 어린 사람이 날 단번에
안다는 것은 무리가 있다."

"후후, 그것보단 지금 당신의 일에 충실하시오."

"사람을 꽤나 바보로 만드는 화술을 지녔군. 크크!"

그의 입에서 처음 그들에게 내는 웃음소리였지만 처음의 웃음소리
치고는 화기애애한 것이 아니라 은은한 살기가 담겨 있어 일행은 반가
울 리 없었다.

"나를 잠시 보거라."

그의 억양없는 짧고 흡인력있는 말에 관영호는 자신도 모르게 그의
눈을 바라보았다. 그것은 우영도 마찬가지라 의식하지 못한 찰나 그의
눈으로 시선을 돌리게 되었다. 그와 동시에 제갈강의 눈에서 섬뜩한
푸른 빛이 흘러나왔다.

"악!"

"헛!"

우영은 머리 속을 강타하는 일순간의 고통에 비명을 지르며 주저앉아 버렸고 뇌운성과 모용군영, 사마진영은 눈을 멀게 할 정도로 강력한 빛을 보자 머리가 무언가에 눌리는 듯한 고통을 느끼고는 자신들도 모르게 비명을 지르며 눈을 감았다.

다행히 그들은 눈을 보지 않아 쓰러지진 않았지만 우영은 자신도 모르게 그의 눈을 봐버려 고통을 당하게 된 것이다.

"괜찮은가, 벽광산뇌(碧光散腦)의 맛이? 저 여자는 재수가 없군, 시키지도 않았는데 내 눈을 보다니. 죽지는 않겠지만 꽤나 고통스러울 거야. 크크! 음?"

제갈강은 기분 좋은 웃음을 짓다가 순간 놀랐다. 자신이 의도했던 관영호는 매우 멀쩡했기 때문이다.

"의외로군. 눈을 감았나? 눈을 감는 것은 나의 벽광산뇌보다 느릴 텐데? 운이 좋군. 칭찬해 주지."

"미안하지만 눈은 안 감았소."

"……?!"

"우영 소저가 많이 고통스러워하니 일단 재우시오, 사마 소저."

"네, 알겠어요."

그녀는 우영의 수혈을 짚어 재우고는 뒤에 떨어져 있는 나무 기둥 옆에 눕혀놓았다. 자면서도 고통스런 표정을 짓는 것이 상당히 안쓰러워 보였지만 지금 상황에서 그 이상은 도와줄 수는 없는 형편이었다.

"눈을 감지 않고도 멀쩡하다고? 크크! 그런 거짓말에 넘어갈 것 같은가? 크크크!"

그는 꽤나 재미있는 농담을 들었다는 듯 음산한 웃음을 흘렸는데 남이 듣기엔 결코 듣기 좋은 웃음은 아니었다.

"한 가닥 숨긴 것이 있었군. 숨은 고수란 말인가? 크크!"

그는 그렇게 말하더니 오른손을 살짝 뒤로 뺐다가 앞으로 내밀었다. 마치 전장에서 장수가 부하들에게 돌격을 명하는 행동 같아 보였다. 그런 의도였는지 과연 되에 서 있던 다섯 명의 오패마가 제갈강과 뇌운성 사이로 순식간에 미끄러져 왔다. 그들의 놀라운 움직임에 사람들은 질릴 수밖에 없었다.

"흠, 불타는군. 저런 강자들과 대결할 수 있다니. 후후후!"

뇌운성은 기대된다는 듯 눈빛은 반짝이며 내공을 서서히 운용하기 시작했다. 그와 동시에 오패마 중에서 두 명이 앞으로 나왔다. 하나는 전신을 검은 옷으로 치장한 오 척 칠 촌(170㎝) 정도의 적당한 체구에 무뚝뚝한 표정의 늙은이였다. 하지만 허리가 꼿꼿한 것이 건장함을 과시할 뿐만 아니라 상대방에게 큰 압박감을 주고 있었다.

"묵성 호철호……."

그의 팔목에 채워져 있는 흑환(黑環)을 보고 모용군영은 신음성을 흘리고 말았다. 흑환을 이용한 패도적인 무공으로 얼마나 많은 사람들이 죽어갔는지 그녀는 잘 알고 있었다.

그리고 나머지 한 명은 얼굴을 면사포로 가리고 있었지만 푸른 경장이 금방이라도 터질 것 같은 육감적인 몸매의 여인이었다.

"세상에……."

모용군영은 그녀의 모습을 보고는 할 말을 잃어버렸다. 오패마 중 홍일점인 요광성 두예령이었던 것이다.

그녀의 주무기는 혼백술이었지만 그것이 아니더라도 지닌 무공은 다른 네 명에 결코 뒤지지 않았기에 오패마의 일원으로 당당하게 올라올 수 있었다.

"호호호호! 오늘은 잘생긴 남자가 둘이나 있네? 호호호! 이 누나가 귀여워해 줄게."

그녀는 뒷골목의 닳고닳은 창녀나 할 수 있는 말을 거침없이 내뱉으며 면사포를 벗었다. 그러자 사람들이 예상했던 늙은이가 아닌 이십대 초반으로 보이는 아름다운 얼굴이 나타났다. 완벽한 이목구비에 남자를 유혹하는 색기 서린 눈빛, 나이에 맞지 않는 탐스럽게 빛나는 분홍빛 입술과 그에 걸린 매혹적인 미소, 화장을 하지 않은 얼굴임에도 탱탱하고 하얀 피부. 예전의 그 모습 그대로인 그녀의 모습에 다들 놀랄 수밖에 없었다.

"노선배의 미모는 내려오는 이야기대로 절세라고 표현할 수밖에 없군요. 비결이 궁금할 정도입니다."

뇌운성은 아부인지 비아냥인지 알 수 없도록 애매한 말로 그녀에게 말을 걸었다. 그러자 그녀는 칭찬으로 들었는지 기분 좋게 웃으며 말했다.

"호호호, 천풍 공자가 사람을 기분 좋게 한다더니 정말 그렇구나. 너는 이 누나가 더 뜨겁게 해줄 테니 기다리거라. 호호호호."

"하하! 말씀은 고맙지만 어떡하지요, 후배는 젊은 여자가 좋아서?"

"어머, 누나가 어때서 그러니?"

"마녀, 잡담할 시간 없다! 이제 이들을 죽이자!"

"훙! 재미없긴……"

　호철호는 무뚝뚝한 음성으로 두예령을 힐책하며 재촉하자 그녀도 한번 쏘아주기만 할 뿐 그 이상의 반응은 없었다.

　"거기, 천뢰상인의 후예라는 놈, 너는 나랑 싸운다. 그리고 마녀는 저기 활 들고 있는 여자랑 싸운다."

　"알았어. 일일이 안 시켜도 알아."

　두예령은 싸늘하게 미소 지은 후 사마진영에게 다가갔다.

　걸어오는 것만으로도 엄청난 위압감을 느낀 사마진영은 그녀가 항거하기 힘든 무공을 지녔음을 알 수 있었다. 말은 저렇게 천박하게 해도 괜히 오패마의 한 명이 아닐 것이다. 하지만 사마진영은 별다른 표정의 변화는 없었다. 그녀의 몸에서도 두예령 못지않은 기도가 흘러나오고 있었던 것이다.

　"호오! 어린아이의 기도가 그 정도란 말이냐? 정말 대단한걸?"

　"한 수 부탁드립니다."

　"호호! 한 수 가르치는 것이 아니라 내가 가르침받을까 봐 무섭구나. 호호호!"

　한편 옆에서 뇌운성은 묵성이라 불리는 자의 엄청난 살기를 받느라 고생해야만 했다. 그런 와중에도 그는 사마진영의 기도에 놀라지 않을 수 없었다.

　'정말 대단한 여인이구나. 몇 되지 않는 여장부가 아닌가?'

　묵성의 기운이 점점 더 세지고 있었기에 생각은 여기서 더 이상 흐르지 못했다. 견디기 힘들어지자 그는 천뢰신공(天雷神功)의 구결을 떠올리며 운공을 시작했다.

　천뢰신공을 일으키자 그의 몸 주위에서 터지는 듯이 뇌기가 솟아오르며 주위로 거센 바람이 불기 시작했다. 모용군영과 관영호는 미리 우영의 뒤로 가 있었지만 뇌력이 자신들에게까지 미침을 느끼자 놀라지 않을 수 없었다.

'호, 저것이? 무림대회 때의 힘과는 천양지차군. 천뢰신공, 대단하다!'

관영호는 진심으로 감탄했다. 고금제일의 무인이라 불리는 천뢰상인의 성명절기의 위용은 관영호마저 감탄사가 나올 정도로 대단했던 것이다.

"큭… 큭큭! 정말 대단해! 이것이 천뢰신공?"

호철호는 자신에게 다가오는 엄청난 뇌력에도 불구하고 희열에 찬 소리를 내질렀다. 어떤 무인이든 천뢰신공을 보고 희열에 빠지지 않을 수 있으랴. 호철호는 이백이 넘은 나이임에도 끝없는 호승심이 솟아오르고 있었다.

"큭큭! 나의 묵철탄환(墨鐵彈環)이 너의 천뢰신공과 비교해 어느 정도인지 알아보겠다. 덤벼라!"

"선배의 호의에 거절하지 않겠습니다."

뇌운성은 그 말과 동시에 빠른 속도로 그를 향해 쳐들어갔다. 그의 온몸은 뇌전강기로 휩싸여 있어서 뇌신을 방불케 하는 모습이었다.

"뇌환수(雷幻手)!"

뇌강기에 휩싸인 그의 손이 수십 개로 늘어나면서 호철호에게 부딪쳐 갔다. 어느 것이 진짜고 가짜인지 알 수 없는 그의 손을 보고 호철호는 크게 이는 호승심을 막지 않고 맞부딪쳐 갔다.

"묵령혼(墨靈魂)!"

어느새 뻗어 있는 그의 손목에서 하나의 환이 검은 기운에 휩싸인 채 어지러이 날려 허실을 구분하기 힘든 뇌환수로 날아갔다. 뇌운성은 그 환이 매우 정확하게 자신의 허상을 피해 실상으로 다가오는 것을 느끼고는 그대로 맞부딪칠까도 생각했지만 거의 부딪치기 직전 환에서 느껴지는 묵직한 기운에 결국은 급히 뒤로 물러났다. 하지만 환은 마치 눈이 달린 듯 그의 신속한 후퇴에도 불구하고 계속 따라왔다.

"헛!"

그는 계속 피할 수만은 없다고 판단하고 내력을 재차 모아 강하게 권을 내질렀다.

"뇌권(雷拳)!!"

퍼펑!!

"큭!"

그의 주먹과 부딪친 묵혼은 일순 뒤로 밀리는 듯하며 잠시 멈칫했지만 다시 그를 향해 더 빠른 속도로 날아가고 있었다. 뇌운성은 환이 일으키고 있는 검은 기운을 가까스로 피했지만 다시 돌아올 것이라 판단하고 삼 장 더 옆으로 비켜섰다.

하지만 자신의 뒤로 무언가가 느껴지자 그는 대경하며 급히 허리를 숙일 수밖에 없었다. 너무 다급했기에 보법으로 피하지 못하고 그저 허리를 숙일 수밖에 없었던 것이다.

숙이자마자 그의 허리 위로 검은 기운의 묵환이 또 하나 지나갔고 뇌운성은 다시 급히 뒤로 물러났다. 다시 날아올 환에 대비하여 방어 자세를 취했지만 환은 더 이상 그를 공격하지 않고 호철호의 손목으로 날아가 다시 채워졌다. 이 모든 상황은 묵환과 뇌권이 부딪친 후 두 호흡도 채 되지 않아 벌어진 순식간의 일이었다.

“…….”

“큭큭, 꽤 잘 피하는군. 조금 속임수를 써봤는데 안 속고 잘 피했어. 보통은 이 속임수에 다 죽었는데…….”

“선배님의 공격, 잘 겪었습니다. 이제 후배가 다시 공격하도록 하지요.”

그 말과 함께 그는 자세를 잡고 그를 공격할 준비를 했다.

“큭큭!”

호철호가 여전히 인상을 찡그리며 웃고 있자 그는 이상한 생각이 들었지만 별 생각 않고 달려들었다. 순간 그는 자신도 인식하지 못할 정도로 무의식적으로 상체를 오른쪽으로 기울이며 왼팔을 들어 무언가를 막았다.

퍽!!

“크윽!!”

호철호가 웃었던 것은 아직 하나의 환이 더 남아 있었기 때문이다. 뇌운성은 방심 아닌 방심으로 왼손을 제법 크게 다쳤다. 그의 손바닥에는 묵환 하나가 쥐어져 있었고 묵환 사이로 붉은 피가 상당량 흘러나오고 있었다.

언뜻 보면 상당히 직선적이고 파괴적인 무공 같았지만 호철호의 묵철십오탄식(墨鐵十五彈式)은 기괴하고 은밀한 데다 허초가 매우 심했으며 총 십오 초식은 연환, 또는 단독으로써 초절정고수라도 쉽게 예측할 수 없는 무공이었다. 그렇다고 무공의 파괴력이 약한 것은 결코 아니었다. 묵철이라는 희귀하고 매우 강도 높은 철로 만들어진 환에 묵령공이라는 희대의 무공이 더해져 그 위력은 이루 말할 수 없을 정도였다.

"……."

뇌운성은 별다른 표정 없이 호철호를 바라보고 있었다. 그러다 그의 입가에 희미한 미소가 서리기 시작했다.

"잠시 선배님에 대해 잊고 있었던 것 같군요. 제가 우둔했나 봅니다."

파삭!

"……!!"

그의 손에 들려 있던 묵환이 그의 손에서 일어나는 뇌전에 의해 가루가 되어버리자 호철호는 눈을 크게 떴다. 자신도 그렇게 쉽게 부술 수 없을 정도로 강하디강한 둣철이었기 때문이다.

"이제 다른 묵환은 없겠지요. 후후, 갑니다!"

그는 한 손을 약간 비껴나게 하여 위로 들고 다른 한 손은 그의 단전 바로 옆에 장을 내지르려는 혓태로 하고는 가볍게 기마 자세를 취했다. 일련의 동장은 매우 매끄럽고 빨랐으며 그의 한 손이 호철호를 향해 내지르는 속도 또한 눈부시도록 빨랐다.

쿠르르릉!!

번개 치는 소리에 뒤에 있던 네 사람 중 하나가 크게 놀라 소리쳤다.

"천뢰일장 뇌성폭류하(雷聲瀑流河)! 위험하다!"

"묵망산(墨網傘)!!"

호철호가 외침과 함께 손을 내밀자 손목에서 열 개의 묵환이 산(傘) 같이 특이한 형태를 이루며 그를 향해 몰아치는 뇌장(雷掌)을 향해 날아갔다.

쿠아아앙!!

엄청난 부딪침과 동시에 부딪친 장소에서는 주체할 수 없는 먼지가 숫아올랐다. 시야를 가리고 있었지만 장내에 있는 고수들의 눈에는 아무런 지장을 주지 않고 있어 두 사람의 상태를 확인할 수 있었다.

호철호의 입에서는 가느다란 피가 흘러나오고 있었지만 희미하게 미소 짓고 있는 것이 꽤나 만족스러운 듯했다.

"큭……!"

뇌운성은 강력한 천뢰일장으로 그에게 부상을 입혔지만 뇌운성은 갑자기 그의 양 옆으로 날아온 두 개의 묵환에 큰 내상을 입고 말았다. 그는 억지로 피를 토해내는 것을 참고 있다 결국 참지 못하고 피를 게워냈다.

"큭큭, 그 위대한 천뢰상인의 후예가 겨우 이런 데서 당해서야 되겠나?"

"후후, 그대들이 함부로 입에 담을 분이 아니오. 정히 맛을 보고 싶다면… 제대로 된 천뢰의 힘을 보여주겠소."

그는 싸늘하게 대꾸하고는 내상을 입은 상태에서 천뢰신공을 다시 끌어올렸다.

'팔성의 신공이다. 지금의 내 한계이기도 하지만 성공해야 할 텐데…….'

그의 몸에서 흘러나오는 엄청난 뇌전은 장내를 완전히 휘몰아치고 있었다. 만약 비라도 내렸으면 물을 통해 사람들에게 감전이라는 큰 피해를 입힐 수 있을 정도로 무서운 뇌력이 요동 치고 있었다. 가히 무적의 신공이라 불리워도 손상이 없는 놀라운 위용이었다.

"……."

호철호도 긴장했는지 안색을 굳히며 자신을 압박하는 뇌전에 대해 내공으로 몸을 보호하며 공겸 자세를 취했다.

"자, 이번은 좀 심각할 겁니다. 핫!!"

그는 아까와 똑같은 자세에서 한 손을 앞으로 내지름과 동시에 하늘을 향했던 손을 손바닥을 쫙 편 채 그를 향해 수도(手刀)를 치는 것처럼 내려쳤다. 천뢰오장 중 세인들에게 자세히 알려져 있는 것은 삼장 뇌섬작렬폭(雷閃灼熱爆)이었는데 뇌운성은 그 세 번째 장력을 사용한 것이다. 아까와는 도저히 비교되지 않는 엄청난 힘을 내포한 한줄기 섬광이 일순간 호철호의 몸에 작렬했다.

번쩍!!

사마진영은 자신도 많이 들어서 알고 있는 천뢰오장 중 제삼장이 호철호의 몸에 작렬하는 것을 정신없이 싸우는 와중에서도 똑똑히 볼 수 있었다.

하지만 그전에 호철호의 몸에서 묵환이 하늘로 크게 솟아 무서운 기세로 뇌운성의 머리로 날아가는 것도 보았다. 어떻게든 도와주고 싶었지만 두예령을 상대하는 것만으로도 그녀는 너무 벅찼다. 오히려 밀리는 감도 있었기에 이 정도의 여유도 그녀에게는 감지덕지였다.

호철호가 마지막으로 날린 묵환이 그의 머리로 거의 다가왔음에도 뇌운성은 무리한 운공에 미처 알아차리지 못하고 있었다.

그의 목숨이 경각에 달린 순간 묵환이 가루로 변해 버리는 놀라운 일이 일어났다. 호철호는 그 순간을 목격하고는 믿을 수 없는 현실에 환상이 아닌가 생각하며 뇌전에 휩싸인 채 의식을 잃었고 사마진영은 안도의 미소를 짓다가 자신이 위험한 처지임을 깨닫고는 이내 마음을 추슬렀다. 묵환이 한순간에 가루로 화한 것은 관영호가 한 것임을 알았기에 미소 지었던 것이다.

사마진영은 무공도 무공이지만 간혹 자신의 머리를 어지럽게 하는 두예령의 섭혼술 때문에 상대하기가 매우 까다로워 밀리고 있는 중이었다. 요광성이라는 이름답게 그녀는 남자들의 혼을 빼앗아 버리는 매혹술과 섭혼술에 가히 천부적인 실력을 지니고 있는 만큼 여인인 사마진영도 간간이 어지럼증을 느낄 수밖에 없었던 것이다. 하지만 강인한 정신력과 판단력으로 간신히 견뎌내고 있어 평수를 이루고 있었다.

두예령의 무공은 다양하지는 않았지만 한 가지 매우 무서운 무공을 사용하고 있었다. 그것은 '첨혈(尖血)'이라는 특이한 검법으로 그 검법의 비밀은 누구도 흉내 낼 수 없는 보법에 있었다. 그 보법은 인간의 움직임에 관련되어 모든 방위를 점할 수 있는 완벽에 가까운 것으로 절대고수가 아니면 자신의 미간을 향해 뻗어 있는 검끝을 쉽게 피할 수 없었다. 보법이 완벽하다는 것은 자신이 아무리 피해도 그녀가 자신을 끝까지 쫓아와 미간을 노릴 수 있을 정도로 전 방위를 움직이는 데 완벽하다는 말이니 자신이 노린 상대는 반드시 죽일 수 있는 무서운 검법이자 보법이었다.

그녀가 보법을 펼칠 때 너무나 화려한 모습에 미려보(美麗步)라고도 불리는 이 보법은 사마진영을 상당히 괴롭히고 있었다. 몇 번은 자칫 검에 미간이 그대로 찔릴 뻔할 정도였다. 큰 문제는 두예령과의 거리를 넓혀야 되는데 그녀의 보법으로는 좀처럼 넓힐 수가 없다는 것이었다.

방금도 간신히 고개를 옆으로 돌려 검을 피하고는 급히 속도를 내어 옆으로 이동해 다시 한 번 목숨은 건졌지만 두예령은 빠르고도 자연스럽게 그녀와의 거리를 단번에 검 길이 정도로 좁히고 만 것이다.

사마진영은 접근전을 생각하다가 순간 예전에 천궁자와 관영호가 싸울 당시가 떠올랐다. 천궁자는 활을 들고 있었음에도 불구하고 접근전을 펼치며 관영호를 크게 당혹스럽게 했다.

궁(弓)에 내공을 주입해 궁형(弓形) 강기를 형성하며 강력한 휘두름을 펼친 것이 기억났다. 하지만 그것도 크게 보면 서로 간의 거리를 만들기 위한 한 방편인 것이 분명했고 그녀는 천궁자만큼은 되지 않아도 시도해 볼 만하다는 결심을 했다. 계속 이렇게 가다가는 내공 면에서 부족한 자기가 지쳐 결국 당할지도 모른다는 생각이 들었기 때문이다.

‘될까……?’

그녀는 두예령의 추적을 간신히 피하면서 급히 궁에다 내공을 주입해 보았다. 그러자 희미하지만 살상용으로는 충분한 궁형 강기가 생겨났다.

처음 해보는 것이라 걱정되었지만 다행히 쉽게 응용이 되자 기쁜 마음이 드는 그녀였다. 하지만 궁형 강기를 처음 보는 두예령으로서는 놀라움뿐이었다.

“앗!!”

두예령은 사마진영이 자신을 베려는 듯이 횡으로 크게 긋자 놀라서 뒤로 물러설 수밖에 없었다. 생전 처음 보는 형태의 무공이라 당황한 것도 한몫을 했다. 일단 거리가 생기자 사마진영은 머뭇거리지 않았다. 거리가 생긴 이상 속전속결로 끝내야 했다.

그녀는 내공을 이용하여 시위를 매우 강하게 당겼다. 작은 궁에서

이 정도로 당길 수 있다는 것이 놀라울 정도로 시위를 매기고는 재빨리 그녀를 겨냥해 쏘았다.

투웅!!

천궁자 정도는 아니었지만 시위가 당겨지는 소음이 두예령의 귀를 괴롭혔다. 그리고 시위가 당겨진 후 그녀를 향해서 이 척(60㎝)쯤 되는 화살 모양의 강기가 빠르게 날아갔다.

조금 긴장했던 두예령은 생각보다 시시한 것이 날아오자 약간 방심하고는 옆으로 이 장가량 피했다. 하지만 화살은 눈이 달린 듯 방향을 바꾸어 그녀를 따라갔다. 그냥 따라가는 것도 아닌 아까보다 더욱 빠른 속도로 날아오고 있었다.

"이런!"

그녀는 자신이 방심했음을 자책하며 재빨리 화살을 피했다.

"앗!"

피하는 와중에 그녀는 하마터면 내공이 풀릴 뻔했는데 그것은 멀리서 사마진영이 또 한 번 시위를 튕긴 후 나는 소음 때문이었다. 사마진영이 또 저런 것을 날린다는 것을 눈치 챈 그녀는 일이 이상하게 꼬인다고 생각되자 욕지기가 나왔지만 급한 것은 목숨이었다. 저 강기형 화살은 어떻게 된 셈인지 자신을 따라오는 속도가 갈수록 빨라지고 있었다.

'저 정도의 속도를 내기 위해선… 그리고 이렇게 화살을 조절하기 위해선 상당한 무리가 따를 텐데 몇 개까지 쏠 수 있는지 두고 보자. 나에게도 방법이 없는 것은 아니지.'

퉁!!

또 하나가 쏘아지자 아까와는 달리 대비했던 터라 내공이 풀릴 뻔한 일은 없었지만 마음은 조금씩 다급해질 수밖에 없었다.

"……."

두예령은 세 개 이후로는 쏘지 않자 회심의 미소를 지으며 계속 피하기만 했다. 어느 정도 피하기만 하자 화살의 속도가 조금씩 느려짐을 느끼고는 사마진영의 내공이 서서히 고갈되어 가고 있음을 알았다.

'조금 더…….'

두예령은 조금 더 피하다가 눈에 띄게 화살이 느려지자 지금이 기회임을 강하게 느꼈다. 그녀는 내공을 더 가해 화살을 피하며 매우 빠른 속도로 사마진영을 향해 검을 뻗어 다가갔다. 첨혈이 무시무시한 속도로 그녀의 미간을 꿰뚫으려 했다.

"호호호호! 다행히 내가 한 수 가르쳐 줄 수……!"

그녀의 말은 거기서 다 이어질 수가 없었다. 사마진영이 자신을 향해 활을 겨누고는 자신도 눈에 잘 안 보일 정도로 많은 시위를 당겼기 때문이다. 너무 빠른 속도로 그녀를 향해 보법으로 다가갔기 때문에 멈추어도 이미 늦은 거리였다.

'내가 이런 애송이한테……!'

그녀는 일순간의 당황으로 공격을 해 맞부딪쳐야 하나 피해야 하나 갈팡질팡하는 큰 실수를 저질러 버렸다. 위기의 순간에 쓸데없는 고민을 하는 것은 목숨이 오가는 차이임을 잊은 것이다.

사마진영이 날린 이십 개가 넘는 손가락 길이만한 짧은 강기들은 두예령의 요혈만을 노리고 날아들었다. 두예령의 긴 인생이 끝나려는 순간이었다.

“앗!!”

콰콰쾅!!

큰 체구의 인형이 순식간에 다가와 두예령의 몸을 밀치고는 그 자신이 사마진영의 공격을 그대로 받아버렸다. 찰나간의 일이라 사마진영도 일순 의아해했다. 자신이 일부러 힘이 부친 듯 유인하여 보기 좋게 두예령의 목숨을 앗아가려는 순간 누군가가 나타나 막은 것이다.

“……”

“아니?”

그녀는 놀랄 수밖에 없었다. 상대는 자신의 수십 발이나 되는 강기를 맞고도 끄덕없이 자리에서 일어났기 때문이다.

“뭐, 뭐야? 또 너냐?”

두예령은 약간은 질렸다는 표정으로 자신의 목숨을 구해준 사람을 쳐다보고는 이내 고개를 돌렸다. 자신의 생명의 은인을 매몰차게 외면한 그녀는 떨어진 검을 줍고는 상당히 기분 나쁘다는 듯 그를 째려보고는 몸을 돌려 자신이 서 있던 곳으로 걸어가 버렸다.

“내가 졌다. 어린 애송이에게 한 수 가르침을 받았군. 하지만 다음엔 다를 거야!”

“……”

사마진영의 회심의 공격을 받고도 무사한 큰 체구의 인물은 붉은 단삼을 입고 있어 조금은 나이에 맞지 않은 느낌을 주고 있었다. 이백 살이 넘었다고는 하지만 얼굴은 사십대의 중년인 같은 모습의 사내. 매우 진한 눈썹이 사내답다는 느낌을 주고 있었지만 약간은 우수에 젖은 눈은 여성들의 모성을 자극하는 것이었다.

적룡혈 백마진. 그는 주먹 하나로 당시 중원의 일부를 차지했던 패웅이다.

적룡풍우권(赤龍風雨拳). 그의 권법은 거대한 폭풍이었다. 하지만 그를 더욱 무섭게 했던 것은 아까 보았던 것처럼 강인한 신체였다. 강기를 맨몸에 맞고도 끄덕없는 사람은 이자뿐이리라. 그의 신체는 선천적이었고 무공이 강하지면 강해질수록 그의 신체는 끝없이 단단해져 갔던 것이다.

"…상황이 웃기게 되었군. 우리가 압도적인 전력에도 졌다니, 흐흐흐!"

제갈강은 의외의 사태에도 별다른 표정 변화는 없었지만 가히 좋은 기분은 아닌 것이 분명한 듯 몸에서 살기가 뿜어져 나오고 있었다.

그의 살기 때문인지 결투의 종결 때문인지는 몰라도 장내는 이내 조용해졌다. 의식을 잃은 호철호는 백마진이 들고 자신이 있던 곳으로 데려갔고 뇌운성은 비틀비틀 모용군영이 있던 곳으로 와서는 풀썩 주저앉아 운기조식을 하기 시작했다. 사마진영이 다가오자 이제 아까와 비슷한 장내 상황이 되어 있었다. 단지 다른 것은 제갈강과 마주하고 있는 사람이 관영호로 바뀌었다는 것이지만.

"넌 역시 실력을 숨긴 고수였군. 아까 묵성의 마지막 공격을 무위로 만들다니, 어디 한번 그 실력을 볼까?"

"꼭 그래야 되겠소? 그냥 뇌 공자가 회복하길 기다렸다가 다시 싸우시오."

"싸움을 피하면 무인이 아니지. 흐흐!"

"그렇게 원한다면 당신이 나오지 않고 왜 다른 사람을 시키는 것이오?"

"격장지계에 속지 않는다. 난 어디까지나 회골림의 군사(軍師)일 뿐."

그가 다시 손을 앞으로 내밀자 이번엔 섬전검 간훈이 앞으로 걸어나갔다. 관영호는 그들을 보았을 때부터 알고 있었다, 저들 오패마 중에서 제일 강한 자가 간훈이라는 것을. 얼마나 강할지는 직접 겪어봐야 알겠지만.

간훈은 앞으로 나오고 나서도 아무 말 없이 서 있었다. 그는 예순 먹은 노인처럼 늙어 보였지만 허리만은 곧게 서 있었으며 바람에 휘날리는 그의 두건과 허리춤에 매달린 장검은 그를 매우 멋들어진 노검사(老劍士)로 보이게 했다.

'안정된 눈, 긴장하지 않는 자세, 그리고 허무. 매우 강하구나. 정녕 섬전세가는 나와 무슨 인연이란 말인가?

간훈이 섬전세가의 이대가주라는 말을 모용군영에게 들은 그는 씁쓸하게 웃으면서 앞으로 걸어나갔다. 약 오 장 거리에서 둘은 마주 보고 서 있었다. 둘에게서는 어떠한 기운도 풍기지 않아 누가 보면 그저 노인과 젊은이가 마주 보고 있다는 느낌만 줄 뿐이었다.

"……."

"……."

둘은 아무 말 없이 그저 바라보고만 있을 뿐이었다. 보는 사람이 오히려 지겨울 정도로 두 사람은 무언의 대치를 하였으며 일각 정도 흘렀을까, 간훈은 떨어지지 않을 것 같던 무거운 입술을 열어 말했다.

"나이가 어린 사람이 대단한 경지에 이르렀군. 마치 그 사람처럼."

"……."

"또 질 수는 없지."

그는 영문 모를 말을 내뱉고는 기수식을 취했다. 발검의 자세였는데 그가 그 자세를 취하자마자 주위의 공기의 움직임이 묘해지기 시작했다.

"어리다고 양보는 없네. 싸움은 어디까지나 싸움일 뿐. 예의를 따지면 그저 싸움이란 이름이 대결이란 위선으로 바뀌는 것이지."

그의 말에 관영호는 동의의 의미인지 알겠다는 의미인지 알 수 없이 고개를 끄덕였다.

"간다."

간단한 말 한마디와 동시에 그의 주변의 공기가 순간적으로 그를 중심으로 몰려들었다.

'위험하다.'

이 생각이 한순간 그를 지배했다. 그리고 생각만큼 행동도 빨랐다.

그의 손이 앞으로 나가는 매우 단순한 동작과 동시에 그의 장에서 붉은 안개가 쏟아졌고 간훈의 몸에서는 관영호도 예상하지 못한 폭발이 일었다.

쿠콰쾅!!

마치 대기를 압축하여 터뜨린 듯한 광경을 관영호는 똑바로 볼 수 있었다. 폭연(爆煙)을 뒤로하고 마치 정지한 듯한 착각을 일으킬 정도로 빠르게 다가오는 빛살 같은 검.

그것은 단지 검이었다. 정말 간훈이란 사람의 신형은 보이지 않았다. 검신령합(劍身靈合). 검과 시전자의 영혼이 하나가 된 전설의 경지 그것은 단연코 관영호도 처음 보는 것이었고 그 빛살을 그나마 볼 수 있던 몇몇조차도 처음 보는 광경이었다. 어느 누가 말 그대로 검과 자신이 하나가 된 적이 있다는 말을 들어본 적이나 있을까? 진정 그는 검이었고 검은 그였다.

관영호는 그 정도인 줄은 몰랐지만 자신의 힘에, 무공에 자신이 있었다.

파앗!!

혈무와 하얀 섬광이 부딪치자 밝은 빛이 뿜어졌다. 둘이 부딪치자 모습이 생생히 보였는데 그 양상에 모두들 입을 벌려 놀랐다. 간훈은 온데간데없고 검만이 혈무와 부딪치고 있었는데 그 진퇴를 예측할 수 없을 정도로 치열하게 밀고 밀리는 중이었던 것이다. 빛살과 노을의 부딪침으로 빚어내는 하나의 장관이었다.

"이럴 수가! 저 늙은이가 상상만 하던 것을 정녕 이루어내다니!"

광마(光魔)는 입을 벌리고 그 광경을 바라보고 있었다. 옆에 있던 두 예령 역시 다른 의미로 놀라고 있었다.

"저 정도인데도 어떻게 저 아이는 장력 하나로 견딜 수 있는 것이죠? 어떻게……?"

이런 놀람을 뒤로하고 관영호는 자신의 마음이 투기로 휩싸이는 것을 느꼈다.

'큭, 대단하군. 그저 말로만 듣던 것을……. 후후, 하나 질 수는 없다. 힘을 개방하면 충분히 이길 수 있겠지만… 그 이전에 나로서의 자존심이다.'

그는 이를 악물고는 내공을 더욱 끌어올렸다. 한 순간 순간이 생명과 달린 것들이었다. 힘을 잘못 운용한다거나 등의 실수를 할 때는 그대로 끝이었다. 간훈이라면 몰라도 일단 자신은 불리한 상황에 놓여 있었기 때문이다.

'으음, 처음부터 저런 필살 무공으로…….'

불리한 상황에 놓인 것은 자신은 일반 무공으로 상대했지만 상대방은 필살의 무공으로 상대했기 때문이다. 어떻게든 벗어나야만 했는데 지금의 힘으로는, 즉 힘을 개방하지 않은 지금 상태에서는 바로 오초 '황'을 쓸 수가 없었다.

하지만 비도 하나 정도는 쓸 수 있었다. 그는 품에서 비도 하나를 꺼내 든 후 그의 머리 위로 검을 날렸다. 사초식 '무'를 쓰면서 비도를 날리는 것은 상당한 무리였지만 견딜 만했다.

'회섬(回閃)!'

비도는 스스로 빠른 회전과 동시에 큰 포물선을 이루며 간훈의 머리 위로 정확하게 떨어지고 있었다.

"……!!"

간훈은 무언가 예리한 것이 자신을 향해 날아옴을 느끼고는 피할 수밖에 없음을 판단한 후 무의 힘에 의한 반동을 이용해 뒤로 날아갔다. 위험한 일이었지만 다행히 성공했고 그는 아까보다 더 뒤로 착지할 수 있었다.

"……."

간훈이 관영호에게 쉴 틈을 주지 않으려는 듯 바로 발검 자세를 취하자 주위의 대기가 모이기 시작했다.

관영호는 희미한 미소를 지으며 특이한 자세를 취했다. 의외의 공격이 분명 먹혀들 것이라 생각하며 사파 패를 시전할 자세를 한 손을 간훈을 향해 뻗었으며 다른 한 손은 쫙 펴진 손가락 중 중지에 살짝 갖다

놓은 자세였다.

쾅!!

"크악!!"

엇갈리는 소리가 나면서 폭연이 일어났지만 그것이 다였다. 폭연 후에 간훈의 섬광 같은 검신령합 공격이 들어가지 않은 것이다.

사람들은 무슨 영문인지 몰라 잠시 어리둥절해했지만 곧 상황을 파악할 수 있었다. 간훈은 관영호의 알 수 없는 공격을 받고 검신령합을 채 펼치지 못했던 것이다. 그의 입에서 피가 한줄기 흘러내리고 있는 것이 제법 내상을 당한 듯했지만 간훈의 표정은 고통보다는 수치스러워하는 빛이 더 역력했다.

"크으! 내가 또 애송이에게 당해야 한단 말인가?"

아무도 들을 수 없을 정도로 작은 중얼거림이었지만 집중을 하고 있던 관영호는 충분히 들을 수 있었다. 자신을 애송이로 보고 있는 간훈에게 뭐라 말해 주고 싶었지만 굳이 그럴 필요성은 느끼지 않았기에 입을 굳게 다물고 있었다.

"……."

간훈은 내상을 입었지만 여전히 공격 자세를 취했다. 역시 이전과 같은 검신령합의 자세와 기운이었다. 그의 빛과 같은 속도와 엄청난 폭발력에 대비해야 마땅하건만 관영호는 그저 가만히 있을 뿐이었다. 아까 전의 사파 패의 자세도 취하지 않고 있었다.

"자신있다 이건가? 간다!"

간훈은 그의 행동에 의아해했지만 단순히 자신감으로 치부했다.

쾅아앙!!

엄청난 폭연과 동시에 폭발의 여력이 그를 향해 엄습해 갔으며 그 여력과 폭연을 뚫고 놀라운 광경이 사람들에게 드러났다.

"오오!"

"아! 저럴……!"

특히 사마진영은 더욱 놀랄 수밖에 없었다. 아니, 간훈이 시전한 무공이 그의 무공 중 마지막 초식인 파쇄뇌각(破碎雷角)임을 아는 사람은 그 놀라움이 더할 수밖에 없었다. 검신령합인 상태에서 이루어지는 파쇄뇌각! 누구도 이런 공격을 상상이나 했겠는가?

열여섯 조각의 검이 뇌전과 같은 속도로 관영호를 향해 파고드는, 장엄하다고도 할 수 있는 광경이 그들 앞에 펼쳐지는 순간 관영호의 한 손이 앞으로 보이지 않을 정도로 내밀어지는 것을 본 사람은 몇이나 될까?

하지만 분명 두예령은 볼 수 있었다. 마치 유령같이 환상처럼 공간을 뚫고 나타난 그의 손. 그리고 그녀는 머리가 아찔함을 느끼며 풀리려는 다리를 안간힘을 써 견뎌야 했다.

'위험해!'

생각은 굴뚝같았지만 입 밖으로 내지 않았다. 아니, 못했다는 것이 더 정확했다. 그의 손을 본 순간 그녀는 그 무엇을 할 의지를 잃어버렸기 때문이다. 찰나지간의 생각이 스쳐 지나가면서 그녀의 눈에 형용하지 못할 엄청난 혈광이 비추어졌고, 그녀는 자신도 모르게 눈을 감을 수밖에 없었다. 제갈강의 일행도 뇌운성의 일행들도 그 눈부신 혈광에 모두 눈을 감을 수밖에 없었다.

쿠우우우우!

마치 대폭발 같았다. 인간의 몸에서 저런 파괴력이 나올 수 있다는 것이 믿기지 않을 정도의 부딪침이었다.

운기를 마치고 구경한 지 얼마 되지도 않았지만 뇌운성은 믿을 수 없는 광경을 보고 있었다. 누가 봐도 평범하기 그지없이 생긴 사람이 무공을, 그것도 섬전무가 역대 최고의 무공광이자 오패마 중 최강으로 평가받는 섬전검 간훈과 대등하게 싸우는 것도 모자라 지금 그가 보고 있는 관영호의 장력은 천뢰오장의 마지막인 천류뇌하섬멸붕의 위력을 훨씬 상회하고 있었다.

'내 비록 익히지 못해 잘 알지 못하나 일반적인 위력의 천뢰오장은 저것에 미치지 못한다.'

질투심보다는 흥분이 일어났다. 최강이라 자부했던 자신의 천뢰오 장을 능가하는 장법이 있다는 것에 야릇한 희열과 함께 뜨거운 호승심 이 솟아나는 것이었다.

'하지만 뇌신(雷神)의 힘을 얻을 수 있다는 뇌강지체(雷剛之體)가 천 뢰신공을 익혔다면 이길 수 있을 텐데… 내가 뇌강지체가 아닌 것이 너무나 한스럽구나.'

뇌운성의 눈에 나타난 결과는 자신의 예상과 일치했다. 간훈의 신형 이 제갈강의 이 장 앞으로까지 날아가 땅에 널브러져 버린 것이다. 그의 입에서 피가 꾸역꾸역 흘러내리고 있는 것이 생명까지 위험해 보였다.

"……"

제갈강의 얼굴에 처음으로 놀라움의 표정이 떠올랐다. 누구나 다 놀 랐겠지만 그의 놀람은 더욱 클 수밖에 없었다. 간훈은 검령혼합을 보 여주기 전에도 오패마 가운데서 은연중 최고의 실력을 가진 자였다.

더구나 방금 시전했던 검령혼합의 경지는 거의 전설로만 내려져 오던 경지였으며 익힌 사람은 역사상 전무하다고 해도 좋을 정도로 미지의 경지이기도 했다.

그걸 시전한 간훈도 놀라웠지만 그런 간훈을 별다른 내상 없이 처참하게 격퇴시켜 버린 저 사내가 더욱 놀라웠다. 검령혼합을 내상 없이 격파하기 위해서는 얼마나 강한 무공이 필요한지를 가늠해 본 그는 가슴에 공포라는 감정이 조금씩 들어오기 시작했지만 이내 추스르고는 간훈의 상태를 살펴보았다.

제갈강이 의술에 조예가 있음을 아는 나머지 세 명은 잔뜩 굳은 표정으로 관영호에게 다가갔다. 비록 저 평범한 사내가—지금은 결코 평범하지는 않지만—간훈을 압도적인 차로 이겼다고는 하지만 자신들 세 명을 이길 수 있다고는 생각하지 않았다.

확실히 아무리 관영호라도 힘의 개방을 하지 않고서는 저들을 쉽게 이길 수는 없을 전력이었다.

자신에게 협공을 할 것임을 안 관영호는 일이 귀찮게 되어가고 있다고 생각하며 어떻게 할지 고긴하기 시작했다. 그의 생각이 채 시작되기도 전에 뇌운성은 그의 옆으로 다가와 방법을 제시해 주었다.

"관 대협, 제가 잠시 나서보겠습니다."

"……."

그는 뇌운성이 무슨 생각이 있겠거니 하고 고개를 끄덕였다. 뇌운성은 고맙다는 무언의 표시를 하고는 자신들에게서 오 장가량 떨어져 서 있는 세 명을 바라보았다. 아무리 그라도 절로 긴장하지 않을 수 없었다. 그들은 말 그대로 이백 살이나 먹은 대노마두(大老魔頭)들로 모두가 모인다면 가히 파천의 위력을 발현할 수 있는 자들이기 때문이다.

"선배님들은 잠시 제 말씀을 들어주시길 바랍니다."

"……."

아무 말 없었지만 뇌운성의 말을 들을 의향은 있는 것 같았다. 자신의 이 계책이 먹혀들지는 의문이었지만 가능성은 있다고 판단한 그는 곧바로 말을 꺼내었다.

"제갈 선배님의 목표는 애시당초 제가 가지고 있는 도(刀)입니다. 솔직히 말씀드려 저는 그 도가 회골림에서 어떤 용도를 지니고 있는지 모르지만 꽤 중요하다는 것만은 알고 있죠. 제가 제안을 하겠습니다. 이것……."

그는 그렇게 말하고는 품에서 도를 꺼내었다. 한 자가량의 작은 도였는데 도갑의 겉면은 용 무늬가 양각되어 있고 간간이 보석도 박혀 있어 햇살에 비추어지자 형형색색의 빛을 뿜어내며 그 아름다움을 뽐냈다.

오패마 중 세 명은 아무런 표정 변화가 없었지만 제갈강은 달랐다. 그것을 본 그는 희열에 가득 찬 표정을 지어 지금껏 무표정을 일관해 온 제갈강이 맞는지 의심이 갈 정도였다.

그저 잘 만들어진 도일 뿐인 그것이 오패마에게는 아무런 가치가 없는 것일지 몰라도 제갈강에게는 그것이 자신의 목숨이 걸려 있을 정도로 반드시 필요한 것이었다. 그것은 그분이 중요하다고 재차 강조했던 것이기에 쉽게 움직이지 않는 오패마를 데려올 수 있었던 것이다.

그러므로 저 도를 필요로 하는 '그' 라는 존재 때문에 저 도를 어떻게든 회수해야만 했다. 저 도가 있어야 '그' 가 필요로 하는 '그' 를 제

어할 수 있고 '그'를 제어할 수 있다는 것은 회골림의 대사에 엄청난 전력이 될 수 있는 것이었다.

"이것을 돌려 드리겠습니다. 그러니 우리를 놓아주십시오. 어떻게 하시겠습니까, 제갈 선배님?"

세 명의 노마두는 아무 갈도 없는 것이 뇌운성의 말에 아무런 흥미도 없는 듯했지만 다행히 제갈강은 아니었다.

"크큭, 좋다. 어차피 상황은 양쪽 다 좋지 않은 듯하니 너의 말을 받아들이겠다. 이쪽의 전력이 드러나는 것쯤이야 감수할 수 있으니…… 돌려달라."

"……."

하지만 뇌운성은 아무런 행동도 취하지 않았다. 먼저 돌려주고 나서 제갈강이 어떤 행동을 취할지 심히 의심스러웠기 때문이다. 그의 생각을 눈치 챈 제갈강은 서늘하게 미소 지으며 말했다.

"신중하군. 약속은 지킬 테니 돌려달라. 어차피 그쪽의 전력이나 이쪽의 전력이나 엇비슷하니 난 더 이상의 어떤 속임수도 쓰지 않겠다."

"…알겠습니다."

뇌운성은 더 이상 의심해 봤자 자신들만 손해라는 것을 알고는 도를 던져 주려 했다.

"잠깐만."

뒤에 있던 관영호는 뇌운성이 도를 던지려는 순간 그의 어깨에 가볍게 손을 올려 행동을 제지했다.

"왜……?"

"그 도를 내게 잠시 맡겨줄 수 있겠소?"

“…….”

뇌운성은 그를 이미 믿을 만한 사람으로 생각하고 있었기 때문에 아무 말 없이 그에게 주었다.

“날 못 믿겠다는 것이냐?”

제갈강은 푸른 빛이 서린 눈으로 그를 쏘아보았다. 웬만한 고수라도 그 눈빛을 제대로 받을 수 없겠지만 그는 담담하게 받아들였다.

“당신이 한 말은 믿겠지만 저들 세 명의 눈은 별로 그렇지 않은 것 같구려. 오패마들 간의 끈이 질겨 두 명의 패배를 만회하려는 듯하오만…….”

“…….”

제갈강은 그들에게 무언의 눈빛을 보냈지만 그 눈빛을 보고도 셋은 그저 모른 척할 뿐이었다.

“세 분께선 지금 그분의 명령을 어기고 있는 것임을 알고나 있소?”

“…….”

하지만 요지부동이었다. 관영호는 역시 늙은이들의 고집이 똥고집이라 생각하며 쓴웃음을 짓고는 말했다.

“도를 넘겨주겠소. 하지만 당신들은 알아두어야 할 것이 있소. 먼저 이 도를 넘겨줄 때 내가 무공을 하나 쓰겠소만 세 분이 그것을 막아야 하오. 막기 어려울 것이니 충분히 대비하시오. 대신 막으면 물론 그 도는 넘겨주는 것이나 마찬가지겠지. 그 다음은… 날 잊으라는 것이오. 난 무림과 관계없는 사람이라오. 무림의 일에는 결코 신경 쓰고 싶은 마음이 없으니 잊어주길 바라오. 어디까지나 나의 바람일 뿐이라 그대들이 지켜줄지가 의문이군.”

“……..”

조금 이상하다 싶은 그의 말에 사람들은 아무 말도 하지 않았다.

“간다. 세 분은 나의 공격을 막아주길 바라오.”

그의 말에 세 명은 크게 긴장하며 공력을 끌어올렸다. 그 모습을 지켜보다 그들이 충분히 준비가 되었다 생각되자 그는 품에서 하나의 비도를 꺼내어 뇌운성이 건네준 도와 같이 한 손으로 잡고는 내공을 크게 끌어올렸다. 그의 몸에서 붉은 기운이 물씬 풍기는가 싶더니 한순간 그는 두 개의 도를 같이 날렸다.

“혈룡(血龍).”

혈천지옥도의 마지막 심득인 혈룡이 여기서 다시 재현되는 순간이었다. 천궁자와 싸울 당시에는 너무나 싱겁게 소멸되고 말았지만 그것은 천궁자가 너무 강하기 때문이었다. 하지만 혈룡이라는 이기어도(以氣御刀)를 능가하는 전대미문의 기공은 이들에게 경악을 심어주기에 충분했다.

셋은 각자 최후의 무공을 아낌없이 드러낼 수밖에 없었다. 십 자나 되는 듣도 보도 못한 끔찍한 도강은 그들을 크게 긴장시켰고 자신들의 최강 절기를 쓰게 만들었다.

혈룡은 마치 살아 있는 진짜 용처럼 그들의 절기를 하나하나 피하고 있었다. 하지만 세 명의 경천동지할 합공을 완벽하게 피하는 것은 무리였던지 결국 부딪쳤고 혈룡은 가공할 혈광을 사방에 가득 비추었다.

“크윽!”

“꺄악!”

장내 사람들은 엄청난 여파에 급급히 물러나면서도 결과를 주시했다. 상태는 힘의 여파와는 달리 의외로 모두 양호했다. 하지만 그것도 잠시, 오패마 중 세 명의 옷이 갈기갈기 갈라지는가 싶더니 온몸에 작은 상처가 터지면서 피가 흐르기 시작했다. 입가에는 가는 핏줄기가 흐르고 있었지만 쓰러지지 않은 것이 완전히 제압하지는 못한 듯했다. 그들의 앞엔 한때 용으로 변했던 두 자루의 도가 덩그러니 놓여 있었다.

"……."

아무도 말을 하지 않았다. 기가 막힌 사실에 할 말이 없었던 것이다. 지나가던 무림인을 잡고 옛날의 오패마 중 세 명과 싸운 한 젊은 남자가 있었다고 말하면, 그리고 그 젊은 남자가 압도적인 승리를 했다면 미친놈 소리를 들을 것이 뻔했다. 하지만 분명 현실은 그러했다.

"이제 갑시다."

뇌운성은 약간 허탈한 심정으로 일행에게 말했다. 누가 시키지도 않았지만 사마진영은 우영을 업었고 일행은 장내에서 곧 사라졌다. 아무도 그들을 말리지 않았다. 분노의 표정을 짓고 있던 제갈강도 몸을 떨고만 있을 뿐 그저 가만히 있을 수밖에 없었다.

◆제6장◆ 초대받지 못한 자

[모월 모일. 맑음.

호북성에 들어와서 삼 일을 더 걸어서야 사라성에 도착할 수 있었다. 우리는 초대받은 자들도 아니고 명성이 뛰어난 자들도 아니었지만, 정확히 말하면 아무것도 아닌 두 사람이었지만 뇌운성과 우영의 추천으로 일단 귀빈으로 방 배정을 받을 수 있었다.

이것저것 귀찮은 일이 있진 않을까 내심 걱정했지만 그것이 다였다. 귀한 손님이라 그런지 무명소졸들에게 어떠한 업신여김이나 눈치를 주지는 않았다.

뇌운성과 우영은 오늘 도착하고 반 시진도 안 돼서 어디론가 불려가 지금까지 보이지 않는다. 우영은 오패마와 싸운 이후 이틀이 지나서야 완쾌되었다. 갈 때 임사우에게 내가 온 것을 알리겠다고 했는데 아직까지 기별이 없는 것을 보면 알리지 못한 것 같다.

듣기로 임사우는 지금 폐관한 사라성주를 대신해 많은 일을 하고 있다고 한다. 정식으로 대리 성주직을 맡은 것은 아니었지만 많은 결정권이 그에게로 가 있으며 그로 인해 눈코 뜰 새 없이 바쁘다고 한다. 하긴 천하를 관장하고 있다 해도 무색없는 사라성의 많은 권한을 가진 대신 그만큼 바쁠 것이라는 것쯤은 충분히 알 수 있는 사실이다.

무림대회 당시 같이 있었던 친구들 중 여기에 있는 사람은 단둘, 임사우와 우영뿐이다. 다른 친구들은 다들 제 갈 길을 간 것 같으니 만날 길이 쉽지 않은 것 같다. 하지만 이제 곧 도착할 간도민의 결혼식에 혹여나 그들이 오지 않을까 하는 막연한 기대도 해본다.

어떻게 되든 간에 간도민의 결혼식까지는 있어볼 생각이다. 초대받지 못한 우리가 이렇게 오래 있는다는 것이 사라성에서는 아무런 이익도 없기에 불청객일 수도 있겠지만 체면을 무릅쓰고서라도 여기 있을 것이다. 어디까지나 한 번은 더 보고 싶었던 친구들을 보기 위해서이기도 하다.

어쩌면 내가 이렇게 무리하다 싶을 정도로 여기에 있는 것이 바로 흉괘의 시작일지도 모른다. 그렇기에 어느 정도는 내게 있어 흥미롭다. 과연 무슨 일이 일어나려는 것일까? 나는 앞일에 대해 약간은 알고 살아갈 수 있는 사람으로서 그것이 흉괘든 길괘든 피하려고 하지 않는다. 그 일에 맞닥뜨리며 헤쳐 나갈 것이다. 그때 내가 가져야 할 것은 마음가짐이다. 큰 길을 벗어나지 않으려는 마음가짐이 있다면 헤쳐 나가지 못할 일은 없는 것이다.

삼층의 창가에서 보는 밤하늘은 일층에 있을 때와는 달리 하늘과 가까이 있기에 정겹다고나 할까? 제법 큰 창을 통해서 사라성의 많은 건물들이 나의 눈에 아스라이 비춰지고 있다. 나의 눈이 밝아서이기도 하지만 불야성이랄 수 있는 사라성의 환한 불빛 때문이기도 하다.

언젠가 먼 훗날, 사라성이 없는 무림에서는 사라성을 어떻게 기억할까? 지금까지는 사라성에 대한 인식은 꽤나 괜찮은 편이다. 비록 사라성주가 힘으로 사라성을 세우기는 했지만 듣기론 수많은 대결과 비무를 통해서, 그리고 하나하나 세력을 구축해서 이룬 것이라고 했다. 하지만 어느 것이나 영원한 법은 없는 법. 사타성이 한결같이 좋은 인식으로 남으면 좋겠지만 하늘의 운명은 알 수가 없는 법이다.

갑자기 이런 생각이 났다. 분명 사라성은 언젠가는 망할 것이다. 언제까지나 무림을 군림할 수는 없을 것이 분명하기에 어떻게 그 대미를 장식하느냐가 중요한 관건일 것이다. 흔히 역사적으로 볼 때 왕조 같은 하나의 세력이 무너져 가는 과정은 그리 달갑지 않은 풍경을 그리곤 했기에 그 마지막이 심히 안쓰럽기도 하다.

고인 물은 오래 있을 수 없다. 벌써 사라성에 적대되는 단체가 있지 않은가? 사람들은 그것을 알기나 할까? 아는 사람도 있겠고 모르는 사람도 있을 것이다. 이런 생각을 할 수 있는 깊은 사고력과 정국을 내다볼 수 있는 통찰력을 지닌 사람이 있는 반면 그럴 여유도 없을 정도로 바쁜 사람도 있다는 말이다.

하지만 이 사라성에서 종사하는 사람들이 위의 두 부류 중 어떤 쪽이든 간에 공통적인 것은 모두 현실에 충실히 살아가는 사람들이라는 것이다. 가장 중요한 것은 현재의 삶을 충실히 살아가는 마음 자세다. 그렇지 않으면 허무나 절망에 빠져 어떻게 살아갈 수 있을까?

현재에 충실한 삶. 그것이 일상이 아닐까? 현재에 충실한다라……. 그래, 난 현실에 충실할 것이다. 그것이 나의 허무해질 수도 있는 삶에 한 가닥 샘물이리라.

오랜만에 편안한 침상에서 잠을 잘 수 있을 것 같다. 귀빈에게 주는 대우는 이런 면에서 보면 꽤나 좋은 것이다.]

[모월 모일. 맑음.

오늘 임사우의 기별이 왔지만 그가 직접 온 것은 아니었다. 회골림의 갑작스런 성장으로 사라성의 간부들에게는 비상 대기령이 내려져 있는 상태라 한동안은 그를 보기가 힘들 것이라고 한다.

대신 숙식 면에선 최대한의 편의를 준다고 했으니 어찌 보면 밑지는 장사는 아니라고 생각한다. 임사우가 아마 오지 못할 것이라는 것은 내심 어느 정도 예상하고 있었던 터라 그다지 실망스럽진 않았다. 영원히 보지 못하는 것도 아니고 한동안 보지 못한다고 했으니 아마 간도민의 결혼식 전에는 볼 수 있지 않을까 싶다.

약간 당황스러웠던 건 우영이 다른 일로 모종의 곳으로 다시 파견되었다는 것이다. 뇌운성이 나와 사마진영에게 와서 말해 준 것이니 확실한 것이리라. 역시 나와 그들은 꽤나 다른 인생을 살고 있음을 여실히 느낄 수 있었다. 그들은 나름대로 자신들의 길을 찾아 바쁘게 살아가고 있는 것이다.

하지만 난 예전에도 그랬고 지금도 그랬지만 뭘 위해 살아가고 있는지 모른다. 굳이 나의 삶에 금칠을 하자면 나 자신에게 주어져 있던 피의 수레를 씻기 위해 살아갔던 것이랄까?

그럼 지금은? 지금은 무엇을 위해서라는 명목으로 살아가고 있는 것인가? 사람이 꼭 그런 의식이 있는 채로 살아가야 하는 것일까? 이 세상, 아니, 적어도 이 사라성에서라도 어떤 목적 의식이 있는 채로 살아가는 사람이 몇이나 될까?

몇백 년을 산 나조차도 나의 인생이 무엇을 위해서 존재하는 것인지 가물가물하거늘 이제 살아온 지 삼사십 년도 되지 않은 사람들이 명확히 알 수 있을까?

공명을 위해, 사랑을 위해, 부를 위해, 천하제일을 위해, 그 무엇을 위해 뛰어가는 사람들이든 간에 그 무엇을 위해 질주하는 그들에게는 그것 자체로도 나는 칭찬해 줄 것이다. 심지어는 그저 하루하루 살기 바쁘고 고달픈 그들에게도. 나는 '무엇을 위해서'라는 생각조차 없이 산 사람이기 때문이다. 지금에서야 벗어난 나 자신을 돌이켜 보면 대단하다고 해야 할지 한심하다고 해야 할지. 쓴웃음이 절로 나온다.

나에게 우영의 소식을 전해주러 온 성격 좋은 뇌운성에게 난 대뜸 '당신은 무엇을 위해 살아가고 있소?' 하고 물었다. 차를 마시며 사마진영과 담소를 나누던 그는 갑작스런 질문에 당황해했지만 곧 자신감에 찬 목소리로 내게 말했다. 자신은 사부님의 무공을 완성하기 위해 살아가고 있다고. 자신이 동경하던 무림에 발을 들여놓은 이상 무공을 익힌 이상 무의 완성을 보고 싶다고 했다. 그는 무인의 길을 걸어가고 있었다.

나도 무인이 아닌가? 예전에 무공을 익힌 나 자신을 혐오스럽게 바라본 적도 있었지만 이제 나도 무인이라고 말할 수 있다. 물론 무공을 숨기고 살아가려는 마음이 더 크긴 해도 내 마음에는 예전의 살인마가 아닌 무인이라고 말할 수 있는 자신감이 생긴 것이다.

그렇지만 난 무인의 길의 끝을 보려는 욕심은 없는 사람인 것 같다. 그래서 나 자신이 아직도 어떤 길을 가고 있는지 모르는 것일지도 모른다.

　사마진영와 뇌운성의 이야기를 그저 흘려듣고 있다가 난 큰 깨달음으로 나도 모르게 자리에서 벌떡 일어났다. 나의 돌연한 행동에 놀란 그들에게 미안한 미소를 보여주고 다시 앉았지만 나의 희열에 찬 미소는 여전히 지워지지 않았다.

　나는, 나라는 사람의 길을 가고 있는 것이다. 내가 살아가고 있는 것 이것 자체가 나의 인생이고 목표이며 나의 길이다. 나는 나의 완성을 위해서 먼 길을 걸어왔을지도 모른다. 이 길은 끝없는 길. 그렇지만 나의 길이다.

　어두운 하늘에 떠 있는 작은 조각달을 보면서 문득 아빈의 생각이 났다. 이것이 그리움인가? 잊어버릴 뻔한 그녀가 생각난다. 잊어버릴 뻔했다는 것은 나도 나름대로 바빴다는 것일지도. 세속의 진(塵: 먼지)에 묻혀 나 자신도 모르게 세상의 흐름에 동화되어 가고 있었던 것이다.

　나의 고독한 길에 동참해 준 그녀. 그녀는 항상 그곳에서 나의 일상을 지키고 있다. 그 생각에 나도 모르게 미소가 퍼진다. 갑자기 사막으로 가고 싶었지만 아직은 아니니 참아야 한다.

　지금 가고 있는 나의 길의 끝은 사막이라는 것을 잊지 말아야 한다. 결국 나는 나의 일상으로 돌아가야 하는 것이다.

　내일은 바람이 제법 불 것 같다.]

[모월 모일. 맑음.
　오늘 정오를 조금 지나서 일단의 무리들이 사라성에 들어왔다. 원래 사람들의 출입이 큰 성치고는 그렇게 많은 편이 아닌지라 자연스레 그들이 누군지 흥미가 갔던 것이다. 모두 다섯 명의 인물이었는데 다른 사람들은

몰라도 단 한 사람은 내가 아는 사람이었다. 그리고 내게 매우 인상을 남긴 여인이기도 했다. 백매화 공손아리. 그녀가 여기에 나타난 것이다.

나는 내 은근한 기대가 잘하면 이루어질지도 모른다고 생각하며 희미하게 웃었다. 멀리서 그들을 지켜보니 그들 말고도 그들을 따르는 짐꾼들도 있었다. 무엇을 가지고 왔는지는 모르지만 겉이 꽤나 화려하게 장식된 것도 간간이 보이는 게 값싼 물건은 아닌 듯했다. 나중에 그 물건들이 문학문과 간도민의 결혼식에 줄 예물이란 것을 알았다.

나는 친구를 오랜만에 본다는 반가움에 아무 생각 없이 그녀에게 다가가 말을 걸려 했는데 한 남자에 의해 저지당했다. 갑작스런 일이라 조금 당황했지만 이내 내가 너무 성급했다는 것을 인정하고는 실례를 구했다. 공손아리도 나를 잠시 보더니 나를 기억해 냈다.

하지만 그녀의 반응은 우영과 달랐다. 뭐랄까? 어색하다? 하지만 어색하다라는 표현 하나로는 부족한 묘한 느낌이었다.

말이야 어떻든 나를 그렇게 반기는 듯한 모습은 아니었지만 인사라도 해주는 것이 고맙기는 했다. 누군지는 모르지만 한 남자는 내가 마음에 들지 않았는지 나를 꽤 무시했다. 처음 본 사람을 함부로 대하는 건 그렇게 보기 좋은 모습이 아님에도 불구하고 그리 행동하던 그 남자는 성격 역시 무척이나 좋지 않은 사람이었다.

문득 그 남자의 얼굴에서 모용군영의 얼굴이 겹친 것은 무슨 이유일까? 나는 나 자신도 모르는 사이에 그녀가 나를 싫어한다는 것에 피해 의식을 느끼고 있었던 것인가? 아니면 그저 공통되는 부분이 발견되어 떠오른 것일 뿐인지…… 아무튼 공손아리의 오빠라는 사람의 만류로 맞을 뻔한 것을 넘겼으니 귀찮은 일은 피한 셈이다.

　쓸쓸한 웃음이 새어 나왔다. 나의 친구들이 어떤 반응을 가지고 있든 간에 실망하지 않으리라 생각했기에 그러진 않았지만 그래도 쓸쓸함은 참을 수 없는가 보다. 항상 나를 찾아오면서 이것저것 물어보던 순진하고 아름답던 모습이 이제는 나를 보자 당혹스러워하는 모습으로 변한 것에 대한 안타까움인가? 나도 모르겠다. 그녀는 나를 다시 찾는다고 했지만 목소리 속에 담겨진 작위성을 보면 그 말이 이루어질지 의문이다.

　나는 그녀를 기다리지 않을 것이다. 그렇지만 그녀와 함께했던 추억을 버리고 싶은 마음은 없다. 그녀와 다른 친구들은 깨달음을 얻은 이후 처음으로 즐거움을 나누었던 사람들이지 않은가? 사람은 없어도 추억은 남아 날 심심치 않게 할 것이다. 그것이 인생 아니겠는가?

　그녀의 일행을 생각해 보았다. 자세히 보지 않아 제대로 기억이 나지는 않지만 공손아리의 오빠인 공손강이란 사람은 매우 강직한 느낌을 주고 있어 기억에 남는 자였다. 외모와 성격이 일치하는 알기 쉬운 자라고나 할까? 딱 벌어진 넓은 어깨와 육 척 사 촌(190cm) 정도의 매우 큰 키, 그리고 거친 얼굴. 그의 눈에서는 빛이 나고 있었다. 뭐랄까? 자부심 정도면 되겠다. 누구나 충분히 느낄 수 있으리라. 나 자신은 누구보다 올바르게, 광명정대하게 살았다는 자부심. 하지만 그에 얽매여 있어 유연한 사고력을 기르지 못해 융통성이 없을 것임도 충분히 알 수 있었다.

　그가 기억에 남는 또 하나의 이유는 내가 공손아리에게 호의의 선물로 주었던 무공 지옥천마일식을 거의 대성에 가깝게 익히고 있었기 때문이다.

　사마진영이 잠을 자지 않고 나와 이야기를 하고 싶다고 해서 오늘은 이만 써야겠다. 나의 일기이기에 마음대로 할 수 있는 자유가 좋다. 내일이 있지 않은가.]

[모월 모일. 맑음.

할 일이 없다는 것을 좋게 받아들이는 것이 자신에게 이익이 됨을 아는
자는 몇이나 될까? 다행히 난 알기에 이런 무료함이 분주함만큼이나 좋다.
사마진영은 예전부터 천궁단을 이끈다고 하루하루가 정신없는 일상이었기
에 이런 무료함을 견디기 힘들어하는 표정이었다. 하지만 한동안 나의 집
에서 살면서 무료함에 적응한 적이 있어 발작이란 단어까지 쓸 정도로 문
제가 있지는 않은 것 같다.

오늘 하루도 그저 뇌운성이 찾아와 오랜 시간 담소를 나누고 밥을 먹은
것이 다였다. 뇌운성은 나보다는 사마진영과 이야기를 많이 했는데 나에
대한 이야기도 사마진영에게 묻는 식으로 해서 내게 간접적으로 물을 정도
였다.

뇌운성이란 사내는 나처럼 그저 볼품없는 출생이었지만 이런저런 인연
이 쌓여 천뢰상인과 시공을 넘는 사제지연을 맺을 수 있었다고 한다. 그의
어린 시절이 그렇게 순탄하지는 않았던 듯 밝은 표정은 아니었지만 여전히
웃을 수 있는 그가 대견해 보였다.

그와 나의 차이는 그는 그 시련을 웃음으로 극복했다는 것이고 나는 철
저한 냉소와 혼돈으로 극복했다는 것이다. 아무튼 그는 며칠 되지 않았는
데도 오패마와의 대전 때보다 더 강해진 것 같았다. 아마 천뢰신공의 화후
가 더 깊어진 듯했는데 오패마와의 대결에서 많은 것을 얻지 않았을까 한
다.

그리고 나를 싫어하던 사내인 자증남(子烝男)이란 특이한 이름의 남자도
기억난다. 모용군영의 얼굴이 그에게서 겹쳐진 것은 날 싫어한다는 것 때

문이었다. 그를 보고 나서 인생을 지배하는 그 무언가를 새삼 다시 느꼈기 때문에 그가 특별히 기억나는 것이기도 하다.

인생을 지배하는 거대한 무언가, 그것을 무엇이라고 해야 할까? 운명이라고 하기에는 너무 크고, 흠, 알 수 없는 인연이랄까? 표현하기가 힘들다. 풀어서 말해 보면 사람의 관계에 대한 필연적인 다양함이라면 잘 표현한 것일까?

사람의 성격이 다양한 만큼 사람에 대한 선호의 판단이 매우 다양하다는 것이다. 성인(聖人)이라 불리는 사람도 모든 사람에게 사랑받을 수는 없다. 분명 그를 싫어하는 사람도 있고 탐탁지 않게 여기는 사람도 있을 것이며 그에 대해 아무 생각이 없는 사람도 있을 것이다. 그 사람에 대한 감정은 사람마다 매우 다양하다는 것이다.

나는 어릴 적은 아무도 나에 대해 생각하는 사람이 없는 줄 알았으며 젊었을 때는 모든 사람이 날 두려워하고 증오하는 줄 알았다. 하지만 결코 그렇지가 않다는 것을 깨달은 것은 그리 오래 지나지 않아서였다. 그런 나를 좋아해 주는 사람도 있었으며 아무런 가치 판단을 가지지 않은 사람도 많았다.

왜 그런 것일까? 어떤 사람은 너무나 선량하게 생겼으며 행동 또한 선량하기 그지없다. 누구나 그를 좋아하고 따를 것 같지만 누구 하나는 분명 그를 싫어한다. 그것은 그가 사랑받는 사람이기에 생기는 질투심을 떠나 그 무언가가 있어서 그런 것이지 않을까 난 생각한다. 그것이 인연이 아닐까?]

그녀는 가벼운 마음으로 왔던 사라성으로의 여행이 사라성에 오자 그렇게 가볍게 되지 않음을 느낄 수 있었다. 자신도 몰랐던 감정. 그를 보자 왜 그렇게 당황하고 어색해했던 것일까? 그것 외에도 알 수 없는 복잡한 감정이 마구 솟아올랐다. 당연히 자신은 그를 반길 줄 알았는데 그것이 아니었다. 그저 어색하게 웃고 딱딱히 인사를 했을 뿐이다. 그를 거칠게 막던 자증남을 말리지도 나무라지도 않았다.

자신이 그를 좋아했던 마음은 마치 거짓말이었던 것처럼……. 무엇 때문인지 생각했지만 도무지 생각나질 않았다.

'그것은 사랑이 아니었던 거야. 그저 특이한 분위기의 남자에게 끌렸던 것이고 나에게 준 가공할 무공에 고마워했던 감정을 사랑으로 착각했던 거야.'

결론이 그녀에게 꽤나 유리하게 도출되자 곧 마음이 편해졌다. 순간 떠오른 것은 담담한 표정의 그였다. 이름도 모르는 그. 이름이 사람 자체보다 중요하지 않다는 말을 하면서 자신의 이름을 말하지 않았다. 그때는 그렇구나 하고 생각했지만 일 년이 지난 지금 그녀는 그렇게 생각하고 있지 않았다. 이름이 그 사람을 나타내는 표현의 방식이기에 사람과의 관계에서는 중요한 것이라 생각하고 있었다.

'이름이 있어야 그 사람을 오래 기억할 수 있어. 이름이 없다면 오랜 세월이 흐르고 나선 그를 기억할 어떤 방법도 없게 돼.'

그녀의 생각은 자신에게 이미 해당되고 있는 사실이었다. 그를 보자마자 누군지는 금방 알 수 있었지만 그를 보기 전까지는 그를 잊고 있었다. 한때 그를 그리워한 적도 있었지만 그것은 잠시뿐, 아주 오랜 옛날 어린 시절의 첫사랑같이 시간이란 것이 자신을 금방 치료해 버리지 않았는가? 이름도 모르는 자를 지금껏 기억한다는 것은 사람에게는 쉽지 않은 일임이 분명했다.

거울에 비춰지고 있는 자신의 나신(裸身)을 보면서 그녀는 일 년 전과는 많이 변한 자신의 모습과 분위기를 보면서 문득 특이한 점이 떠올랐다.

'나는 이렇게 많이 변한 것 같은데… 왜 그는 전혀 변하지 않았지? 분위기도, 그의 미소도, 얼굴조차도 변한 게 하나도 없어.'

그에 비하면 자신은 얼굴 면에서만 보아도 많이 성숙해 있었다. 지금은 천오화(天五花)라고 불릴 정도로 그 아름다움과 무공의 강함으로 이름을 드높이고 있는 중이며 예전의 어린애 같은 분위기도 사라진 지 오래고 이제는 차분함과 성숙한 분위기가 그녀의 온몸을 지배하고 있었다. 막 목욕을 하고 나왔는지라 그녀의 몸에 아직까지 묻어 있는 물기들은 그녀를 요염하게 만들어주고 있었다.

'사람이 어떻게 그대로일 수 있지? 이상해……'

하지만 이제 자신의 오빠가 할 이야기가 있다며 온다고 했기 때문에 옷을 입어야 했다. 그녀는 그에 대한 생각을 접어두기로 했다. 어차피 무공만 아니었으면 그녀와는 상관없는 사람이 될 존재일 뿐이었다.

"아리야, 그 남자가 혹시 우리가 익히고 있는 무공을 전해준 사람 맞느냐?"

"네, 그 사람이 맞아요."

그녀는 담담한 표정으로 그에게 대답했다. 그런 그녀를 보고 그는 속으로 헛웃음을 흘릴 수밖에 없었다. 일 년 전 무림대회 때 패배한 후 집으로 돌아오고 나서는 한동안 상사병에 가까운 증세를 보일 정도로 그리워하던 남자이다. 패배한 것이 한이 되어 한 달간 무공 연마만 하

던 그녀이다. 하지만 지금은 언제 그랬냐는 듯이 그를 잊은 듯한 그녀
의 모습이었다.

'사랑이 다 그렇지. 쯧쯧.'

그의 나이 이제 스물다섯 살에 사랑 한 번 안 해본 것은 아니었다.
관영호가 멋진 남자라고 달한 만큼 여인들에게 인기도 제법 있었으며
사랑도 해보았다. 그렇기에 사랑의 허탈함도 알고 있었다. 그래도 순
수하다고 믿었던 자신의 동생도 그렇게 변한 것을 보니 '인생이 다 그
렇지 뭐' 라는 말이 절로 떠오를 정도로 안타까운 감정이 생길 수밖에
없었다.

"그럼 당연히 인사를 하러 가야겠구나. 그 사람이 우리에게 그런 귀
한 무공을 아무 대가도 없이 넘겨주었으니 당연한 도리가 아니겠느
냐?"

"네."

그녀는 그를 다시 본다는 것이 약간 망설여졌지만 오빠의 말은 하등
틀린 것이 없었으므로 동의했다. 자신의 가문은 금단장(金斷莊)이라는
무림의 거대 세력 중 하나인만큼 무공은 누구에게 뒤지지 않았다.

하지만 공손아리가 건네준 일초 검식은 그들이 우물 안의 개구리였
음을 여실히 드러내 주는 것이었다. 당연히 이 일은 금단장 내의 몇몇
만 아는 극비로 붙여졌으며 한동안 장주와 두 아들, 그리고 공손아리
는 그 무공에만 매달렸다시피 했다. 그리고 그들의 무공은 엄청나게
일취월장할 수밖에 없었다.

"평범하게만 보이던 남자였는데 무공을 남에게 대가를 원하지 않고
주기란 보통 쉬운 일이 아니지. 그 점만으로도 난 그 사람에게 크게 믿

음이 가는 것 같다."

"하지만… 아무것도 모르고 그냥 준 것일 수도 있죠."

"그래, 네 말도 아주 틀린 것은 아니지. 하지만 자세히 적혀 있던 주석들은 그렇게 옛날에 적힌 것 같지가 않더구나. 어쩌면 그 남자가 한 것일 수도 있지 않느냐?"

"그 사람은 무공을 익히지 않았다는 건 오빠가 봐도 충분히 알 수 있잖아요."

묘하게 공손아리는 관영호를 인정하지 않으려는 쪽으로 대화를 이끌어가고 있었다. 그것을 느낀 공손강은 묘한 눈으로 그녀를 보다 이내 살짝 한숨을 쉬고는 푸근한 미소를 지으며 그녀에게 말했다.

"우리가 아무리 말해 봤자 쓸데없는 시간 낭비일 뿐이다. 진실이 무엇이든 간에 그 사람은 적어도 내게는 매우 소중한 사람이다. 큰 기연을 준 사람이 아니냐? 패천일식(覇天一式)은 우리 금단장을 크게 해줄 수 있는 무공임이 틀림없으니 말이다. 그에게 가보자꾸나."

"네."

관영호와 사마진영, 그리고 뇌운성은 아침 식사가 끝난 지 반 시진도 지나지 않아 공손강과 공손아리의 갑작스런 방문을 받아야 했다.

"와주셔서 고맙소."

관영호는 희미하게 미소 지으며 반겼다. 사마진영은 그런 그의 모습을 보고는 우영을 봤을 때의 반가움의 미소를 띠고 있다는 것을 알 수 있었다. 그러다 문득 엉뚱한 생각이 났다.

'관 공자는 아는 사람이 왜 여자뿐이지? 임사우라는 사람도 있다지

만 두 명의 미인들을 알고 있다니……'

쓸데없는 생각이긴 했지만 그의 옆에 얼마간 있었던 사람이라면 누구나 오해할 수 있는 부분이기도 했다. 사마진영은 관영호가 그런 것과는 관계없는 사람임을 알기에 그저 멋쩍은 미소를 지을 수밖에 없었다.

"공자께서 우리 금단장에 큰 기연을 가져다 주신 분임을 알고 이렇게 찾아왔습니다."

공손강은 관영호를 향해 매우 공손하게 인사했다. 하나 관영호는 그가 무슨 말을 하는지 알아듣지 못했는지 모르겠다는 표정을 짓자 공손아리가 살짝 대답했다.

"저에게 주셨던 이름없는 검식 말예요."

"아……."

관영호는 고개를 끄덕이며 알겠다는 행동을 보였지만 이내 씁쓸히 웃고는 고개를 저으며 말했다.

"난 그저 공손 소저가 내게 베풀었던 친절함에 고마워서 주었던 것뿐이오. 그리고 내게는 필요없는 것들이었으니 당연히 갈 곳으로 간 것이 아니겠소?"

사실 필요없기는 필요없었다. 쓰지 않는 무공이기도 했고 이제 그것보다 훨씬 강한 무공도 창안하지 않았는가.

"아닙니다. 무릇 보물이라는 것은 그것이 자신에게 필요한 것이든 아니든 누구나 가지고 싶어하는 것이 인간의 본능이오. 그러한데 그것을 선뜻 그녀에게 주셨으니 의당 우리 가문에서는 감사해야 할 일이지요."

공손강은 다시 한 번 정중하게 읍하며 고마움을 표시했다. 그리고는 품에서 무언가를 꺼내어 그에게 건네주었다. 작은 함이었는데 겉이 매우 화려하게 장식되어 있는 것이 꽤나 값나가는 물건인 듯했다.

"이것은 저희 금단장에서 고마움의 표시로 드리는 것입니다. 공자의 성격이 재물을 호(好)하지 않는 성격임을 짐작할 수 있지만 그래도 우리가 할 수 있는 것이 이것이 다인지라 꼭 받아주셨으면 합니다. 갑작스럽게 만나 미처 준비하지 못한 것이지만 성의를 봐주십시오."

관영호는 남을 기분 좋게 하면서 자신도 역시 비굴하게 보이지 않는 당당한 언사에 말을 참 잘한다는 생각을 하면서 별말없이 소함(小械)을 받고는 품 안에 넣었다.

"고맙소."

그는 이 말을 끝으로 아무 말도 하지 않았다. 더 이상 아무 말도 없자 순간 분위기가 어색해졌지만 뇌운성이 이를 눈치 채고는 바로 분위기를 바꾸기 위해 말했다.

"하하, 이름 높은 금단장주의 자제 분들이군요. 반갑습니다. 저는 천풍공자 뇌운성이라고 합니다."

"오, 새로운 영웅으로 떠오르는 천풍 공자셨군요. 만나서 반갑습니다. 저는 금단장의 소장주인 공손강이라고 합니다. 강호 활동이 미천하여 명호는 없습니다."

"하하하! 독패장에는 온호(溫虎:온화한 호랑이)가 있고 금단장에는 강호(剛虎:강직한 호랑이)가 있다 했거늘 어찌 그런 말씀을 하십니까? 이장 쌍호(二莊雙虎)는 결코 허명이 아닙니다."

"하하, 천풍 공자가 사람을 기분 좋게 하는 능력이 있다고 하던데 그것이 정말이군요. 제 얼굴에 금칠을 하시다니……. 아, 옆에 있는 이 아이는 제 동생인 공손아리라고 합니다. 인사드리거라.”

“네, 백매화 공손아리라고 해요.”

그녀는 일 년 전에도 봤지단 일 년이 지난 지금 그때보다 훨씬 더 남자다우면서도 잘생긴 뇌운성을 보자 얼굴이 약간 붉어질 수밖에 없었다. 어떠한 여인이 천풍공자 앞에서 태연할 수 있을까?

“천오화라는 명호답게 아름다운 동생을 두셨습니다. 이거 동생의 미명(美名)에 밀려 공손 소협의 혼사가 막히겠습니다. 하하하!”

“하하하하!”

공손강은 정말 유쾌한지 크게 웃었다. 그 느낌이 호쾌하여 다른 사람들도 절로 기분 좋게 하는 그런 웃음이었다.

“그런데 초면인 듯한 관영 공자와 소협이 무슨 일로?”

뇌운성은 공손강이 왜 왔는지 확실히 상황을 이해 못했기에 물었다.

“아, 이분의 성명이 관영이었군요. 동생이 그때는 이름을 몰라서 저희도 안타까웠는데 이름을 알게 돼서 기쁩니다. 사실은 일 년 전에 있었던 사라성 무림대회 때 관 공자께서 내 동생에게 무공절학을 선뜻 내주신 것입니다. 그래서 오늘 이렇게 만났기에 감사의 뜻을 표하기 위해 온 것이지요.”

“호, 그렇군요. 상당한 절학 같군요?”

뇌운성은 흥미의 눈빛으로 관영호를 한 번 쳐다본 뒤 공손강을 바라보았다. 분명 자신이 알고 있는 저 엄청난 강자의 무공이라면 가히 파천의 무공일 것이 분명했기 때문이다.

그의 무공을 몰랐다면 눈치도 못 챘겠지만 알고 나서 그를 살펴보니 그의 몸에서 풍겨지는 묘한 느낌은 참으로 애매한 것이었다. 전혀 무공을 익히지 않은 사람 같았다. 어느 정도 강하다 자부했던 자신도 그 정도의 느낌이 한계였다. 만약 그가 무공을 쓰는 것을 보지 못했다면 남과 같이 그를 평범한 서생으로 보았을 것이다. 그 정도로 관영호란 사람의 기도는 평범 그 자체였다. 그것은 또한 자신이 상상할 수 없을 정도로 강하다는 것이기도 했다.

'나의 사부님보다 강한 것일까?'

옛날부터 무공은 발전하고 있었기 때문에 지금 그의 무공이 그 당시의 천뢰상인보다 훨씬 강할지도 몰랐다. 자신의 사부님도 뇌강지체가 아니었기 때문에 뇌신의 경지에는 이르지 못했다. 반뇌신(半雷神)의 경지였으니 그 강함은 가히 추측할 수 없겠지만 그럼에도 불구하고 회의감이 드는 것은 어쩔 수 없었다. 직접 겪는 강자와 상상 속에 있는 강자와의 비교에서 승자는 눈앞의 강자일 수밖에 없지 않은가?

"……."

공손강은 아무 말 하지 않고 그저 가볍게 웃어 보일 따름이었다. 무언의 동의를 뜻하는 듯.

"참, 여기 이분은 사마진영이라고 합니다."

뇌운성이 사마진영을 소개하자 사마진영은 가볍게 고개를 숙이며 인사했다.

"만나서 반갑군요. 사마진영입니다."

"만나서 반갑소. 공손강이라 하외다."

공손강은 자신의 동생 못지않은 대단한 미모를 지닌 그녀를 아까부터 힐끔힐끔 보고 있었다. 남자라면 누구나 미인에게 흥미를 가지지 않을 수 없는 까닭이리라. 특히 진중하면서도 차분한 느낌의 사마진영은 공손강에게는 정말 마음에 드는 여인일 수밖에 없었다.

"혹시 공손 남매 분께선 얼마 후에 있을 결혼식 때문에 오셨습니까?"

뇌운성도 문학문과 간도민의 결혼식을 아는 듯 그렇게 물었다.

"그렇습니다. 이번에 독패장과 금단장에선 사라성과의 우호를 위해 저희들을 보낸 것이지요. 성주님과 대면을 하고 싶었지만 안타깝게 폐관에 드신 지 오래라 후에 청풍룡 대협을 뵐 예정입니다."

"그렇군요. 그럼 남궁 소가주도 왔겠군요. 온호라 불리는 사내도 한번 보고 싶었는데 참 잘됐군요."

"그러면 잘됐군요. 이 기회에 술자리를 가지는 것은 어떻겠습니까? 명혼 그 친구가 보기와는 다르게 술을 아주 좋아하는 사람이라 이런 큰 자리에 올 때는 항상 좋은 술을 들고 다니지요. 양도 많으니 실컷 마실 수 있을 것입니다."

"하하하! 그거 참으로 좋습니다. 내친김에 오늘 밤에 자리를 열었으면 하는데……."

"좋지요. 하하하, 기대가 됩니다."

화기애애한 분위기가 관영호의 방 안을 뒤덮었지만 공손아리는 그렇게 밝은 표정은 아닌 것 같았다. 관영호 때문인지도 몰랐지만 그녀의 생각은 다른 곳에 있었다.

'아, 말로만 듣던 것보다 훨씬 멋진 사내구나.'

뇌운성을 힐끔 바라본 그녀는 마음이 급격히 기우는 걸 막을 수 없었다. 그녀와 같이 왔던 백소화(百素花)가 왜 뇌운성을 그렇게나 강조

해서 말하는지를 이제야 알게 된 것이다. 뇌운성은 말로만 듣던 완벽한 남자였다. 외모나 인품, 무공 실력 어느 것 하나 최고 아닌 것이 없었다. 그에 비하면 관영이라는 남자는 지금 이 분위기에 별로 어울리지도 않는 사람이었다. 게다가 지금의 대화에 끼지도 못하고 있으며 그저 바라만 볼 뿐이었다. 항상 어디에 있든 그는 겉돌고 있는 느낌을 주고 있었다. 그것은 그때도 그랬고 지금도 그런 것이었지만 그녀는 그 생각은 하지 않고 그저 다른 쪽과 비교하며 깎아내리고만 있었다.

정말 알 수 없는 것이 사람 마음인 듯 사마진영도 그 굳세던 마음이 어느새 뇌운성에 의해 조금씩 풀리고 있는 것을 느낄 수 있었다. 거부하려 했지만 뇌운성의 매력은 누구보다 강했다. 며칠 되지 않았지만 계속 찾아와서 긴 시간을 같이 이야기했으니 그럴 만도 했다. 하지만 강해져야 한다는 그녀의 숙원이 사랑에 의해 무너질 염려로 주저하는 것 또한 사실이었다.

관영호는 그녀의 마음을 대충 눈치 채고는 있었지만 별다른 말은 하지 않을 생각이었다. 남녀 관계에 대한 일은 당사자들끼리의 문제임을 잘 알고 있었기 때문이다.

'어쩌면 다행일지도 모르지. 후후, 남에서 일고 있는 대흉의 기운을 사마진영은 피할 수 있을지도.'

저녁 식사 후 반 시진이 지나니 사람을 통해 기별이 와 사마진영과 관영호는 매락청(梅落廳)이라는 멋들어진 이름을 가진 건물로 갔다. 그곳은 사라성을 방문하여 머무는 사람들끼리 모임을 가지며 친목을 다지라는 이유로 만들어놓은 그렇게 크지도 작지도 않은 적당한 크기의 장소였다. 매락청 가운데의 기다란 식탁을 중심으로 매락청의 사방 벽은 커다란 창으로 되어 있어 창을 열면 바깥이 훤히 보이게 되어 있었다.

경치를 위해 매락청 주위에는 수많은 매화나무가 심어져 있었으며 매락청 식탁은 앉아 있어도 고개만 들면 창을 통해 충분히 매화나무의 아름다움을 감상할 수 있도록 그 위치가 잡혀 있었다.

매화나무의 꽃은 이미 지고 없었지만 유월을 지나 성숙된 노란 매실(梅實)이 많이 매달려 있어 그래도 보기가 괜찮은 것이 저녁 빛의 어슴푸레함에 비추어져 분위기가 나쁘지는 않았다.

관영호는 그 광경이 매우 마음에 들었는지 사람들이 다 오지 않았음을 알고는 밖으로 나가 한 매화나무 앞에 서서 고개를 들어 감상하고 있었다. 그의 착 가라앉은 편한 분위기와 저녁의 어슴푸레한 빛이 어우러져 환상적인 분위기를 내고 있다고 남궁명혼(南宮明魂)은 생각했다.

그는 처음 보는 그를 그 광경 하나만으로도 상당히 호감이 갔는지 그와 친해지고 싶다는 생각이 들었다. 나이 차도 크게 나지 않는 것 같고 사람이 악해 보이지 않은 고로 그런 생각은 더욱 절실하였다.

매락청 안에는 남궁명혼 자신과 뇌운성, 그리고 공손강과 사마진영이라고 소개받은 미인이 있었다. 남궁명혼은 아까부터 대화에서 약간 떨어져 버렸기 때문에 마음 편히 자리에서 일어나 관영호에게 다가갔다. 그의 뒷모습이 왠지 고독하였기에 더욱 마음에 들었다. 그는 밝게 미소 지으며 말했다.

"분위기가 정말 좋지 않습니까, 관 공자?"

"그렇소. 내가 있던 사막만큼 편안한 느낌을 주는구려."

"흠, 사막이 관 공자에게는 편안함을 주는 곳인가 봅니다?"

"……."

그가 고개를 끄덕인 것을 본 남궁명혼은 잠시 아무 말 없이 그를 따라 매화나무를 감상하기 시작했다.

얼마 지나지 않아 관영호가 입을 열었다.

"사물은 그 사람이 보고 싶은 대로 그 본질이 보인다고 하였소. 나는 이 매화나무를 보니 사막이 보였고 사막은 내게 그리움을 부르는 것 같소."

"허, 난 원체 술을 좋아하는 사람이라 매화나무를 보니 매실주가 생각납니다."

"후후……."

그는 고개를 살짝 돌려 희미하게 웃었다. 남궁명혼도 멋쩍은 듯이 같이 웃었다.

"어떻소. 내 말이 맞지 않소? 사물은 그 사람이 보고 싶은 대로 본질이 보인다는 것."

"관 공자의 말이 지당하구려. 하하! 내가 매실주가 생각난 건 관 공자가 그 말을 하기 전부터였습니다. 관 공자가 그 말을 했을 땐 내심 뜨끔하기도 했었답니다."

관영호는 기분 좋게 미소 지었다. 그는 그제야 남궁명혼이란 사내를 세세히 살펴보았다. 그의 몸에는 은은한 기품이 서려 있었는데 귀한 상(相)을 가진 자만이 그런 분위기를 낼 수 있음을 아는 관영호는 그에게 흥미가 일어났다.

"내가 상을 볼 줄 아는데……."

"……?"

"그대의 후손은 언젠가 크게 빛을 볼 것이오."

"허허, 그 말을 들으니 정말 기분이 좋군요. 우리 독패장이 잘된다는 것은 우리 집안으로는 큰 경사가 아니겠습니까? 나를 좋게 봐줘서 고맙습니다."

어느 누가 자신의 자손이 잘된다는데 기분 나빠하랴. 남궁명혼도 마찬가지였다.

얼마 지나지 않아 공손아리와 백소화, 자증남이 함께 들어왔다. 자증남은 들어오자마자 크게 웃으며 남궁명혼에게 말했다.

"하하하, 남궁 형, 가져왔던 술을 이제야 푸시는군요. 사라성으로 올 때 그렇게나 달라고 애썼는데 이제야 주다니 섭섭합니다."

"이런 자리에서 먹어야 내가 만든 청사주(靑蛇酒)의 맛이 훨씬 더 감미롭지 않겠나? 분위기가 지금이 최고인 듯하네."

남궁명혼은 그렇게 말한 후 자신이 앉은 의자 뒤에 있던 세 병의 술 항아리를 올려놓았다. 그리고는 손수 돌아다니면서 사람들에게 술잔이 넘치도록 채워주었다.

"자, 오늘 마시고 쓰러져도 좋으니 많이 마셔주기 바라오."

남궁명혼은 환한 표정으로 사람들에게 말했다. 그 역시 자신의 특미주인 청사주를 안 마시고 참느라 고생했기에 지금이 더욱 즐거웠다. 그는 허공에 잔을 한번 들이밀고는 단숨에 청사주를 들이켰다.

"하!"

그걸 본 사람들도 역시 같이 단숨에 들이켰다.

“캑!!”

“흡!!”

남궁명혼은 그 반응에 묘한 미소를 지었지만 이내 아무렇지도 않게 다시 따르고는 항아리를 자신의 옆에 앉아 있는 관영호에게 넘겨주었다.

“윽! 대체 이게 뭐죠?!”

백소화는 인상이 찌푸려질 대로 찌푸려져 있었다. 청사주의 맛은 도무지 술이 아니라 마치 썩은 물약 같았기 때문이다. 그것은 공손아리의 표정도 마찬가지였다.

“맞아요. 이건… 썩은 술 같아요.”

“하하하! 그건 소저들이 술 맛을 몰라서 그런 것일 뿐이오. 하하하!”

남궁명혼은 장난스럽게 말하고는 상쾌하게 웃으며 다시 청사주를 들이켰다. 백소화는 그런 남궁명혼을 질린 눈으로 바라보았다. 이것을 술이라 여기고 맛있게 들이키는 그가 괴물로 보일 지경이었다. 평소의 모습은 온화하고 조용해 온호라 불리는 그도 술만 있으면 누구 못지않게 들떠 버리니 사람의 면모란 알다가도 모를 일이었다.

분위기가 무르익어 어느새 한 시진하고도 반 시진이나 지났건만 술은 이제 한 동이가 비었을 뿐이다. 술이 상당히 독한 것이라 그러기도 했고 청사주가 아닌 다른 술만 마시는 두 여인이 있어 그런 것이기도 했다.

남궁명혼의 주동으로 사람들 대부분은 술에 상당히 취해 있었다. 그나마 제정신을 유지하고 있는 사람은 관영호와 뇌운성뿐이었다.

관영호는 처음 보는 흐트러져 있는 사마진영의 모습에 쓴웃음을 지을 수밖에 없었다. 하지만 그녀에 대해 많이 알지 못하는 것도 사실이기 때문에 그 모습이 어색한 것은 아니었다.

또 한 가지, 청사주의 맛이 정말 괴팍스럽다는 것이다. 처음 먹어보는 것이었는데 그 맛에 대해선 그의 의견 또한 공손아리나 백소화와 다르진 않았다. 그래도 술이라니 마시고는 있는데 영 적응되지 않는 것은 어쩔 수 없는 노릇이었다.

'반은 희귀한 것을 마신다는 것 때문에 마시고 있는 것이기도 하지만……'

"하하하! 관 공자, 본 남궁 모는 관 공자가 상당히 마음에 들었소! 누가 남궁 모에게 분위기가 멋있다느니 뭐니 해도 관 공자의 편안한 분위기만 하겠소!"

남궁명혼은 멀쩡한 얼굴이었지만 거나하게 취했는지 아니면 기분이 좋은 건지 과장된 행동을 하면서 관영호의 어깨를 끌어안고는 계속 술을 권했다. 관영호는 쓴웃음이 났지만 자신에게 큰 호의를 보여주는 남궁명혼이 마음에 들어 결코 술을 마다하지는 않았다.

뇌운성은 그런 모습을 보고는 기분 좋게 한번 웃고는 밖으로 걸어나갔다. 잠시 바람을 쐬기 위해서였을까? 그의 뒤를 따라 백소화가 살며시 따라가고 있었지만 그것을 본 사람은 공손아리뿐이었다.

'흥! 여우……'

하지만 내심 같이 따라가지 못하는 자신의 용기 없음에 실망하는 그녀였다.

‘후우…….’

뇌운성은 여름이라 바람이 잘 불지 않는 것에 안타까워했지만 어쩔 수 없었다. 매락청 내의 후끈한 분위기보다는 시원한 편이었다. 뒤에서 크게 떠드는 남궁명혼과 공손강, 자중남의 목소리가 들렸다. 그것을 들으며 그는 내심 남궁명혼이 부럽기도 했다.

‘왠지 다가가기 힘들단 말야, 나도.’

관영호의 무서운 무공을 보지 않았다면 자신도 남궁명혼처럼 좋게 지내려고 할 수 있었을까도 생각해 보았지만 이미 늦은 생각이었다.

‘제길, 천하의 뇌운성이 사람한테 다가가기 어려워 아쉬워하다니…….’

그는 고소를 흘리며 다시 바람을 느끼려 했지만 바람은 고사하고 공기의 흐름조차 느껴지지 않았다.

저렇게 강한 무공을 젊은 나이에 어떻게 익혔을까 하는 의문과 함께 경외감마저 들었다. 물론 반로환동한 노고수일지도 모른다는 생각도 해보았지만 그런 사람이 쓸데없이 젊은 사람들과 어울릴 수 있는지에 대한 의문도 들었다.

‘허, 천고기재인가? 그와 한번 겨루어봤으면 하는 마음도 있건만…….’

“뇌 공자, 무슨 생각을 그렇게 하시나요?”

“아, 백 소저.”

그는 방금 전까지의 근심스런 표정은 지워 버리고 반갑게 웃어주었지만 어색함이 드러나는 것은 어쩔 수 없었다. 다행히 그녀는 술기운 때문에 못 알아차렸는지 고개를 살짝 숙이며 살풋 미소 짓고는 다시 고개를 들어 그를 초롱초롱한 눈빛으로 쳐다보았다. 누가 봐도 관심을 표하고 있음을 알 수 있었다.

백옥같이 흰 피부는 어두웠는데도 선명하게 빛났고 분홍빛의 연한 입술은 술에 젖어 누군가를 쿠르고 있었다. 갸름한 얼굴에 그녀의 이목구비는 뇌운성이 보아온 어떤 여인보다도 아름다웠다. 자신이 살짝 마음에 두고 있는 사마진영도 이 여인의 아름다움에는 미처 미치지 못할 정도로 이 여인의 아름다움은 대단했다. 거기에 술에 취해 풀어진 눈은 그의 마음을 강하게 흔들어놓았다.

뇌운성도 바보는 아닌지라 그녀 눈빛의 의미를 충분히 알고 있었지만 이 여인에게 마음을 주기가 싫었다. 자신은 워낙 비천하게 태어났기에 지체 높은 사람들의 전형적인 행동인 오만무도하고 안하무인함을 매우 싫어하는 사람이었기 때문이다.

백소화는 안타깝게도 그녀의 아름다움을 받쳐 줄 인품이 구비되어 있지 못한 여인이었다. 그녀는 너무나 오만했고 도도했다. 세상 남자를 깔보는 콧대 높은 여인 중에서도 미녀에 속하는 그녀가 자신을 잘 봐준다는 것은 고마웠지만 그 이상은 아니었다.

뇌운성은 다시 어색하게 그녀를 보고 웃고는 고개를 돌려 하늘을 바라보았다. 그러지 않고는 어색해서 성격 좋다는 자신도 이 자리를 피할 것만 같기 때문이었다. 그의 모습에 백소화는 아미를 살짝 찌푸렸지만 이내 풀고는 같이 하늘을 바라보았다.

'날 피하는 건 알지만 두고 봐. 언젠가는 당신을 나의 남자로 만들 거예요.'

자신이 가지고 싶은 것은 반드시 가질 수 있었던 그녀는 지금도 그

믿음과 확신은 변치 않았다. 그녀는 자신의 아름다움에 자신을 가지고 있었지만 내면의 아름다움에 대해선 신경 쓰지 않는 여인이었다.

"뇌 소협."

잘못 들으면 아무 감정도 섞여 있지 않은 목소리로 착각할 정도로 안정된 목소리가 그를 불렀다.

백소화는 갑자기 뒤에서 자신의 이름이 불리자 깜짝 놀라 뒤를 바라보았다. 평범하게 생긴 관영이라는 사람임을 안 백소화의 표정이 살짝 일그러졌다. 좋든 싫든 둘만 있을 수 있는 흔치 않은 기회인데 그것이 관영이라는 남자에 의해 깨졌기 때문이다.

그 이유만은 아니었다. 그녀는 아무것도 아닌 사람이 유명한 친구의 위명을 빌려 어떻게 해보려는 부류를 매우 싫어했다. 그녀는 관영이란 사람이 임사우를 보러 왔다는 것을 듣고 그를 그런 부류로 인식했기에 그에 대한 인상이 매우 좋지 않았다.

"아, 관 공자! 하하, 술은 더 드시지 않고 어이해 나왔습니까?"

"남궁 공자의 권주가 두려워 잠시 나왔다오."

"하하하! 온호의 주량은 정말 무섭다고 강호에 소문이 자자합니다."

누가 시킨 것도 아니지만 뇌운성은 그에게 존대를 하고 있었다. 관영호는 자연스럽게 하대를 하고 있었지만 누구도 서로에게 이를 탓하지 않고 있었다.

"그렇지. 백 소저, 정식으로 인사하는 것이 어떻소? 이번에 우리의 위험한 의무에서 큰 도움을 주신 분이오."

"…안녕하세요. 백소화라고 해요. 사라성의 십장로 중 한 분이신 검명(劍鳴) 백무도(百武道)가 저의 아버지예요."

그녀는 뇌운성이 어떤 의무를 맡고 있는지 알고 있었기에 관영호가 그에게 큰 도움이 되었다는 말에는 의문이 갔지만 술에 취해 있어서 깊이 생각하기 귀찮아 생각을 그만두고 인사했다. 하지만 그 인사라는 것이 자신의 소개라기보다는 자신의 아버지에 대한 소개라는 느낌을 더욱 짙게 받은 관영호였다.

"그렇구려. 관영호라고 하오. 감숙성 옥문관에 있다가 잠시 인연이 있었던 친구들을 보기 위해 사라성에 왔소."

"네, 청풍룡 임사후 대협은 차기 사라성주라는 말이 있을 정도로 대단하신 분이죠. 그런 분을 친구로 두게 되어서 정말 좋겠군요."

그녀는 묘한 미소를 지으며 관영호를 비꼬았다. 술에 취했는지 아니면 멀쩡한 상태인지는 모르지만 비꼬는 말투가 역력히 드러나 있어 듣는 사람의 귀에 거슬릴 정도였다.

관영호는 그녀의 말이 무엇을 의미하는지 눈치 챘지만 그런 것으로 마음 상할 사람은 아니었다. 그저 한번 미소 지어 보이고는 몸을 살짝 돌려 하늘에 떠 있는 달을 바라보았다.

그 모습에 왠지 모르게 무시당했다는 느낌을 받은 백소화는 묘하게 자존심이 상했다.

'흥! 네까짓 게 날 무시해? 나의 아버지가 누구인지도 모르는 서생 나부랭이 주제에!'

그는 관영호가 무림에 대해서 아무것도 모르는 글쟁이로만 보고 있었다. 곧 이어 그녀의 비약적인 상상이 계속 펼쳐졌다.

'꼬락서니를 보아하니 공부하다가 돈이 부족했나 보지? 청풍룡 대협은 너무 마음이 넓은 것이 흠이야. 저런 사람을 친구로 사귀어 귀찮

은 일이 생기게 하다니……'

"뇌 소협, 사람의 눈에는 한계가 있다는 것을 잊지 마시오. 눈의 한계를 극복할 수 있다면 더 넓고 더 많은 것을 볼 수가, 그리고 얻을 수가 있을 것이오."

뇌운성은 그가 사마진영과 이야기할 때도 저런 심오한 이야기는 잘 하지 않았기 때문에 갑작스런 그의 말에 잠시 혼란스러웠다. 하지만 그는 곰곰이 그 말을 곱씹어보았다.

'무(武)와 관련된 이야기인가? 허허, 기묘하게도 저 말은 백 소저가 관 공자를 은근히 무시하는 것을 꼬집는 말도 되지 않는가? 허참.'

뇌운성은 흘깃 백소화를 바라보았다. 그녀의 눈빛이 곱지가 않은 것이 관영호를 마음에 들어하지 않는 게 분명했다.

'백 소저, 사람을 대하는 태도를 좀 더 넓게 해보시오. 만약 그랬다면 나는 사마 소저보다는 그대를 차지하기 위해 내 모든 노력을 다했을 것이오.'

그도 성인군자는 아닌지라 백소화를 곱게 볼 수가 없었다. 관영호가 생각했던 것처럼 어떤 사람이라도 모든 사람에게 호감을 받는 것은 불가능하다. 어찌 보면 백소화는 그 성격으로 인해 부모님을 제외한 사람들에게는 모두 미움을 받고 있는지도 몰랐다. 그러나 관영호가 생각한 바가 맞다면 그런 백소화를 좋아하는 사람도 있을 것이 분명한데 그걸 보면 정말 알 수 없는 것이 사람의 관계였다.

"여기서 다들 뭐 하는 것이오?"

남궁명혼의 약간은 들뜬 목소리가 그들의 뒤에서 갑자기 들려왔다. 셋 모두 고개를 돌려보니 안에 있던 사람들 모두가 밖으로 나와 그들을 보고 있었다. 뇌운성은 남궁명혼을 보고는 약간은 어색한 분위기를 깨주어 고맙다는 말을 속으로 하고는 웃으며 그를 맞았다.

"하하, 여름 밤의 후텁지근함이 술과 달의 운치에 다 가실 것 같아서 이렇게 달을 보고 있었소."

"하하하! 천풍 공자의 운치는 별호답소. 내 여기 술이 있으니 술과 달을 보며 또 한 번 취해봅시다."

그의 품에는 아직 남은 청사주 한 단지가 안겨 있었다. 그것을 본 뇌운성은 황당한 웃음이 나올 뻔했지만 그래도 기분은 좋았다.

"그것 좋구려. 다들 체면은 생각 말고 여기 단(段)에 앉아 달을 보며 술을 마시는 것이 어떻소?"

"뇌 공자, 저는 찬성이에요. 공자랑 같이하는 술은 비록 청사주라도 달게 마실 수 있을 거예요. 호호호!"

백소화는 약간 과장된 행동으로 뇌운성을 끌어당겨 앉히고는 자신도 그 옆에 앉았다. 그러자 사람들도 덩달아 같이 앉아 남궁명혼이 가져온 잔과 술을 받았다.

"……"

자중남의 표정은 약간 찡그려져 있는 것이 무언가 못마땅한 듯했다. 그것은 자신의 옆에 있는 관영호 때문이었다. 술에 취해 정신이 없다 보니 자리를 잡지 못해 단의 가장 끝에 앉게 되었는데 자신의 옆에 관영호가 앉아 있는 것이다. 그리고 더욱 마음에 들지 않는 것은 백소화의 행동이었다. 자신이 평소 마음에 두고 있는 사람이 다른 남자랑 히히덕거리는 것을 보고 좋아할 사람이 어디 있겠는가?

'제기랄! 내가 그렇게 구애할 때는 눈조차 돌리지 않던 년이 저놈 앞

에서는 저렇게 꼬리를 치다니!'

속이 부글부글 끓어오를 수밖에 없었다. 그러다 보니 그러지 않아도 좋지 않은 첫인상을 가지고 있던 관영호가 괜히 더 미워질 수밖에 없었다. 그가 공손아리에게 한량처럼 말을 걸자 호통을 쳤지만 아무런 표정 변화 하나 없이 그저 몸만 잠시 멈칫거리고는 그 자리에 가만히 있는 것이 다였다. 자신은 무시하고 공손아리의 반응만 기다리고 있었던 것이다.

"……."

그는 별로 좋지 않은 눈빛으로 관영호를 잠시 쳐다보다가는 이내 분한 마음을 술로 달래기 위해 단숨에 들이키려 했다.

'흐흐……'

그는 순간 재미있으면서도 악독한 생각이 떠올랐다. 관영호를 단 아래로 떨어뜨리는 것이었다. 단과 바닥의 높이는 계단 열다섯 개 정도의 높이인데 이 정도 높이면 힘 하나 없어 보이는 저 촌 무지렁이는 잘돼봤자 어디 크게 부러질 것이고 재수없으면 죽을 것이 분명했다. 그리고 떨어진다고 하더라도 누가 알 것인가? 누구든 술에 취해 떨어졌다고 생각할 것이 분명했다.

'날 원망 마라. 네가 내 눈 밖에 난 것이니 하늘을 원망해라. 크크!'

그는 내심 사악하게 웃으며 그에게 말을 건넸다.

"관 공자, 우리 술 한잔합시다. 하하하!"

그는 짐짓 호쾌하게 웃으며 그에게 술잔을 내밀어 들어 올렸다.

관영호는 그의 술잔에 내공이 실려 있는 것을 충분히 알 수 있는 능력이 있었다. 그는 순간 경계하며 궁금해했지만 일을 크게 만들고 싶지 않아 속으로 쓴웃음을 흘리며 그냥 받아주기로 했다. 개가 물러 왔으면 한번 물려주고 마는 게 편했다.

관영호도 자중남의 잔을 향해 부딪쳤다. 그가 보통 사람이었으면 그것은 반죽음을 향한 질주였다.

땅!

술잔이 부딪치는 상쾌한 소리와 함께 관영호는 꽤나 거센 반탄력이 자신을 밀어내는 것을 느끼고는 거부하지 않고 받아들였다.

"엇!"

단말마와 함께 관영호가 단 아래로 떨어졌다.

쿵!

너무 갑작스러운 일이라 사람들은 그가 떨어져 큰 소리가 난 후에야 사태를 파악하고는 크게 놀랐다.

"관 공자!"

"관 공자! 맙소사!"

사마진영 또한 크게 놀랐다. 취해서 떨어질 사람이 아님을 알고 있기 때문이다. 다른 사람들과 마찬가지로 그녀는 고개를 돌려 자중남을 바라보았다.

"어떻게 이런 일이……? 술에 취했는지 나와 잔을 부딪치자마자 아래로 떨어져 버렸소."

남궁명혼은 그의 상태를 살펴보기 위해 단에서 훌쩍 뛰어내렸다. 다른 사람들도 하나둘 뛰어내렸다.

"관 공자! 괜찮소?!"

관영호의 몸이 움직이지 않자 공손아리는 크게 놀랐다. 순간 그가 죽은 것이 아닌가 하는 생각이 나자 두려운 마음이 왈칵 몰려왔다. 그의 갑작스런 사고는 너무나 의외였던 것이다.

"관 공자……."

사마진영은 그의 상태를 알 수가 없었다. 움직이지 않아 죽은 것 같았지만 다행히 그의 몸에선 희미한 생기가 느껴졌다.

"……."

남궁명혼은 몸을 낮추어 관영호를 일으켜 그의 상태를 보려 했다.

"앗!"

"아!"

그가 자세를 낮추는 순간 관영호가 아무 말 없이 조용히 일어나자 다들 놀란 표정이 되었다. 꽤나 높은 높이였기 때문에 다들 불안해하고 있었던 것이다. 다행히 그는 멀쩡해 보였다. 하지만 어깨뼈가 부러졌는지 탈골되었는지는 약간 비정상적으로 빗나가 있었다.

"관 공자! 팔이!"

"괜찮소. 다행히 떨어질 때 팔로 충격을 대부분 완화시켰소. 대신 어깨가 조금 빗나간 것 같구려."

사실 반은 거짓말이었다. 그의 몸은 금강불괴를 능가하는 것이기에 이런 충격은 그에게는 아무런 해도 입힐 수가 없었다. 어깨가 빗나간 것은 남들을 속이기 위해 자신이 힘을 약간 가한 때문이었다.

"정말 괜찮은가요?"

사마진영이 걱정스러운 표정으로 그를 바라보았다. 깜짝 놀란 탓인지 취기는 이미 사라진 지 오래였다. 이런 일을 당할 사람이 아닌데 갑작스럽게 일어나니 그녀도 경황이 없는 듯했지만 그가 일어나자 곧 냉정을 되찾은 그녀였다.

'결코 술에 취해서 떨어질 사람이 아니란 것을 누구보다도 잘 아는데… 대체 왜 떨어진 것이지?'

그녀의 영활한 머리가 이리저리 생각을 하고 있었다. 다행히 생각한 지 얼마 지나지 않아 그녀는 대충 이유를 알 수가 있었다. 일부러 떨어진 것이 분명했고 또 자중남이 그 원인일 것이라는 것도 눈치 챌 수 있었다.

'일이 귀찮아지는 것을 정말 싫어하는 사람이야. 하긴 이미 세상일에 등진 사람이니 인간들의 이런저런 관계에 얽히는 것이 싫겠지.'

뇌운성도 그에 대해 많은 것은 모르지만 이런 일로 죽을 사람은 아니란 것을 알고 있기에 그리 큰 걱정은 하지 않았다. 하지만 사마진영만큼 자세한 내막은 알지 못했기에 그저 사고로만 생각할 뿐이었다.

그나마 그를 걱정해 주는 사람은 남궁명혼과 공손강 둘뿐이었다. 남궁명혼은 계속 그에게 상태를 물었지만 그는 그저 괜찮다고만 말할 뿐 별다른 표정 변화는 없었다.

관영호는 자중남의 얼굴을 지나가듯이 보았는데 겉으로는 웃을 수 없었기에 태연한 표정을 유지했다. 그의 태연한 표정 때문인지 아니면 자신의 속셈이 이루어지지 않아서 그런지 마치 뭔가를 씹은 듯한 표정으로 사람들의 뒤에 서 있었다.

"괜찮소. 난 의술을 좀 하기에 접골 정도는 나 스스로 할 수가 있소."

그러고는 자중남을 향해 시선을 주고는 빗나간 어깨를 다른 한 손으로 잡더니 강하게 꺾어버렸다.

뚜둑!

섬뜩한 소리와 함께 그의 팔이 제자리를 찾았지만 험한 일을 많이 당하지 못한 백소화와 공손아리는 가슴이 서늘해짐을 느끼며 얼굴을 찌푸렸다.

워낙 표정의 변화없이 자신의 팔을 접골한 그를 보던 네 명의 남자들도, 그리고 사마진영도 심하게 빗나간 뼈를 접골할 때의 고통은 그 무엇보다도 끔찍하다는 것을 알고 있었기에 조금은 섬뜩한 느낌을 받을 수밖에 없었다. 관영호라는 사내는 감각을 하나 빼먹었는지 고통스런 표정도, 고통스러운 신음 소리 하나 흘리지 않아 더욱 그랬다.

특히 자중남은 서늘한 무언가가 등줄기를 훑고 지나가는 것 같았다. 자신을 바라보는 관영호의 입가에 미소가 서려 있다고 생각한 것은 단순한 느낌이 아니었다. 자신이 했다는 것을 알고 짓는 미소일지도 모른다는 생각이 들자 섬뜩한 느낌을 지울 수 없었던 것이다.

'흐, 흥! 네까짓 게 알아봤자……. 흐흐, 아무튼 운이 좋구나. 만약 네가 복수라도 한답시고 수작 부리는 날엔 네놈 목이 날아갈 줄 알아라.'

그는 전음으로 자신의 생각을 전해줄까 생각도 했지만 자신이 직접 그랬다는 것을 굳이 밝힐 필요는 없다고 생각하고는 그만두었다.

"난 내 방으로 가서 쉬겠소. 나의 실수로 술자리를 망친 것이 미안하기만 하구려."

"그렇지 않소. 크게 다칠 뻔한 일이 이 정도로 끝났으니 천만다행이오. 혹시 모르니 내가 지금 가서 응급약을 가져다 주겠소."

남궁명혼은 그 말을 하고는 사마진영을 바라보았다. 사마진영은 그의 눈빛이 무엇을 말하는지를 이해하고는 고개를 끄덕이며 관영호에게

다가가 말했다.

"제가 관 공자를 모시고 숙소까지 같이 갈게요."

"나도 같이 가겠소."

뇌운성이 그를 따라가겠다고 하자 백소화도 같이 가겠다고 나섰다.

"사라성의 손님이 다치셨는데 보고만 있을 수는 없죠."

"나도 갈 것이오. 본 장에 중요하기도 한 분이 다쳤으니 그냥 두고 볼 수는 없소. 아리야, 넌 지금 당장 내 방으로 가서 금창약을 가져오너라. 외상을 입었을지도 모르니까 말이다."

관영호는 의외의 상황 흐름에 씁쓸한 웃음이 나왔다. 남궁명혼과 공손강의 걱정에 귀찮은 사건은 대충 마무리가 됐어도 사람들이 자신을 지나치게 걱정하니 귀찮게 사람이 붙게 되어버린 셈이었다. 그래도 할 말은 해야 예의였다.

"고맙소."

탁자 위엔 쉽게 구하기 힘든 내상약과 외상약이 놓여 있었지만 그는 먹을 필요가 없기에 무용지물이었다.

'정성을 생각해서라도 먹고 발라주어야겠지?'

깊은 잠에서 깨어난 그는 햇살이 비치는 창을 보고는 아침임을 알 수가 있었다. 자신의 옆에 있는 일기장을 짐 속에 넣고는 의자를 창가 쪽으로 당겨놓고 앉아서 창밖을 구경했다. 이 방은 사라성의 정문이 보이는 곳이었다.

사라성은 일전(一殿), 삼비(三秘), 오대(五隊), 칠축(七軸)으로 된 특이한 체계로 성을 움직이고 있었다. 일전 사라전(邪羅殿)은 사라성주가 기거하는 곳으로 모든 곳은 경비가 없었다. 어떤 암습이나 공격에도 자신있다는 것을 표현하기도 했고 모두에게 열려 있다는 관용의 표현이기도 했다.

삼비(三秘)는 사라성주의 직속 기관이기도 했으며 또한 사라성주로부터 독립된 기관이기도 한 곳이었다.

삼비 중 하나인 천묘비(川森秘)라는 묘한 이름의 이곳은 장소를 지칭하는 것이 아니라 세 명의 사람을 의미하는 것이었다. 이들은 사라성주가 직접 가르친 직전제자로서 그 실력은 미지수이며 혈미소 백리경을 제외한 나머지 두 명은 누구인지도, 또 무엇을 하고 있는지도 모른다는 그야말로 신비 중의 신비였다.

대헌비(大憲秘)라는 곳은 사라성을 세우는 데 지대한 공헌을 한 열 명의 사람이 기거하는 곳이었다. 이들은 십장로라고 불리는데 이들 중 겨우 세 명만이 누구인지를 알고 있으며 나머지는 모두 은거해 버렸기에 그들을 아는 사람은 무림에서 상당히 배분이 높은 자들뿐이었다.

마지막으로 검묘비(劍墓秘)라는 곳은 검들의 무덤인 곳이었다. 금지(禁地) 중의 한곳으로 사라성의 사람이 죽으면 이곳에 묻는 공동묘지이기도 했으며 그 무덤 앞에는 항상 검 하나를 박아둔다 하여 검묘비라고 불리는 곳이었다. 이곳을 관장하는 사람은 단 두 사람으로 장례식 때는 항상 검은 귀면탈을 쓰고 있었기 때문에 귀면쌍마(鬼面雙魔)라고도 불리고 있었다. 이곳은 언제나 흑운(黑雲)으로 뒤덮인 채 음산한 분위기를 연출하는 곳으로 사라성에서도 상당히 외딴 곳에 떨어져 있었다.

그리고 오대는 사라성의 대외적인 무력의 상징이라고도 할 수 있는 곳으로 실질적으로 가장 활동을 많이 하는 단체였다. 묘계은밀대를 위시하여 풍운벽창대, 검마대, 비도대, 혈잠대(血潛隊)가 오대를 이룬다.

칠축은 대헌비나 오다 중 한곳의 직속 기관들이라 해도 좋은 곳으로 무력 단체, 귀빈을 담당하는 곳 등으로 되어 있었는데 그중 가장 특이한 것이 바로 정홍축(政弘軸)이라는 곳이었다.

이곳은 칠축의 하나를 차지하고 있는 기관이기도 하지간 보통은 따로 독립된 기관으로 취급했다. 정홍축은 사라성 내, 외부의 모든 행정이나 재무, 생활 관련의 일을 담당하는 곳이었다. 일 년 전의 무림대회도 이곳에서 담당한 것을 보면 대충 어떤 일을 하는 곳인지 알 수 있었다. 요리, 식사, 사타성 인물들의 수당, 행정 처리, 인사 관리 등등 모든 것이 이곳에서 처리되었다.

무력 단체는 이런 일에 신경 쓸 필요 없이 철저히 무(武)에만 신경 쓰면 되었다. 계략, 주요 회의 같은 것은 모두 묘계은밀대에서 맡고 있으니 일이 완벽히 분업화된 것이라 할 수 있는 체계였다.

이런 효율적인 기관들에도 약점은 있었으니 그것은 한쪽이 무너지면 다른 한쪽의 능력이 최대한의 효과를 발휘할 수 없다는 것이었다. 하지만 워낙 철저히 이르어진 분업화된 기관들이라 서로의 일에 충실하면 결코 쉽게 무너질 사라성은 아니었다.

지금 관영호가 보고 있는 사람들의 분주한 움직임은 모두 정홍축의 사람들이라 보면 되었다. 한데 오늘따라 사람들의 이동량이 훨씬 많아 보이는 것이 어제에 비한다면 혼란스러울 정도였다. 그는 문학문과 간도민의 결혼식 때문이 아닌가 하고 생각하며 사람들의 움직임을 가만히 살펴보고 있었다.

"음······?"

그는 멀리 떨어져 있는 사라성 정문에서 낯익은 얼굴들을 볼 수가 있었다. 모두 열두 명이었으며 그들의 뒤를 사라성 인물의 지휘에 따라 마차가 따르고 있었다.

'간도민.'

그녀는 간도민의 얼굴을 똑똑히 볼 수 있었다. 오랜 여행이었음에도 불구하고 그녀의 얼굴은 여전히 아름다웠다. 활짝 핀 꽃의 우아함과 청초한 분위기를 잘 어울러 나타내고 있는 그녀의 묘한 아름다움은 주위 사람들의 시선을 충분히 받을 만했다. 그녀의 옆에는 오화란이 그녀를 지키듯이 따르고 있었다.

'······!'

오화란의 시선이 돌연 그를 향하자 관영호의 눈이 이채를 띠었다.

'호오, 내가 보인단 말인가?'

확실히 그녀의 실력다웠다. 그는 그녀가 자신에게 어떤 말이라도 할 줄 알았으나 그저 간도민에게 뭐라고 살짝 말할 뿐이었다. 간도민이 관영호가 있는 쪽으로 고개를 돌린 것이 아마 그가 있다고 말한 것이 분명한데 간도민은 무공을 모르니 보지는 못했을 것이다. 그런데 관영호를 보지는 못해도 관영호가 자신을 볼 수는 있다는 것을 아는지 그를 향해 요염한 미소를 지어 보였다. 그녀의 요염한 미소를 본 지나가던 여러 명의 인부들은 오금을 저리는 듯한 아름다움에 몸을 부르르 떨었다.

"이봐, 방금 저 여자 봤나? 미소를 본 순간··· 사정하는 줄 알았네. 너무나 요염한 여자였어. 크크!"

그가 옆의 인부에게 속삭이자 그도 자신에게 말을 건넨 사람의 귀에 대고 속삭였다.

"예끼, 이 사람아, 경을 치겠네. 저 여자는 묘계은밀대주의 며느리 될 사람이야."

"헉! 그렇단 말인가?"

"그렇지. 그 남편에 그 부인이랄지……. 쯧쯧, 하지만 정말 안아보고 싶은 여자야. 흐흐."

"나도 동감일세. 흐흐."

대화의 마지막은 음흉한 웃음으로 끝낸 채 두 사람은 이내 자신들이 갈 곳으로 갔다.

"우와! 관 공자, 정말 오랜만이에요."

점심을 먹고 나서 사마진영과 뇌운성이 담소를 나누고 있는데 갑자스럽게 세 사람이 그를 방문했다. 그들은 소한천, 소류연, 백리경이었는데 들어오자마자 소류연이 반가운 음성으로 관영호에게 인사했다.

"어? 뇌 오라버니도 계셨근요?"

그는 깜짝 놀라며 뇌운성에게 손가락질을 하며 놀란 표정을 지었다.

"하하, 이거 푼수 소 동생이군! 일을 마치고 섬전세가에서 잠시 머물렀다더니 이제야 왔구나!"

뇌운성과 소류연은 서로 아는 사이였다. 뇌운성은 그녀를 항상 푼수 소 동생이라고 놀렸으며 소류연은 그녀답지 않게 꼼짝 못하고 당하기만 하는 그런 사이였다.

"흥! 푼수라뇨? 뇌 오라버니는 관 공자와 사마 소저를 어떻게 알죠?"

“하하, 일을 마치고 돌아오는 도중에 우연히 알게 되었지. 한천아, 이리 와 앉거라. 백 소저도 앉으시오.”

“뇌 형님, 잘 지내셨소? 하하!”

“오랜만이군요.”

모두들 자리에 앉고는 서로에게 안부 인사를 하며 잠시 이야기꽃을 피웠다. 관영호에게 지대한 관심을 보이던 소류연은 방 한구석에 약이 있는 것을 보고 의아히 여기며 물었다.

“관 공자, 저기 금창약이랑 내상을 입었을 때 먹는 약이 꽤 있네요? 무슨 일 있었나요? 혹시 다친 건 아녜요?”

“…….”

그는 아무 말 없이 그저 웃기만 했다. 소류연은 이상하다는 듯이 그를 곰곰이 살펴보았지만 겉으론 아무 이상이 없자 궁금증만 더해갔다. 그런 그녀를 가만히 살펴보던 뇌운성의 입가에 묘한 미소가 서리기 시작했다. 그 미소를 본 소한천은 뇌운성의 어깨를 두드려 자신을 보게 하고는 같이 미소 지었다. 그것은 같은 감정을 공유하는 자들만이 지을 수 있는 이심전심의 미소였다.

“흠, 푼수 같은 소 동생이 그새 컸구나. 하하하!”

“아하하하!!”

뇌운성과 소한천은 뭐가 그리 기쁜지 서로를 쳐다보며 크게 웃었다. 소류연은 그들이 웃는 의미를 눈치 채고는 아무런 반박도 하지 못하고 부끄러운지 얼굴을 붉게 물들이고는 고개를 숙였다.

“결혼이 며칠 남았소?”

“이제 일주일 남았어요. 그렇게 많은 사람이 오지는 않겠지만 꽤 성

대하게 치를 생각이라고 하더군요. 성주님께서는 오시지 못하지만 임
사우 대협과 호사란 여협께서 참석하신다고 해요. 묘계은밀대는 그래
도 사라성을 움직이는 지낭이니만큼 중요하게 여기고 있으니까요."
　소류연은 관영호가 뇌운성에게 물은 것을 무시하고는 자신이 바로
대답해 버렸다. 뇌운성은 그만 쓰게 웃을 수밖에 없었지만 기분이 결
코 나쁘지는 않았다.
　'흠, 괜히 맺어주고 싶군.'
　"참, 백 소저는 결혼식에 오실 것이오?"
　"네, 그럴 생각이에요. 흥미롭거든요."
　"……?"
　뇌운성은 그녀의 알 수 없는 말에 의문이 들었지만 가끔 그런 말을
하는 여인인지라 별다른 신경은 쓰지 않고 넘어갔다.
　"다행이구려. 그를 보지 못한 채 가나 하고 걱정했는데 참석한다 하
니 기다린 보람이 있구려."
　"음? 그라뇨? 누구?"
　"청풍룡 임사우를 말하는 것이오."
　"어머! 그럼 관 공자가 안다는 친구 분이 임사우 대협을 말하는 것이
었어요?"
　"그렇소."
　"대단한데요? 하지만 다른 사람들에게는 말하지 마세요. 요즘에 임
사우 대협의 친구라고 속이고 만나려는 사람들이 워낙 많아서요. 쉽게
믿지 않을 거예요."
　"흠……."

관영호는 의외의 사실에 조금 놀랐다. 보통 영웅이 나타난다면 그와 만나길 원하는 별의별 사람이 나타나기 마련이다. 그 예로 상인이 와서 무림의 영웅에게 수건을 만지게 한 다음 그것을 갔다가 고가에 파는 경우도 있지 않던가? 이를 볼 때 이미 임사우가 한 시대의 영웅이 되어가고 있다는 증거이기도 했다.

'하긴 영웅의 자질이 충분한 사람이지.'

그는 희미하게 미소 지으며 친구의 대견스러운 성장에 만족해했다.

한 시진이나 이런저런 이야기를 하고 나서 사람들은 모두 자신이 거주하는 숙소로 돌아가려 했지만 백리경과 소류연은 여전히 앉아 있는 것이 어떤 할 말이라도 있는 것 같았다. 세 명의 남자는 무슨 일인가 하고 생각했지만 속으로 삭이고는 먼저 나갔다.

"무슨 할 말이 있는 것이오?"

관영호가 의아히 여기며 물었지만 할 말이 있긴 한데 서로 눈치를 보며 양보하는지 아무 말도 없었다.

"참, 예전에 절 간호해 주신 것 다시 한 번 감사드려요."

사마진영은 정중히 읍을 하며 그들에게 감사를 표시했다.

"아뇨. 괜찮아요. 서로 돕고 사는 것이 당연하죠. 누구나 그랬을 거예요."

소류연은 겸양스러워하며 인사를 받았다. 그 인사를 끝으로 할 말이 없어진 사마진영은 이상한 기류를 소화시키지 못하고 눈치를 보고 있는데 다행히 백리경이 소류연에게 말을 걸어 어색한 분위기를 해결했다.

“소 동생, 잠시만 비켜주지 않겠어? 관 공자랑 잠시 할 달이 있어.”

“네, 알았어요. 고백 같은 건 아니죠?”

“그래……..”

그녀의 황당한 말에 백리경은 어색한 미소를 지었다.

“어머? 언니도 그런 웃음 지을 줄 아나요?”

“…….”

백리경이 아무 말 없이 자신을 쳐다보자 소류연은 멋쩍게 웃었지만 한마디 하는 것을 잊지 않았다.

“빨리 나와요.”

“…….”

백리경은 소류연의 기척이 멀어지는 것을 느끼고는 말문을 열었다.

“관 공자, 당신은 누구죠?”

“뜬금없는 질문을 하면 답하기가 곤란하오.”

“당신의 정체 말이에요. 믿기 어려운 고강한 무공, 그것도 보통 무공이 아니더군요. 내 추리로는 아마 오패마와의 만남에서도 당신의 무공이 있었을 거예요. 무슨 일인지 뇌 공자를 위시해 모용군영마저 당신에 대한 이야기는 잘 하지 않더군요. 우영은 임무를 띠고 이미 나가 있기 때문에 물어보기 힘들지만 아마 그 당시 기절하고 있었다 했으니 모르겠지요. 어쨌든 당신의 무공이 타인의 상상을 벗어나 있다는 것이에요.”

“무공이 강하면 의심을 받아야 하오? 난 나쁜 사람이 아니니 걱정 마시오.”

“미안하지만 당신의 무공과 기타 다른 것들은 회골림의 실질적인 지배자라는 젊은 사람과 일치하는 면이 있어요."

"……."

그가 아무 말도 하지 않고 가만히 있자 이번엔 사마진영이 입을 열었다.

"다시 한 번 말하지만 우리는 감숙성의 옥문관에서 왔어요. 회골림과는 전혀 관계없는 사람들입니다."

"오패마를 한꺼번에 상대해서 이기고 그들을 거느렸다고 하더군요. 얼굴이 시시각각 변해 알 수는 없지만 목소리는 매우 젊다고 해요. 그리고 전신에서는 초월한 듯한 분위기가 풍기고 있고요. 어때요, 이 정도면?"

두 사람은 모르지만 그 정도면 대단한 정보력이었다. 처음에 사라성은 회골림의 림주는 삼십 년 전 사라성이 세워질 당시 멸망한 통천방(通天幇)의 방주였던 통천금마(通天禁魔) 이혁산(李赫山)으로 알고 있었다. 하지만 그가 아니라는 것을 곧 알게 되었고 이내 곧 마뇌귀령사 제갈강의 존재를 알게 되었다. 하나 그 역시 림주가 아니란 것을 알 수 있었지만 도무지 모습을 드러내지 않는 신비의 림주에 대한 정체를 알게 된 것은 그리 오래전이 아니었다. 근 삼십 년 만에 알아낸 정보이긴 하지만 철저히 신비에 싸여 있던 림주에 대해 그 정도로 자세히 알아냈다는 것은 그들의 정보력이 결코 녹록치 않다는 것을 입증하는 것이었다.

"날 그 사람으로 의심하고 있는 것이오?"

"……."

그녀는 긍정도 부정도 하지 않은 채 그저 그의 대답만을 기다리고 있었다. 꽤나 집요한 면이 없잖아 있는 여인이다 생각한 그는 씁쓸히 웃으며 말했다.

"후후, 미안하지만 사마 소저의 말과 같소. 난 회골림과는 관계없는 사람이오. 난 누구를 지배할 수 있는 성격이 아니라오."

"글쎄, 그것은 두고 보면 알겠죠."

"……."

관영호는 그저 희기하게 미소 지을 뿐이었다. 상대방이 어떻게 생각하든 자신은 절대 회골림과 관계없는 사람이니 전혀 찔릴 것이 없기에 당당할 수 있었다. 백리경이 자리에서 일어나 가볍게 고개를 숙이고 방을 떠나는 것을 가만히 지켜보던 사마진영은 그녀가 보이지 않게 되자 스치듯 말했다.

"이것이 흉의 시작인가요?"

"글쎄, 두고 보면……."

◆제7장◆ 결혼식

黃昏片月涌
地碎崖淸
絶枝北枝南
疑有致
無哭
庶脊熔
頹折

"며칠 후면 자네의 딸이 시집을 간다지? 크크!"

"그렇네. 시팔, 내 금(金) 같은 딸을 그 같은 잡놈에게 보낸다는 것이 믿기지 않는군. 크큭!"

"크하하하! 어차피 상관없지 않은가?"

"그렇긴 하지. 그 개서끼 같은 놈이 내 딸을 안는다는 생각을 하면 당장 달려가 내 손바닥을 그놈의 심장에다 박아버린 후 태워 버리고 싶지만. 쌍놈……."

"다 대계를 위해서네. 내분지계(內分之計)의 시작이지 않은가?"

"그래, 알고 있네. 그대도 그 개놈을……."

"자네 요즘 욕이 부쩍 늘었군."

"말리지 말게! 시팔! 원래 이랬잖아!"

음산함과 거친 느낌을 동시에 주는 목소리와 웅후한 느낌을 물씬 풍기는 목소리가 숲에서 들려오고 있었다. 그중 청수한 풍모에 문사건을 쓰고 있어 학자풍의 느낌을 주는 중년인에게서 분노에 찬 숨소리와 거친 욕이 튀어나오고 있었다.

그의 옆에는 구 척의 거대한 장신을 한 중년인의 외모를 지닌 사내가 문사건을 쓴 사내의 말을 받고 있었다. 구 척의 거구답게 그의 얼굴은 울퉁불퉁 각이 졌는데 추한 얼굴이 아니라 매우 거친 느낌을 주는 사내였다.

그의 몸에서는 주위를 압도할 정도로 무시무시한 패기가 발출되고 있어 평범한 사람 같으면 그의 기도에 눌려 내상을 입을 정도였다. 그의 눈빛에선 금광이 방출되고 있었고 그 인간 같지 않은 눈빛은 공포스런 분위기를 연출하고 있었다.

"자네 딸 이름이 간도민이랬나? 잘 키웠더군. 미모며 지혜며 완벽하게 키워냈네."

"큭큭! 자네도 탐나는가? 뭐, 자네라면 두말 않고 내 딸을 줄 수 있네."

"으하하하!! 그것참, 고맙군. 하지만 칠십이 넘은 내가 무슨 여자인가! 마음만 고맙게 받지."

"내 딸은 내가 봐도 미친년이야. 큭큭! 이중인격자를 좋아하는 놈이 어디 있나? 으하하하하!"

그의 웃음은 마치 한을 풀어내려는 듯 처절했다. 그런 그를 일순간 안타깝게 쳐다본 금안(金眼)의 사내는 뭔가 생각났다는 듯 표정을 원래대로 돌린 후 말했다.

“그렇지. 자네 조사님은 뵈었는가? 섬전검 간훈님 말일세.”

“아니. 자네 만날 겸 해서 조사님을 뵈러 가는 중이지.”

“그분이 어떤 젊은 사람에게 졌다는 소식은 들었는가?”

“그래, 알고 있어. 많이 늙었지. 큭큭…….”

“자네, 무슨 그런 말을…….”

금안의 사내는 황당하게 웃으며 그를 나무랐다. 누구든 자신의 조상을 욕하는 것은 그렇게 상쾌한 일이 아니었기 때문이다.

“자네도 늙었어. 늙기 전에 어서 무공을 익혀두라고. 그 정도 무공으론 삼십 년 전처럼 무림을 독패하기는 힘드니까.”

“으음…….”

그의 몸에서 묘한 기운이 솟아나기 시작했다. 아무리 나이를 초월한 친구라 해도 그런 안하무인식의 말투는 참아 넘길 수가 없었다. 하물며 과거지사의 아픔을 들먹이니 오죽하랴.

“아아, 이거 미안하군. 실수했네. 이해해 주게. 내가 말을 막 하지 않나. 큭큭! 시팔! 내 말투부터 고치고 싶군.”

“나이를 사십이나 먹고도 말투를 못 고치다니, 어지간하군.”

통천금마 이혁신은 분기를 누르고 씁쓸히 웃으면서 한마디 내뱉었지만 그런 말로 고쳐질 그의 말투가 아님을 알고 있었다. 그의 시정잡배처럼 거친 말투는 천성이라 할 정도로 지독했으며 거기에 더해 간군학 스스로도 자신의 말투를 고치는 것은 포기했던 것이다.

간군학은 오패전(五霸殿)이라는 현판이 붙어 있는 큰 건물이 보이자 싸늘하게 말했다.

“이제 가겠네. 내일 보세. 오늘은 조사님과 할 이야기도 많고 하니.”

"알겠네."

이혁신은 오패전 안으로 들어가는 그의 뒷모습을 보고는 예전에 비해 많이 나약해진 것 같은 자신의 몸을 한번 훑어보았다. 남이 보기엔 예전 이상의 기도이겠지만 자신이 보기엔 예전만 못했다. 마음이 이미 늙은 것이다.

'정말… 나도 늙은 것인가?'

"조사님."

"왔느냐?"

"네."

"네 딸이 곧 결혼을 한다고?"

"네."

"기분이 안 좋은가 보구나. 그러면 반대하지 그랬느냐?"

"그러고 싶긴 하나 본 가문의 재기를 위해서, 그리고 제 딸이 자진해서 원했기에……."

"그럼 됐다. 그리고 가문의 재흥에 너무 신경 쓰지 말거라. 그저 명맥이라도 이어지면 난 족하느니라."

간훈은 관영호와의 싸움에서 입은 내상을 치료한 뒤로는 항상 검날을 쳐다보고 있었다. 무엇을 생각하는지는 누구도 알 수 없었다. 그의 주위에는 나머지 네 명이 제 각자 할 일을 하고 있었지 아무도 간훈과 간군학의 일에는 신경 쓰지 않고 있었다.

"전 싫습니다. 반드시……."

"그래, 알겠다. 그건 네 마음이니 말리진 않겠다."

간훈은 더 이상 듣기 싫은지 그의 말을 도중에 끊어버렸다.

"네, 죄송합니다."

"아니다. 그런 말 할 필요 없다."

"……."

둘 사이에 묘한 침묵이 흐르고 있는 것을 본 두예령은 의미를 알 수 없는 헛웃음을 짓고는 다시 눈을 감고 명상에 들었다. 묘한 침묵이 싫어서였는가? 간군학은 조심스럽게 말을 꺼냈다.

"조사님을 이겼다는 그 녀자는……."

"아, 그래. 생에 있어 두 번째 패배다. 늙어서 고생이군. 늙으면 죽어야 한다는 말을 이제야 깨달았다."

그는 무표정으로 태연히 말했지만 말속에는 탄식조 비슷한 어투가 섞여 있음을 간군학은 알 수 있었다.

"그렇지 않습니다. 조사님은 섬전무가 역대 최고이자……."

그는 간훈을 위로하려 했으나 간훈은 그것을 거부하는지 다시 그의 말을 끊어버렸다.

"아니다. 괜찮아. 그런 것으로 난 기 죽지 않는다. 그보다 그것은 잘 되어가느냐?"

"태양인(太陽印) 말씀이십니까?"

"……."

간훈은 아무 말 없이 고개를 끄덕였다. 간군학이 태양인이라고 말하자 다른 네 명의 마인은 흥미가 이는지 모두의 시선이 이들 두 사람에게로 모였다.

"아직 칠성(七成)에서 멈추고 있습니다."

"호오, 제법인데?"

묵성 호철호의 입에서 절로 감탄사가 튀어나왔다. 그것은 다른 사람들도 마찬가지인지 꽤나 놀란 표정이었다.

"장하구나, 이미 나를 능가했으니. 네가 우리 가문의 자랑이구나."

"과찬이십니다."

"하지만 결코 드러내면 안 되느니라. 만약 드러냈다가 자칫 태양천의 눈에 띄는 날에는 돌이킬 수 없는 일이 벌어질지도 모른다. 그리고 아직 칠성의 태양인으로는 너의 일을 완벽히 실현할 수 없다. 꼭 팔성 이상을 이루어야 한다."

"네, 알고 있습니다."

"네가 태양선인의 무공을 얻은 것이 복인지 화인지……."

태양선인은 한나라 시절 천하제일고수로 그의 성명절기 천존십이해(天尊十二解)는 막을 자도 깨뜨릴 자도 없는 최고의 무공이었다.

그에 대해 아무도 알지 못하는 사실이 하나 있었으니 그것은 태양선인이 태양천의 인물이었다는 것이다. 논란의 여지가 많은 사항이었으나 대부분 태양이란 이름만으로 태양천을 연상한다는 것은 억측이라는 주장이 지배적이었다.

알려지지 않은 또 다른 것으로는 그의 진신무공으로 평생 동안 선보이지 않았던 태양천의 절학인 태양선심공(太陽仙心功)과 태양인이 있다. 실상 이 두 가지의 무공은 실로 인간이 익히기가 불가능한데 이것을 얻게 된 간군학도 뼈저리게 느꼈을 정도로 난해하고 심오막측한 무공이었다. 하지만 야망이 있던 그는 결코 망설이지 않고 익히기 시작했으며 지금까지 나름대로 놀라운 성취를 이루었다.

“······!”

“적인가?”

오패전 안에 있던 여섯은 갑자기 느껴진 사람의 은밀한 기척에 첩자임을 눈치 챘지만 전혀 늘라지 않은 듯 몸에서는 여유가 느껴졌다.

“제법이군. 은신술에 도통한 건가? 꽤 오래 기척을 숨기다니 사라성도 보통은 아니구나.”

두예령은 비릿한 미소를 지으며 첩자를 칭찬했다. 하나 오패마는 전혀 움직일 생각이 없는 듯했다.

어찌 보면 당연한 것으로 그들은 자진해서 이곳에 온 사람들이 아니었기에 림주의 명이 아닌 한 쓸데없는 일에 신경 쓸 필요가 없었으며 또 그러고 싶은 마음도 없는 자들이었다.

그런 마음을 알고 있는 간군학은 그들의 반응에 신경 쓰지 않고 질풍같이 경공을 써 밖으로 나갔다. 오패전은 오패마 다섯 명을 제외하고는 아무도 없는 곳이었기에 그는 서둘러 추적을 지시하기 위해 사람들에게 갔던 것이다. 자신이 가는 방향과 첩자가 가던 방향은 공교롭게도 비슷했다.

“멍청한 새끼, 사람들이 우글거리는 곳으로 가? 큭큭!”

우영의 시작은 꽤 좋았다. 임무를 받고 오패마의 거동을 지켜보는 매우 어려운 일을 별 탈 없이 하고 있는데 웬 두 사람이 다가왔다.

그들의 대화는 그녀 자신뿐만 아니라 사라성에게도 매우 놀라운 정보였다. 섬전무가의 가주가 간군학이라는 것은 알지만 얼굴은 처음 본 그녀는 그가 대단한 욕설가라는 것에 놀랐으며 또 하나는 그가 회골림에 몸을 담고 있다는 것이었다. 성의 회의 시 간훈을 보건대 간군학 또한 회골림의 인물일지도 모른다는 추측이 있었는데 이제 사실로 드러나는 현장이었다.

사실 이 정도면 그녀로서는 충분한 정보를 얻은 것이기에 그냥 가도 좋았지만 그녀는 개인적인 욕심으로 간훈과 간군학의 대화를 듣고 싶었다. 하지만 그것이 복이자 엄청난 화근이었다. 무공이 없는 것으로 판명된 간군학이 누구보다 강한 무공을 지니고 있다는 고급 정보를 얻게 된 것은 복이었지만 태양선인의 무공이 태양천의 무공이며 그가 그것을 익히고 있다는 사실에 너무나 놀라 기척을 드러내 버리고 만 것이 화근이었다.

그녀는 기척이 드러나자마자 사람들이 있는 곳으로 도주하기 시작했다. 그녀도 바보는 아닌 다음에야 사람이 없는 곳으로 도주하는 것이 당연했지만 거기에는 불가피한 사정이 있었다. 오패전이 있는 주위에는 천연의 험지인 절애(絶崖)가 있었다. 그곳은 유일하게 회골림에서 경계를 서지 않는 곳이었는데 사라성에서는 십 년에 걸쳐 은밀히 잠입로를 만들어왔다. 그런 잠입로가 들통나게 할 수는 없다는 것이 임무를 받은 사람들의 중요한 철칙이었기에 목숨을 버리는 한이 있더라도 도주 시에는 그곳으로 갈 수 없었다. 그래서 뇌운성 일행이 힘들게 추적을 당한 것이기도 했다.

'내 실력으로 헤쳐 나갈 수 있을까?'

자신이 없었지만 그녀는 해야만 했다. 자신의 목숨이 달린 문제이기도 했고 무림을 위해서기도 했다. 자신도 다른 사람들처럼 귀빈이라는 명목으로 있기는 했지만 그중 몇몇은 자신처럼 사라성을 위해 임무를

많은 사람이 있었다. 그들은 몇 가지 무공의 특혜를 입었고 그녀 또한
비약적으로 실력을 상승시킬 수가 있었다.

그녀는 일 년 전만 해도 무림에 대한 정의니 불의니 하는 것들에 대
해 무관심했었지만 사라성에서 무림 정세에 대해 교육을 받으며 자신
도 무림의 평화를 위해 몸바쳐야 한다는 의무감이 조금씩 싹텄고 그
의무감이 지금 자신을 종용하고 있었다. 하지만 자신은 혼자였고 이제
곧 회골림에게 추적을 받을 것이다.

'간군학이 회골림의 인물이었다니 철저하게 속였어. 그러면 간도민
과 문학문의 결혼식은 음모임이 분명해.'

그녀는 온 힘을 다해 은밀히 이동하고 있었으나 이것도 곧 한계에
다다를 것이 분명했고 그때에는 목숨을 건 사투만이 있을 뿐이다.

'아, 보고 싶어……'

그녀는 갑자기 관영호가 생각났다. 그녀에게 절세의 무공을 쉽게 넘
겨주었고 성격을 고치게 한 결정적인 계기를 준, 그녀의 인생에 큰 변
화를 준 사람이었다. 지금의 이 마음이 연모(戀慕)인지는 알 수 없지만
다른 남자들을 대할 때의 감정과는 다름이 분명했다.

많은 여인들에게 흠모와 사랑을 받고 있는 뇌운성을 보아도 그녀는
별다른 감정을 느끼지 못했다. 하지만 관영호를 만난 후 시간이 지나
자 그를 대할 때나 그를 생각할 때 느껴지는 그녀의 감정은 묘해 분명
다른 사내들과는 달랐다.

아무튼 이유가 무엇이든 간에 죽음의 시간이 임박해 오자 떠오른 것
은 그의 얼굴이었으며 이내 그가 건네주었던 초마검도(超魔劍道)가 떠
올랐다. 자신의 자질이 부족한 탓인지 삼성의 성취에 그치고 말았지만

자신이 보기에도 이 검도는 놀라운 무공이었다. 십성 모두 익힌다면 자신도 오패마 못지않은 고수가 될 것이라 생각될 정도였다.

'내가 살길은 이것뿐인가……!'

그녀는 초마검도를 믿을 수밖에 없었다. 그것만이 살길이었다.

땡땡땡!

펑!

시끄러운 종소리와 함께 폭죽이 하늘 위로 치솟은 것은 뇌운성과 같이 일한 그때와 똑같았다. 자신이 발각되었다는 표시였다. 회골림의 놀라운 점은 침입자를 발견해도 무사들은 소리를 거의 내지 않는다는 것인데 이는 그녀가 상대방의 기척을 쉽게 알아챌 수 없게 되므로 도주를 매우 어렵게 했다.

"찾았다!"

그녀의 이십 장 정도 떨어진 곳에서 다섯 명의 무사들이 자리를 지키고 있다가 그녀를 발견하고 소리치자 곧 이어 그들에게서 다시 폭죽이 솟아올랐다.

그녀는 자신을 향해 일단의 무리들이 다가오는 것을 느끼고는 재빨리 다른 곳으로 몸을 피했다.

'내가 알아낸 사실을 꼭 알려야 해!'

"또 첩자란 말인가?"

"사라성의 쥐새끼들, 꽤나 우리에게 신경 쓰는 것 같군."

"자네의 정체를 알아버렸으니 그자를 반드시 잡아야 하네."

"그래, 완전 짓이겨주지. 그리고 만약 실패할 경우엔 이 전서구가 있지 않나? 큭큭큭!"

간군학은 기괴하게 웃으며 자신의 팔목에 앉아 있는 전서구의 다리에 무언가를 매고는 전서구를 하늘로 날렸다.

푸드득!

죽음을 향한 전주곡같이 전서구는 푸른 하늘 높이 올라 그의 머리 위를 한 바퀴 돌더니 어디론가 날아갔다.

"오화란 그 재수없는 년이 만약을 대비해 있는 것이 아니겠나?"

"그럼 이제부터 우리는 추적에 들어간다. 지금 접전 중일 것이니 너희들은 차질없이 그자를 생포하도록. 하지만 굳이 생포할 필요는 없다. 생포가 불가능하다고 판단되면 죽여도 좋다."

통천금마 이혁신의 앞에는 다섯 명의 복면인이 한쪽 무릎을 꿇은 채 고개를 숙이고 있었다. 이혁신이 고개를 끄덕이자 그들은 그의 몸짓을 느꼈는지 고개를 강하게 한번 숙이고는 순식간에 사라졌다.

"흐흐, 잘 키웠군."

"웬만하면 나중에 써먹으려 했지만 이번 상황이 꽤 긴급하니까 어쩔 수 없지. 자네에 대한 비밀은 그녀의 결혼과 밀접한 관계가 있지 않은가? 알려진다면 내분지계는 무용지물이 될 거야."

그는 그들을 쓰는 것이 아까운지 고개를 저으며 몸을 돌렸다. 귀한 것일수록 많이 쓰는 것은 아까운 것이 당연하듯이 이혁신에게 그들은 그런 존재였다.

[모월 모일. 맑음.

내일이면 문학문과 간도민의 결혼식이라 오전 내내 분주하던 정홍축의 인부들은 오후가 되어서야 움직임이 느슨해졌다. 어떤 일이 있으면 힘든 것은 그들뿐인 것 같다.

사라성의 기묘한 분업 체계는 매우 효율성이 높지만 만약의 경우 큰 위험 부담도 안고 있다. 하긴 애초에 시작했을 당시 자신이 있었으니 이런 체계를 채택한 것이겠지만.

백리경의 의심은 아직도 여전한지 가끔 나를 주시하곤 한다. 소류연도 뇌운성과 마찬가지로 내 방을 자주 찾는 관계로 나의 방에는 이야기하는 사람이 백리경을 포함해 넷이나 되어버렸다.

남궁명혼과는 꽤나 친해졌으니 사라성에 온 것이 아주 흉한 일만은 아닌 것 같다. 흉한 곳에도 길이 있고 길한 곳에도 흉이 있다는 말을 몸소 체험하고 있다는 생각이 들었다.

다들 내일 결혼식이 있다는 것 때문인지 조금은 흥분된 표정이었다. 사마진영도 어느 정도는 그런 것 같았지만 사정이 다른 나와 그녀의 입장이 있기 때문인지 자제하는 모습이었다.

북서쪽으로 죽음의 기운이 물씬 풍기는 것을 보건대 매우 흉한 괘이다. 흉괘 중에서도 가장 좋지 않은 쪽에 속한다. 그 괘는 북서쪽에서 남동쪽으로 이어져 내려와 사라성에 이르고 있다. 알고 있는 머지않은 미래의 횡액……. 창을 통해 보이는 밤의 기운이 상쾌하지만은 않다. 나만의 생각일지도…….]

문성청(文星廳)은 바쁘게 움직이는 사람들로 인해 분주하기 그지없었다. 문성청은 묘계은밀대주가 거주하는 곳 중 가장 큰 곳으로 문학문과 간도민의 결혼식을 이곳에서 올릴 예정이었다. 식이 시작되기까지는 아직 한 시진 반의 여유가 있었지만 문성청의 치장과 음식 준비, 자리 준비 등 아직까지는 이것저것 할 일이 많은 관계로 사람들의 발놀림이 빨랐다.

원래 이런 일에는 다섯 명의 정홍축주 중 하나가 와서 일을 감독해야 하지만 묘계은밀대에서는 오늘을 매우 특별한 날로 여기는지 사장로가 직접 나와서 사람들을 지시하고 있었다.

"이보게, 그것은 저기에 놓아야 사람들이 오기 편하지 않겠는가? 다시 저기로 옮겨놓게!"

머리가 아침 햇살에 비춰져 반짝 빛나고 있다는 느낌을 주는 대머리 노인 구형두는 일이 자신이 마음먹은 대로 잘 진행되지 않는지 신경질을 내며 인부들을 괴롭혔다. 다른 장로들이 도와주고 있음에도 할 일은 산더미 같았다. 며칠 전부터 준비했다고는 해도 지금 하는 일들은 당일 준비해야 하는 것들이라 어찌 보면 미리 준비한 것이 모두 허사였다는 생각마저 드는 구형두였다.

"제길……."

신경질에 저절로 욕지기가 나왔지만 성질을 내리 누른 그는 음식을 나르는 시녀를 향해 지시했다.

"그 음식은 상석에 놓거라! 높으신 분들이 앉는 곳에 두어야지! 상당히 귀한 음식임은 너도 알잖느냐! 그래!"

다른 장로들도 저마다 일을 지시하느라 정신이 없었다. 아침이지만 여름인데다가 여기저기에 신경을 쓰니 땀이 쏟아지지 않을 수 없었다. 비록 무공은 익히고 있었지만 묘계은밀대의 특성상 무공에는 많은 신경을 쓰지 않았다. 그나마 자신은 무공을 좋아해서 노력은 했지만 문(文)만큼은 되지 못했다. 그런 관계로 무공만을 전문으로 익힌 무인들의 신체처럼 더위에 강할 수가 없었다.

'제기랄······.'

반 시진 정도 지났지만 아직도 할 일은 제법 남아 있었다. 이제 반 시진 안에 일을 끝내고 나머지 반 시진은 손님을 받아야 했다. 유난히 더위를 타는 구형두는 도저히 참을 수 없는 지경에 이르자 난감하기 이를 데 없었다. 인부들이야 사람을 넉넉하게 두었기에 교대로 일하면 되는 것이었지만 자신은 그렇지가 못했다. 네 사람이 모두 나와 감독을 하고 있는데도 바쁘기 그지없는데 그가 빠진다면 문제가 더 커질 것이 분명했다. 차마 더위를 식히기 위해 목욕을 하러 갈 수가 없었다. 당연히 그의 짜증은 자꾸 솟아올랐고 그 대가는 인부들이 받아야만 했다.

"그래, 그것은 저기에 달아!! 대체 뭐 하는 것이냐? 똑바로 못해!"

그의 목소리가 문성청 안을 쩌렁쩌렁 울리고 있었다. 하지만 그런다고 더위가 가시는 것은 아니었다. 오히려 몸에서 열이 화끈화끈 솟아올라 엎친 데 덮친 격으로 그의 몸을 괴롭혔다.

"······."

다른 곳에서 인부를 지시하던 세 명의 장로도 그의 마음은 알았지만 어떻게 해볼 도리가 없었다. 대주의 지시로 자신들이 이곳을 맡기로 한 이상 어떻게든 반 시진 안에 끝내야 했다.

"음?"

싸늘한 인상을 풍기는 사장로 중의 한 명인 황동명(黃冬溟)은 자신에게 가볍게 웃음 지으며 인사하며 지나가는 여인을 당황스러운 표정으로 바라보았다.

"간······."

간도민은 황 장로의 곁을 지나 문성청 안으로 들어갔다. 그가 들어가자 그녀의 환한 미모에 일하던 인부들이 하던 일들을 잠시 멈추고 바라보았다. 그만큼 그녀의 미모는 독보적이었다.

"일 안 하고 무엇······! 응? 간 아가씨가 아니오?!"

"네, 수고하시는군요."

"허허, 간 아가씨가 여기엔 무슨 일로? 으음? 아직 치장을 하지 않았구려. 여기 걱정은 말고 어서 가서 문 도련님이 만족하실 수 있도록 예쁘게 치장하고 계시오. 허허허!"

"······."

그녀는 화사하게 미소 지으면서 그의 웃음에 답하고는 유혹하듯 아름다운 입술을 열어 말했다.

"구 장로님, 보아하니 무척 더우신 것 같군요. 잠시나마 제가 맡고 있을 테니 목욕이라도 하여 더위를 식히고 오세요."

"아니, 그런 말 마시오, 아가씨. 오늘의 주인공인 사람에게 일을 맡기다니 말도 되지 않소. 그런 말 말고 어서 들어가서 시녀들이 해주는 화장을 받기 바라오."

"아닙니다. 제가 일부러 나온 걸요. 화장과 옷 입는 시간은 이각이면 충분해요. 구 장로님이 유난히 더위를 많이 타시는 것을 요 며칠간 같이 사라성으로 오면서 알게 됐어요. 더구나 저는 이제 묘계인밀대의 사람이 될 것인데 이런 것을 한다고 결코 흠될 게 없습니다."

"허허……."

구형두는 그녀의 말이 상당히 마음에 들었는지 고개를 끄덕이며 싱글싱글 웃었다. 그런 그를 멀찌감치서 보고 있던 강추문(姜秋文) 장로가 소리쳤다.

"이보게, 어서 갔다 오게! 질질 끄는 것이 더 안 좋은 거야!"

"그럼 아가씨가 잠시만 수고해 주시오. 일각도 채 안 걸릴 것이니 금방 오겠소."

그는 말과 함께 서둘러 문성청을 빠져나갔다. 그의 몸에서는 놀라울 정도로 땀이 흐르고 있어 문성청 바닥을 적실 정도였다. 그런 그의 뒷모습을 묘한 미소를 지은 채 쳐다보던 그녀는 몸을 돌려 자신들을 쳐다보고 있는 인부들에게 지시하기 시작했다.

"식탁을 하나 더 가져오세요. 그리고 당신은 키가 크니 저기 벽 장식을 하고 있는 사람과 자리를 바꾸어서 일을 하도록 하세요."

그녀는 마치 이런 일을 해봤다는 듯이 차분하면서도 조리있게 사람들을 부렸다. 인부들은 갑자기 바뀐 미녀 지시관에 당황했지만 그녀의 차분한 말에 오히려 힘을 내며 더욱 열심히 했다.

일단 주위를 정리시킨 그녀는 자신이 온 것에 대한 약간의 소란이 안정되었음을 알 수 있었다. 그녀는 천천히 주위를 훑어보면서 자연스럽게 나중에 자신과 문학문이 앉을 상석으로 걸음을 옮겼다.

"……."

그녀는 상석 주위를 걸으며 이곳저곳을 자세히 구경하고 있었다. 남이 보기에는 신기한 것을 보고 있다는 표정이었다. 강추문도 그런 그녀를 보고는 기분 좋게 미소 짓고는 다시 자신이 할 일을 하기 위해 시선을 돌렸다.

간도민은 자신과 문학문의 자리에 놓여져 있는 술잔과 접시들, 그리고 수저 등등을 하나하나 만져 보다 문득 자신의 옆으로 와 음식을 놓는 시녀에게 물었다.

"이제 이곳 상석의 준비는 끝이 났나요?"

갑작스런 질문에, 그리고 자신 같은 사람에게 존대를 하자 당황한 그녀는 황망스럽게 허리를 숙이며 대답했다.

"네? 네. 제가 가져온 음식이 마지막이었습니다. 이제 이 자리의 준비는 모두 끝났어요."

"네, 수고하셨군요. 가보세요."

그녀는 화사하게 웃더니 시녀에게 이상야릇한 눈빛을 보냈다. 무슨 의미였는지는 알 수 없었지만 순간 시녀는 자신의 몸이 호끈거리며 뜨거워지는 것에 대경하며 황망히 그녀의 시선을 피해 허리를 숙여 인사한 뒤 자리를 벗어났다. 그 뒷모습을 요염한 미소를 지으며 바라보던 간도민은 다시 시선을 자신과 문학문이 앉을 자리에 두었다.

"……."

그녀는 희미하게 미소 지으며 자리를 보았다. 남이 본다면 조금 후에 있을 결혼식 때 자신이 이곳에 앉아 사람들의 축하를 받을 상상을 하고 있는 것처럼 보였다.

고개를 들고 인부들을 잠시 살피더니 아래로 걸어간 그녀는 다시 사람들에게 일을 지시하기 시작했다.

식은 절차에 따라 차근차근 치러지고 있었다. 생각보다 많은 사람들

이 와 문성청의 자리가 거의 다 차서 모두가 신랑과 신부가 식을 올리
는 것을 보기는 힘들 듯했다.

 문학문의 아버지이자 묘계은밀대주이며 이 시대의 천재적인 지략가
라고 불리는 천뇌사(天腦師) 문극문(文極文)은 아들의 결혼을 매우 기
뻐하고 있었다. 그 역시 아들의 추문을 알고 있었기에 자신이 괜찮다
싶은 곳에서는 혼담이 들어오지 않아 결혼을 할 수 있을까 걱정했는데
다행히도 괜찮은 가문과의 혼인이 이루어진 것이다. 비록 지금이야 쇠
락한 가문이지만 과거 무림을 질타했던 섬전세가의 이름을 무시하는
사람은 결코 없었으며 개인적으로 간도민도 매우 마음에 들었다.

 '누구나 다 제 짝은 있는 법이지. 암, 저 녀석도 결혼하면 분명 정신
을 차릴 것이야.'

 그는 굳게 믿고 있었다. 지금은 아는 사람이 거의 없는 잊혀진 기억
이긴 하나 자신도 젊었을 적엔 아들과 비슷했다. 부전자전이라는 것이
무서운 것인지 하나 있는 아들이 자신의 옛 모습처럼 여색을 밝히고
있다. 하지만 결혼을 하고 나서는 한 아내에게만 충실했다. 그것을 생
각한 그는 자신의 아들도 그럴 것임을 믿어 의심치 않았다. 식은 거의
막바지로 향하고 있었다. 신랑 신부는 읍을 하며 객빈들의 축하를 받
은 다음 자신에게 읍을 하면 자신이 아들과 며느리에게 덕담을 할 것
이다.

 '오늘만큼 기분 좋은 날도 드물 것이야.'

 하늘마저 매우 맑았기에 절로 기분이 좋아지는 문극문이었다.

 임사우와 관영호는 자리에 같이 앉아 친구의 조우를 기뻐하고 있었

다. 임사우는 예전 그대토의 모습이었다. 다만 일 년이 지난 지금은 결혼을 한 덕인지 젊음의 앳됨은 거의 사라진, 어른스러워 보이는 얼굴을 하고 있었다.

"나이가 얼마인가?"

"내 나이? 하하하! 이제 스물한 살이네. 그건 왜? 그나저나 자네의 나이는 몇 살인가?"

"후후, 굳이 그런 것을 알 필요가 있는가? 친구라는 사실이 중요하지."

그가 그렇게 능청을 떨고는 희미하게 웃으며 그에게 잔을 권하자 임사우는 눈을 동그랗게 뜨며 말했다.

"아니, 이 사람이? 내 나이만 쏙 물어보고 자네 나이는 가르쳐 주지 않다니 자네답지 않게 비겁하군. 하하하!"

"……."

임사우는 만남에 대한 기쁨인지 흥분으로 말을 살짝 거칠게 했지만 누구도 그의 말에 나쁜 의도가 담겨 있지 않다는 것을 알고 있었다. 임사우와 관영호의 근처에는 임사우, 그의 아내인 호사란과 함께 신 영웅으로 떠오른 뇌운성, 그리고 사마진영이 있었다.

관영호는 기분 좋은 미소를 지으며 술잔을 부딪치고는 단숨에 술을 들이켰다. 그는 속까지 타 들어가는 듯한 뜨거움을 느끼면서 임사우에게 물었다.

"도용연과 고형강의 소식은 알고 있는가?"

"음, 도 소저는 원래 강호 활동을 잘 하지 않고 집에만 머문다네. 그런데 이번에 결혼식에 참석하겠다는 기별이 있었는데 오지 않은 것을 보면 무슨 사정이 있는 것 같네. 그리고 고형강 그 녀석은 여섯 달 전에 소식이 끊겼어. 원래 고아였고 사부님도 최근에 돌아가셨기에 어디에 있는지 알 수가 없네."

"그렇군."

그는 고형강의 거인 같은 그의 모습과 호탕한 웃음을 떠올렸다. 예전에 동정호에서 우연히 만나서 술을 함께한 후 아무 말도 없이 떠난 것이 지금에서야 마음에 걸렸지만 애써 지워 버렸다.

"모두 보지는 못했지만 이렇게 몇이라도 봐서 기쁘네. 날 내치지 않아서 고맙기도 하고."

그가 그렇게 말하자 임사우는 정색을 하며 말했다.

"이 사람, 그런 말 하지 말게. 마음이 통하는 친구는 언제 와도 반가운 법이야."

"아니, 임 아우, 그럼 신혼 한 달쯤 되던 날에 날 만나지 않은 것은 무슨 일인가? 나와는 마음이 통하지 않았단 말이 되지 않는가?"

뇌운성이 갑자기 끼어들어 웃음을 참는 표정으로 말하자 곁에 있던 사람들은 대소를 터뜨렸다.

"아, 아니, 형님두. 내가 언제……."

그는 그의 농담에 당황하여 맞받아치질 못하고 그저 어색한 표정만 지었다.

"우랑(羽郞), 이제 저기 있는 신랑과 신부에게 가봐야 할 것 같아요."

호사란은 예전의 강인한 모습은 조금 사그라진 대신 온화한 기품이 그 자리를 대신하고 있었다. 머리를 구름처럼 묶어 올린 그녀의 모습은 아직 이십 초반의 어린 나이임에도 불구하고 매우 성숙한 분위기를 풍겼다. 그는 아내의 말에 자신은 비공식적이지만 사라성주를 대신해서 온 것임을 상기하고는 아쉽지만 일단은 관영호와의 담소를 그만둘 수밖에 없었다.

"친구, 오늘은 여기서 그만 이야기를 끝낼 수밖에 없겠네. 아쉽군."

"그래, 이해하네. 만나서 이렇게 날 반겨준 것만으로도 충분하다네."

관영호가 따뜻한 웃음을 지으며 대답하고는 마지막으로 임사우에게 술잔을 내밀자 그는 호탕하게 웃으며 대작했다. 하지만 어느 누가 그들의 대작이 마지막 술임을 알 수 있을까? 임사우도, 심지어는 관영호도 몰랐다.

그들이 간 후 다른 장소에서 사람들과 이야기하고 있던 공손 남매가 곧 관영호 등에게로 왔다. 그동안 사람의 관계는 참으로 묘하게 이어지고 있었다. 관영호는 남궁명호와 뇌운성에게서 호의를 살 수 있었다. 소류연에게는 연정을 얻을 수 있었지만 백소화는 그를 싫어하게 되었다. 매락청에서 술을 같이 마신 이후론 딱 한 번 본 것이 다였다.

자증남 역시 그날 이후론 보지도 못하다 오늘에서야 얼굴을 보았고 공손아리는 그를 서먹해하는 것인지는 몰라도 같이 있어도 아는 척은커녕 얘기 한 번 걸지 않았다.

공손강도 처음엔 관영호와 친해지려 했으나 그와 관영호의 성격이 너무 맞지 않았는지 아니면 말이 서로 별로 없는 사이라 그랬는지 친해지질 못했다. 그래서 어느 순간부터 그가 관영호에게 먼저 말을 거는 일은 없었다. 관영호 또한 성격상 먼저 말을 거는 일은 드물었기 때문에 서로 멀어지고 말았다.

공손 남매가 와도 그들은 관영호와는 눈을 마주치지 않았다. 관영호는 그들을 한번 보고는 자신에게 인사도 하지 않자 씁쓸하게 웃었다.

'모든 것이라고는 할 수 없지만 내 잘못도 있다는 것은 인정해야지. 난 뇌운성과는 달리 사교적이지 못하니까……'

천성을 버리기는 쉽지 않다. 그는 식탁의 닭 다리를 손으로 집어서는 거침없이 뜯기 시작했다.

'친구와 나는 말이 많지 않았지만 왜 통하는 것이 많았을까? 당연히 말이 거의 필요없었지. 이제 와서 죽은 친구를 그리워해 봤자 무슨 소용 있는가, 다 지난 일인 것을……'

그는 묘하게 가슴이 아려오는 느낌에 깜짝 놀랐다. 오죽했으면 고기를 씹다가 멈추었을까.

'허, 이런 감정이 느껴지다니……. 그날 이후로 처음이 아닌가? 아련함이란 감정은 그 옛날 강호에 나온 이후론 느껴보지 못했건만……'

아마 며칠 되지는 않지만 주위의 환경이 그렇게 만들었을 것이다. 사람들과의 묘한 거리감은 당연히 자신과 가까웠던 이들을 그리워하게 만드는 기폭제임은 당연했다.

"……."

그는 자신답지 않다고 생각하고는 씁쓸하게 웃으며 술잔을 들이켰다.

"괜찮나요?"

사마진영은 그의 표정이 이상하게 변한 것을 보고 걱정스런 말투로 물었다. 그는 아무 말 없이 고개를 끄덕이고는 곧 자신만의 생각에 빠졌다. 그렇게 되면 한동안 말이 없다는 것을 아는 그녀는 어쩔 수 없다는 듯이 고개를 젓고는 다른 사람들의 이야기에 주목하기 시작했다.

"다들 여기 계셨군요."

"화기애애해서 좋소이다. 하하!"

그가 사색에 빠진 지 얼마 되지 않아 바로 자중남과 백소화가 그들의 자리에 동참했다. 자중남과 백소화는 자신들의 아버지를 따라 이곳에 왔지만 상석에 있어봤자 그들에게는 따분할 뿐이었다. 그렇기에 같이 나와서 두리번거리던 중 아는 얼굴들이 한곳에 모여 있어 이렇게 온 것이었다.

둘은 모두에게 인사를 하고는 자리에 앉았다. 백소화는 자신의 옆에 멍하게 앉아 있는 관영호를 보고는 헛웃음이 나왔지만 참고는 그에게 말을 걸었다. 딴에는 대단한 영광을 주는 것처럼 제법 거드름을 피우며 말했다.

"흐음, 관 공자는 그동안 어떻게 지내셨나요? 오랜만에 친구를 보니 기분이 좋으시겠군요?"

"……."

관영호는 무례(?)하게도 그녀의 말을 무시하고 말았다. 보통 혼자 생각에 빠지면 주위의 일에 신경을 쓰지 않았기 때문이지만 당연히 그것을 모르는 그녀는 그가 일부러 자신을 무시하는 것이라 생각하게 되었고 이내 화가 치밀어 올랐다. 보통 사람이라면 오늘 같은 날에는 참고 나중에 이에 대해 따지든지 아니면 참든지 하겠지만 그녀는 그렇게 자란 여인이 아니었다. 안하무인의 성격에다 자신이 아주 잘난 줄 아는 사람임은 알 만한 사람은 모두 알고 있었다. 확실히 성격을 제외한 대부분의 면에서는 잘난 여인이기도 했다.

짝!!

그녀가 때린 뺨 소리는 그렇게 크지 않았지만 일어나서 그를 힘차게 때린 모습이 워낙 돋보이는 것이었기에 문성청 안은 순식간에 조용해져 버렸다.

"……."

관영호는 고개가 강하게 돌아가는 것을 느끼고는 정신이 번쩍 들었다. 한순간 무슨 일이 벌어졌는지 알 수 없었지만 자신의 눈앞에 분기탱천한 표정으로 자신을 노려보고 있는 백소화를 보고는 어느 정도 파악할 수 있었다. 자신의 입가에서 피가 살짝 맺힌 것을 느꼈지만 그런 것은 신경 쓸 때가 아니었다.

그는 의아스런 표정으로 그녀를 보았지만 그의 그런 표정이 일부러 모른 척해 발뺌하겠다는 심사로밖에 보이지 않는 그녀는 더욱 화가 날 수밖에 없었다.

짝!!

"네 이 녀석!! 사람의 호의있는 말을 무시해도 유분수지. 그리고 잘못을 시인하기는커녕 모른 척까지 해?!"

그녀는 꿀리는 것이 없는지라 당당하게 그의 잘못을 지적했다. 그녀의 사갈 같지만 아름다운 음성이 문성청 안을 울렸다.

사마진영의 전음으로 어떻게 된 일인지 알게 된 그는 일이 이상하게 돌아감을 느끼며 바로 말했다.

"아, 백 소저, 미안하오. 잠시 다른 생각을 하느라 소저의 말을 못 들은 것 같소. 이렇게 사과하리다."

그가 몸을 일으키고는 깊이 고개를 숙이며 사과했지만 그녀는 분이 풀리지 않는지 아미를 찡그리며 말했다.

"흥! 그럴듯한 핑계로 날 아우르려 하지 마라! 난 네가 전부터 임사우 대협의 친구라는 빌미로 한자리 얻으려는 네 속셈이 마음에 들지 않았어!"

"……."

그는 쓴웃음을 지었다. 그녀의 마음은 이해하겠지만 그것은 완벽한 오해였던 것이다. 하지만 자신의 모습이 그녀에게 그렇게 비추어졌다는 것에는 자신의 잘못도 어느 정도는 있다고 생각한 그는 자신이 계속 사과를 해 용서를 구하든지 아니면 누군가가 중재해 줄 필요를 느꼈다. 그녀의 마지막 말에 문성청 안에 있는 사람들의 시선도 별로 좋지 않아졌기 때문에 그 둔제는 점점 꼬이고 있었다.

"소화야, 오늘같이 큰 잔치가 있는 날에 무슨 짓이냐? 어서 자리에 앉거라! 다른 날이었으면 신경 쓰지 않겠지만 이런 자리에서 화는 좋지 않은 것이다."

상석에서 문극문의 옆에 앉아 있던 백소화의 아버지인 검명 백무도가 그녀를 나무라며 그녀를 앉혔다. 그녀가 마지못해 자리에 앉자 그는 자리에서 일어나 하객들에게 술잔을 들어 올리며 말했다. 나이가 꽤 들었음을 증명하는 새하얀 백발에 흰 수염을 가진 도인풍의 백무도는 사람들의 시선을 느끼고는 평온한 신색으로 웃으며 말했다.

"자, 다들 이런 좋은 자리에 좋지 않은 일에는 신경 쓰지 말았으면 합니다. 비록 제 자식의 일이긴 하나 젊은 시절엔 누구라도 감정을 다

스리기가 어려운 법입니다. 저들의 문제는 나중에 풀 것이니 모두들 다시 즐기시기 바랍니다.”

그는 이렇게 말하고는 술을 한입에 넘겼다. 그 모습에 사람들이 모두 수긍하고 다같이 웃으며 백무도를 따라 술을 마시자 다시 아까의 모습처럼 시끌벅적하게 변했다. 그러나 관영호가 있는 자리는 아직도 좋지 않은 분위기였다. 백소화의 좋지 않은 얼굴을 모습을 보다 못한 뇌운성은 자신이 나서서 중재할 필요가 있다고 생각했다.

“백 소저, 화를 푸시오. 관 공자도 사과하질 않소. 그가 생각에 빠지면 주위를 신경 쓰지 않는 것은 나도 아는 사실이니 화를 푸는 것이 좋을 것 같소.”

그 말과 함께 그는 그녀를 향해 살짝 웃어주는 계략도 썼다. 그 계략이 조금은 맞아떨어졌는지 아까보다는 표정이 눈에 띄게 많이 풀어졌지만 그녀의 성격상 한마디 하는 것을 잊지 않았다.

“뇌 공자께서 그렇게 말씀하시니 화를 풀겠어요. 하지만 또 한 번 저런 무례한 행동을 한다면 내가 아니라 다른 사람들이 가만있질 않을 겁니다.”

“…….”

관영호는 그녀의 직설적인 말에 할 말을 잃었다. 세상엔 별의별 사람이 다 있지만 저렇게 안하무인인 사람도 드물 것이라는 생각이 들었다.

“자네, 괜찮나?”

상석에 있던 임사우가 어느새 다가와 관영호를 걱정스럽게 바라보았다. 그가 오자 주위에 있던 사람들의 시선이 그곳으로 몰렸는데 아무래도 백소화가 한 말이 기억났기 때문이리라. 그가 걱정할 정도로 친하다면 백소화의 말이 거짓말은 아닐 것이라는 생각을 하는 사람도 있었다.

"괜찮네. 내가 잘못한 것이었지. 괜찮으니 그만 가보게. 자리를 비 웠으니 사람들이 무안해할 것이네."

"백 소저, 나도 이렇게 사과하겠소. 하지만 내 친구는 나의 지위를 틈타 한몫 잡으려는 소인배가 결코 아니니 알아두었으면 하오. 내 친 구를 그렇게 본다는 것은 나에 대한 모욕이기도 함을 알아주시오."

"네……."

그의 알 수 없는 위엄에 그녀는 살짝 시선을 피하며 마지못한 듯 답 했다. 임사우는 자신도 그 이상은 어떻게 할 수 없는지라 고개를 살짝 젓고는 관영호에게 눈빛을 보낸 뒤 다시 자리로 돌아갔다.

"허, 청풍룡의 위엄이 날이 갈수록 더해간다는 것이 거짓이 아니었 구나."

임사우의 뒷모습을 바라보던 사람들은 갑작스레 뒤에서 들려온 감 탄사에 고개를 돌려 누구인지를 확인했다.

"하하! 그렇게 날 본다견 남궁 모는 부끄럽소."

그는 미소 지으며 자리를 잡고 앉으며 말했다.

"누구나 실수도 있는 법이니 백 소저는 신경 쓰지 마시오. 그나저나 곧 신랑의 권주 시간이 올 것이오. 재미있는 시간이 될 것이오. 하하!"

그것은 신랑이 자신과 안면이 있는 사람들에게 술을 권하며 마시는 결혼 풍습 중 하나였다. 그 옆으로 신부도 따라다니면서 같이 마셨는 데 만약 둘 중 하나가 쓰러지거나, 혹은 같이 쓰러지면 첫날밤은 건너

간 셈이니 신랑과 신부는 사람을 고르는 데 신중을 기해야 했다.

자신들이 아는 어른들과의 술은 마땅히 해야 하는 것이었고 문제는 나머지 사람들을 고르는 것인데 혹여나 자신에게 권주하지 않으면 섭섭해하여 그 사람과의 관계가 좋지 않아지는 경우도 있으니 신랑과 신부 입장에서는 이럴 수도 없고 저럴 수도 없는 상황이 되는 일이 허다했다. 이런 예습이 좋지 않다 하여 점차 사라지고는 있었지만 무림 같은 세계에서 이런 일은 비일비재했다.

"하하하! 문 공자가 만약 내게 권주하지 않는다면 난 크게 실망할 것입니다."

자중남은 호탕하게 웃으며 만반의 대비를 하는 듯한 표정을 지었다. 다른 사람들도 이런 재미를 놓칠 수는 없었다. 권주의 시간이 와 하객들 사이를 돌아다닐 때 사람들은 여기저기서 자신에게 권주하지 않느냐며 소리칠 것이므로 자신들도 지지 말아야 했다.

관영호는 그런 그들을 보며 희미하게 미소 짓고는 자리에서 일어나 밖으로 살짝 빠져나갔다.

"……."

그는 무심한 표정으로 하늘을 바라보다 옆에서 누군가가 자신을 보는 시선을 느끼고 고개를 왼쪽으로 돌렸다. 너무나 자연스럽게 돌린 것이라 나무 기둥에서 반만 몸을 내민 채 그를 보던 사람은 순간 몸이 흠칫했지만 이내 자신을 드러냈다.

"……."

그늘에서 양지로 나와 그 사람의 모습이 확연히 드러나자 관영호는 놀란 듯 눈을 커다랗게 떴다. 그가 보고 있는 사람은 자색 경장을 한

이십대 중반의 여인이었는데 눈에 확 뜨일 정도로 주변을 압도하는 아름다움을 지니고 있었다.

그는 일순 그녀가 누구인지 몰라봤지만 이내 기억해 냈다. 옛날과는 상당히 달라진 듯한 그녀의 모습에 감탄이 나올 지경이었다.

"정말 은공이시군요!"

"호미란 소저……."

"아! 제 이름을 기억해 주시다니……."

그녀는 정말 기쁜 듯 환히 웃으려 했지만 어느새 흐르고 있는 눈물 때문에 그녀의 웃음은 막히고 말았다. 그녀가 두 손을 얼굴로 가리며 울고 있음에도 불구하고 관영호는 그런 그녀를 지켜보기만 했다. 누가 보면 대단히 무정한 남자라고 욕할 수도 있는 상황이었다.

"왜 우시오? 그만 울길 바라오."

"네……. 항상… 남편과 함께 은공을 보고 싶어… 훌쩍… 했는데 이렇게 막상 보니까 할 말은 없고 눈물만 납니다……."

그녀는 자신이 초췌한 모습으로 누워 있던 허름한 집을 떠올렸다. 누추했지만 너무나 편한 곳이기도 했다. 애초에 남편을 따라왔을 때는 반신반의했었지만 어차피 죽을 몸인 것을 알았기에 남편을 따라 멀리 사막까지 온 것이었다. 그리고 그녀는 거기서 새로운 삶을 얻을 수가 있었다. 자신의 건강히 나은 모습에 누구보다 강하던 그녀의 아버지도 반 시진이나 눈물을 흘렸다.

"흑!"

"……."

그는 그칠 듯하더니 또 우는 그녀를 보고는 쓴웃음을 지으며 말했다.

"오랜만이구려."

"네, 실은 오늘 군영이에게 이야기를 들었는데 오셨다는 이야기 외에는 별다른 이야기를 하지 않더군요. 설마 해서 결혼식장 안을 살짝 보았습니다. 계시더군요. 당장 달려가 절을 하고 싶었지만 은공께선 세속의 일을 싫어하시는 것을 알기에… 이렇게 기다리고 있었습니다."

"나 때문에 귀한 몸이 수고했구려. 남편은 잘 있소?"

"네, 은공의 보살핌 덕으로…… 무공을 수련하고 있습니다."

"흠."

그는 슬며시 고개를 끄덕이며 다시 고개를 돌려 하늘을 보았다. 그 역시 사람인지라 저런 공대를 받으니 기분이 좋았지만 그런 것보다는 자신과의 인연으로 좋은 인생을 살아가고 있는 것을 보고 있는 상황이 더욱 좋았다.

"은공, 제 절을 받으세요."

그녀는 절을 하기 위해 무릎을 꿇으려는 순간 자신의 무릎이 다시 펴지는 것을 느끼고는 경악했다. 그녀는 조금 더 버텼지만 저항할 수 없는 큰 힘에 결국 포기할 수밖에 없었다.

"됐소. 아름답고 착한 마음을 하늘이 알고 더 살게 해준 것이니 나에게 그렇게 고마워할 필요는 없다오. 천리에 따라 살아준다면 그게 나에 대한 보답일 것이오."

"아……."

그녀의 내공은 자신이 살아오며 먹었던 영약이 몸이 낫자 모두 내공으로 쌓여 지금껏 거의 사 갑자에 이르고 있었다. 그런 내공으로도 관영호의 힘을 이기지 못하자 그녀는 그가 세상을 등진 기인임을 알았다.

전에도 그랬지만 지금은 더욱 높게 우러러볼 존재였다.

"아마 나는 내일 떠날 것이오. 잠시 친구를 만나러 왔는데 우연찮게 또 그대를 만나게 되었구려."

그는 고개를 돌려 그녀를 향해 미소 지어 보였다. 그 미소에 마음이 따뜻해짐을 느낀 그녀는 활짝 미소 지어 답해 보였다.

"그래, 혹시 후손 소식은 있는 것이오?"

"저기, 그게… 한동안 자리를 같이 못한 터라……."

그녀는 얼굴을 붉히고는 고개를 돌렸다. 남편이 무공을 익히기 시작한 후부터는 잠자리를 가질 기회가 적었던 것이다.

"후후, 때가 되면 생길 것이오."

문성청 안에서 갑자기 크게 웃는 소리가 나기 시작하더니 곧 떠나갈 듯한 큰 소리가 터져 나왔다.

"난 이제 들어가 보겠소. 잘 지내시오."

그는 미련없이 몸을 돌려 문성청 안으로 들어가려 했다. 무정하다는 생각도 잠시 한 그녀였지만 이내 급히 그의 발길을 잡고는 물었다.

"은공, 그 사막으로 다시 찾아가는 무례를 범해도 될까요?"

"사막은 항상 열려 있다오."

"하하하하하!!"

사람들의 웃음소리와 여기저기서 소리치는 소리가 들려왔다.

"여어, 문 공자! 너무하는 것 아니오? 나와의 인연은 무시해 버려도 좋단 말이오?"

"허허허!"

야유와 웃음이 한꺼번에 터져 나와 문성청 안의 분위기는 매우 화기애애했다. 우울한 사람이 들어와도 금세 분위기에 동화되어 기분이 좋아질 정도였다.

그가 자리에 앉자 어느새 와 있었는지 백리경이 인사했다.

"안녕하세요? 어디 갔다 오셨나 보죠?"

"그렇소. 늦게 오셨구려."

"네, 일이 있어서. 그보다 권주 시간이 좋긴 좋나 보군요. 정말 사람들이 기뻐하는군요."

"……."

문학문과 간도민은 자신이 앉아 있는 탁자 쪽으로 와서 아는 사람들에게 술을 권하며 마시고 있었다. 더러는 장난스럽게 아는 사람을 일부러 피하기도 했지만 권유에 이기지 못해 마시는 경우가 허다했다. 간도민도 간간이 마시는지라 그녀의 얼굴은 이미 빨개져 있었고 그런 그녀를 뚫어지게 쳐다보는 호색한들도 많아지고 있었다.

"으하하하! 내 오늘 매우 기분이 좋소!"

그가 비틀거리면서 걸음을 옮기자 아직은 정신이 멀쩡한 간도민은 그런 그를 부축하며 걸어왔다.

"우우, 이제 낭군이라고 벌써부터 그러다니!"

야유 소리가 들려왔지만 그녀는 미소로 넘길 뿐이었다. 관영호가 있는 곳까지는 아직 어림잡아 열 명은 족히 넘어 보였다.

"저러다가 우리한테까지 올 수 있겠나?"

입맛을 다시며 말하는 남궁명혼의 얼굴에는 안타까워하는 표정이 역력했다. 나 같으면 하는 생각도 하고 있는 것이 분명했다.

"하하! 자네, 서러우면 자네도 결혼하게."

"예끼, 이 사람! 그걸 말로 하면 어떻하나? 하지만 말을 꺼낸 김에 자네가 책임지게."

공손강과 다른 사람들도 그의 넉살에 그만 웃고 말았다. 온호(溫虎)가 술을 엄청나게 좋아한다는 말답게 그는 문학문이 술 마시는 것을 구경하면서 자신도 술을 계속 따라 마시고 있었다.

"남궁 오라버니, 아까부터 계속 술만 마시고… 몸 생각 해서 그만 좀 마셔요."

공손아리는 눈살을 찌푸리며 그를 나무랐지만 그것만으로는 부족했다.

"글쎄다. 네가 책임진다면 내 한번 생각해 보지."

"하하하하!!"

공손강은 크게 웃으면서 남궁명혼의 어깨를 툭툭 쳤다. 공손아리는 그의 말에 부끄러워져서는 얼굴을 약간 붉힌 채 고개를 돌렸다.

사람들의 웃음은 여전했고 문학문과 간도민은 몸을 가누기 힘들었음에도 입가에 미소가 진하게 서려 있었다. 인생에서 한 번일지도 모르는 중요한 결혼식이었기에 그만큼 기쁘리라.

문학문은 술에 꽤 조예가 있는지 거의 스무여 잔을 넘게 마시고도 아직 정신을 잃을 정도로 위태하지는 않았다. 그 속에는 그와 안면이 있는 사람들이 그를 생각해 술을 잔에 가득 채우지 않았다는 것도 한 몫했다.

정신없는 문학문에게 그런 것을 생각할 여유가 있을 리 없었다. 기분이야 좋지만 마음 한구석에서는 어서 이 중노동이 끝나고 방으로 가서 쉬었으면 하는 생각이 있었다. 어느 순간 그의 눈에 사마진영이 보였다. 그는 속으로 진하게 웃으면서 사마진영 등이 있는 곳으로 다가갔다. 일단은 뇌운성과 자중남에게 술을 권해야 했다. 그러다 그들 옆에서 웃고 있는 남궁명혼을 보고는 정신이 없던 그도 놀라지 않을 수 없었다.

'이런, 무림삼장(武林三莊) 중에서 독패가의 소가주를 깜빡했군. 술에 있어서는 천하제일이라 자부한다는데…….'

그는 일이 어떻게 될지 불안해질 수밖에 없었지만 별일이야 있을까 생각하고는 그들에게로 다가갔다. 관영호는 아에 거들떠조차 보지 않았다.

"헉… 헉!!"

"이, 이제… 지겨워……!"

두 여인은 방금 전 일단의 무리들을 제거하고는 지쳐서 땅에 주저앉고 말았다. 며칠째 이러는 것인지는 이미 잊어버렸고 그저 살기 위해 도망가고 살기 위해 덤비는 자들을 베어갈 뿐이었다. 자신들을 향한 너무나 집요하고 독한 추적으로 그들은 이렇게 지독한 생활을 처음 겪고 있는 것이다.

'그래도 간부급 고수가 오지 않아서 다행이야.'

우영은 많이 지쳤는지 가슴의 기복이 상당히 심했다. 옷도 여기저기 찢어져 속살이 드러나고 있었지만 그런 것을 따질 상황이 아니라는 것을 그녀는 너무나 잘 알고 있었다. 그녀는 힐끔 옆에서 같이 주저앉아 숨을 고르는 여자를 보았다.

‘미안해, 용연아……..’

그녀는 자신을 힘껏 도와주고 있는 용연이 너무나 고맙고 또한 미안했다. 처음엔 그녀마저 위험에 빠뜨릴 수 없어 도움을 거절했지만 그녀는 한사코 자신을 도왔고 이제 그녀도 자신처럼 척살 대상에 올라가 버린 것이다.

그녀와 만난 것은 아주 우연이었다. 도용연은 임사우와 우영, 공손아리를 볼 생각으로, 그리고 결혼식의 참여도 겸사겸사해서 거의 일 년 만에 강호를 나왔다. 곤도에서 그녀는 우영을 우연히 만났고 만남의 기쁨을 나눌 시간도 없이 그들은 다시 공격을 받았다. 도용연에게 도망가라고 했지만 그녀는 거절했고 도용연을 따라오던 인부들과 호위무사들은 결국 모두 죽고 말았다.

“혁… 혁……! 언니, 우리… 살 수 있을까?”

도용연의 무공이 우영에 비해 뒤떨어지는 것이 사실이었기에 그녀는 목숨이 위험할 뻔했던 경우가 많았고 그때마다 우영이 도와주어야 했다. 서로를 신경 써야 했기에 어찌 보면 더 힘들 법도 했지만 우영은 결코 그렇게 생각하지 않았다.

자신을 위해 기꺼이 도움을 준 도용연이 너무나 고마웠고 자신이 헛살지 않았다는 생각이 들면서 가슴이 뿌듯해짐을 느끼는 그녀였다. 그리고 그녀가 있다는 것만으로도 마음에 크나큰 위안이 되었다. 혼자보다는 둘인 것이 이런 상황에서는 서로에게 의지가 되어줄 수 있기에 훨씬 마음이 편안할 수 있는 것이다.

우영은 바닥을 적시고 있는 피를 보고는 몸서리쳤다. 익숙했던 피가 이제 조금씩 멀어지고 있었다. 계속 이런 식으로 가다가는 피를 보면 참기 힘들어질 것이 분명했다.

'난 이제 강호인의 생리에서 멀어지고 있는 것일까?'

며칠간 죽음과 삶을 오가는 극한의 생활에서 회의를 느낀 것일지도 몰랐다. 비정한 무림의 생리. 그녀는 다른 무모한 젊은이들보다는 강호를 잘살아가고 있었지만 또 너무 빨리 무림의 비정함을 느낀 것일지도 몰랐다.

'쉬고 싶어…….'

하지만 그녀는 입술을 꼭 깨물고 자리에서 일어났다. 살 수 있을 것이라는 그녀의 대답을 아직도 기다리고 있었는지 도용연의 고개도 따라 올라갔다.

"용연아, 일어나……."

그녀는 손을 내밀어 도용연을 일으켰다.

"살 수 있어. 우리는 꼭 사라성에 도착해야 돼. 이들의 추적 정도를 보면 사라성의 표면적인 경계인 호북성에 도착해도 안전하지는 않을 거야. 우리를 꼭 죽이거나 생포할 생각인 것 같아. 그만큼 내가 알고 있는 정보가 그들에게는 치명적인 것이겠지."

"……."

도용연은 입술을 꼭 깨물며 고개를 끄덕였다. 그들은 숲 속으로 몸을 옮겨 이동하기 시작했다.

그들은 계속 사라성이 있는 남동쪽으로 이동하면서 어느 순간 호북성으로 직진할 수 없다는 것을 느꼈다. 자신들의 추적자들은 호북성으로 향한 직진 방향에는 모두 매복을 깔아놓았을 것이 분명했기에 둘은 남동쪽으로 향하다 어느 순간 돌아갈 수밖에 없었다.

"아직도 못 잡았는가?"

제갈강의 억양없는 목소리가 실내에 울려 퍼졌다. 이혁신은 두 눈을 감고는 진땀을 흘렸다. 일행이 두 명이 된 지금 잡기가 더욱 힘들어졌다. 자신이 보낸 그들도 아직까지 무엇을 하고 있는지 소식조차 없다. 하지만 그는 그들을 믿고 있었다.

"전 제가 보낸 그들을 믿고 있습니다."

"흠, 네가 평생을 걸쳐 키운 지옥오마(地獄五魔). 그래, 그들의 실력은 나도 인정한다. 그들이 아직 움직임을 보이지 않는 것을 보면 그들 나름대로의 생각이 있는 것이라 믿지."

"……."

"이번 결혼은 매우 중요하다는 것은 너도 알 것이다. 간도민이 그를 죽임으로써 사라성의 체계에는 조금씩 분열이 일어나기 시작할 것이고 또 그렇게 되어야만 해."

"네, 알고 있습니다."

"그리고 그분께서 사라성주 놈에게 손을 조금 써놨지만 그래도 알 수 없다. 사라성의 전력은 그가 없다 해도 엄청난 것이니 철저히 분열을 일으킨 뒤 세력을 분산시켜야 할 것이다. 그것은 문학문의 죽음에서 시작되는 것이다. 그런 만큼 간군학의 정체를 우연히 알아버린 그 여자를 반드시 죽여야 한다. 생포는 필요없다. 죽여라."

"네."

"한 달 뒤에 그분이 오신다. 준비를 철저히 해야 할 것이다."

이혁신은 그분이 오신다는 말에 몸을 부르르 떨며 다시 한 번 허리를 숙였다. 그에게 그분이라는 존재는 공포이자 경외의 대상일 수밖에 없었다. 그의 통천가공할 무공과 끝을 알 수 없는 두뇌는 상식을 벗어난 것이었기 때문이다.

"이제 이 년, 이 년 내에 천하는 우리 것이다. 큭큭!"

"뇌 공자에게 술을 권하오. 하하하! 부디 거절치 말아주시오."

"와아아!"

사람들의 환호가 더욱 크게 퍼졌다. 뇌운성이라는 존재는 이제 강호에서 무시할 수 없는 위치에까지 올라와 있었던 것이다. 뇌운성은 기분 좋게 웃으며 그의 술잔을 받아 단숨에 들이켰다.

"크으! 결혼을 축하하오! 임사우 대협 부부보다 더 나를 화나게 할 정도로 금슬 좋게 지내시오!"

"하하하!"

그의 농담에 사람들은 크게 웃었다. 뇌운성은 그에게 술잔을 넘기고는 술을 따랐지만 그렇게 많지는 않은 것이 문학문을 배려하는 것 같았다.

문학문 역시 단숨에 술을 마시고는 옆에 있던 자중남에게 다시 술을 따라 건네주었다.

"자 아우, 내 술을 받게. 내 결혼식에 와주어서 정말 고맙네."

"형님도, 당연히 와야 하는 것 아니겠소. 결혼을 진심으로 축하하오. 나도 곧 형님 따라갈 것이외다."

그는 단숨에 마시고는 역시 술을 따라 그에게 주었다. 문학문이 그 술을 마실 때 남궁명혼이 기어코 자리에서 일어났다.

"문 공자, 이런 자리에 어이 남궁 모가 빠지겠소! 나도 좀 끼워주시
오!"

"하하하!"

"독패장의 온호가 술에 취해 주호(酒虎)가 되었구나!"

"하하하!"

사람들은 그가 일어나서 문학문에게 술을 권해달라고 말하자 크게
웃으며 뒤집어졌다.

술을 다 마신 문학문은 씁쓸하게 웃으며 고개를 크게 끄덕이고는 그
에게 술을 건넸다. 가득 채운 것이 술을 좋아하는 그를 배려한 것인지
아니면 자신의 무덤을 파는 것인지는 알 수 없었다.

"오, 문 공자의 배포에 감탄하오!"

그는 가득 채워진 술잔을 조심스럽게 받아 단숨에 들이키고는 그에
게 술잔을 주며 말했다.

"술에 있어서 양보 못하는 내가 어찌 이런 자리에서 한 잔으로 끝내
겠소! 난 석 잔을 하리다!"

"와!!"

사람들의 함성과 웃음소리가 다시 문성청에 울려 퍼졌다. 남궁명혼
의 한마디가 좌중을 더욱 들뜨게 한 것이었지만 문학문은 그렇지가 못
했다.

'으… 이 인간이 날 죽이려고.'

그가 석 잔을 하겠다고 했으니 자신도 남자인 이상 체면치레로라도
석 잔을 해야 한다. 연이은 석 잔이 자신의 몸에 어떤 영향을 미칠지는
알 수 없었다. 남궁명혼이 석 잔을 다 마시자 사람들의 박수가 터졌다.

문학문은 내심 욕을 참으며 한마디 했다.

"남궁 소협이 그렇다면 나 또한 질 수 없지 않소! 나 또한 석 잔을 하리다!"

"우와아! 문 공자, 최고요!"

사람들의 우레 같은 박수와 웃음소리가 다시 터져 나왔다. 오늘은 아무래도 매우 기분 좋은 날임이 분명했다.

그가 술을 다 마시자 다시 한 번 박수가 터져 나왔지만 조금씩 그의 머리는 멍해지기 시작했기에 제대로 들을 수가 없었다.

"하하!"

그가 다시 비틀거리자 간도민이 다가와 그를 부축했다.

"문랑, 괜찮나요?"

"하하, 괜찮소! 아직 견딜 만하오!"

그는 웃으면서 간도민의 뺨을 한번 어루만지고는 술잔에 다시 술을 채우며 사마진영에게 건넸다.

"사마 소저에게 술을 권하니 거절치 말아주시오."

"……."

사마진영은 희미하게 웃으면서 그의 잔을 받아 단숨에 들이켰다. 그런 모습에 주위에서 감탄이 쏟아져 나왔다.

"오오! 저 소저는 누군가? 대단하구나! 여자가 배포있게 단숨에 들이키다니……!"

"하하! 게다가 절세미인이 아닌가? 문학문의 아내 못지않네."

새삼 시선을 집중하던 사람들은 사마진영에게 칭찬을 쏟아 부었다. 문학문은 자신도 한 잔을 마시고는 비틀거리며 다른 곳으로 걸음을 옮기려 했다.

"……?"

간도민이 자신의 팔을 잡고 걸음을 멈추게 하자 의아한 표정으로 바라보았다. 간도민은 그를 향해 매혹적으로 웃으며 말했다.

"후훗, 문랑, 저기 관 공자에게도 술을 한잔 권하셔야죠. 저에게는 고마운 분이랍니다."

그는 내키진 않았지만 간도민이 고마운 분이라고 하자 할 수 없이 술을 따르고는 그에게 건네주었다.

"관 공자, 그때는 이 일 저 일이 많았는데 모두 잊읍시다. 내 아내에게는 고마운 사람이라니 이렇게 술을 권하는 바요."

그는 그다지 좋은 표정은 아니었지만 웃는 낯으로 그에게 술을 권했다. 관영호는 간도민이 왜 자신에게 권주하라고 했는지 알 수 없어 이상한 생각이 들었다. 그럴 수밖에 없는 것이 자신은 그녀에게 절대 고마운 존재가 아니었다.

'술을 권하도록 하기 위해 거짓말을 한 것인가?'

잠시 의문을 접은 그는 자신을 향해 내밀어지는 잔을 받아 단숨에 들이켰다.

"결혼을 축하하오. 긴 인생에서 오늘같이 행복한 마음으로 두 사람이 살아가길 바라오."

그가 덕담을 하며 자신이 마신 술을 채워 그에게 건네주자 문학문은 그걸 받아 단숨에 들이켰다.

백리경은 순간 이상한 생각이 들었다. 자신이 알기에 간도민에게 관영호는 그다지 달가운 존재가 아님이 분명했다. 간도민에 대해서 자세히는 모르지만 그녀가 그간 보아온 상황은 간도민과 오화란, 관영호와 사마진영은 적대 관계 같았다.

그런 그에게 술을 권한다는 것은 무언가 꿍꿍이가 있지 않고서야 있을 수 없었다. 하지만 별다른 기색도 없고 별다른 행동도 없었다. 예전 같이 독을 뿌릴 상황도 아닌 것 같았다. 그녀는 더욱더 간도민의 행동에 집중하기 시작했으나 관영호가 술을 따르는 순간까지도 그녀는 아무런 낌새가 없었다.

'그냥 술을 권한 것인가……?'

그렇게 생각하며 눈을 돌리려는 순간 그녀는 이상한 것을 볼 수 있었다.

"……."

그것은 간도민의 야릇한 미소였다. 다른 사람에게는 평범한 미소가 백리경에게는 이상한 느낌으로 다가왔지만 단지 느낌이었기에 그녀는 그 느낌을 신용할 수 없었다. 그녀는 느낌을 믿지 않고 철저히 이성적으로 생각하고 판단하는 여인이었다.

"……!!"

그녀는 순간 벌어진 일에 대경하여 자리에서 벌떡 일어났다.

소류연은 관영호와 조금 떨어진 곳에 자리하고 있었다. 그녀는 소한천, 백리경과 같이 늦게 온 때문이었다. 자리를 찾다가 백리경은 관영호 근처에 앉을 수 있었고 그들은 떨어져 앉게 되었다. 다른 곳으로 가고 싶었지만 남매와 아는 사람들이 곁에 있었기 때문에 쉽게 자리를 빠져나갈 수 없게 되어버린 것이다.

소류연은 조금 뚱한 표정으로 관영호를 보고 있었다. 자신은 좋아하

지만 저 사람은 자신을 좋아하지 않는 게 내심 불만이었지만 이런 느
낌도 나쁘지는 않았다.

"에휴, 사랑이 문제지……."

"……."

옆에 있던 소한천은 동생의 한숨에 당혹스런 표정을 지으며 그녀를
보았다. 뚱한 표정을 보고는 귀여웠던지 다시 기분 좋게 웃으며 말했
다.

"기다리는 자에게 기회는 오는 법. 언젠가는 너와 사이가 좋아질 기
회가 있을 것이야."

"흥! 그랬으면 좋겠지만 저 사람은 내일 떠난다고 했어요."

"허, 그런 일이. 그래도 기다려 보거라. 언젠가는……."

"……."

속 편한 소리에 그녀가 소한천을 쏘아보자 그는 머쓱한 표정을 짓고
는 몸을 돌려 버렸다. 그녀가 계속 쏘아봤지만 그는 옆에 있는 사람과
애써 이야기하는 척했다.

"흥!"

오빠라는 사람이 도움도 되지 않는다고 생각하면서 그녀는 다시 시
선을 돌려 관영호를 바라보았다. 문학문이 그에게 술을 권하고 있는
것이 보였다.

"응?"

이상했다. 그녀가 알기에 문학문의 성격으론 관영호를 그다지 마음
에 들어하지 않은 사람인데 술을 권한다는 것은 정말 미운 놈 떡 하나
더 준다는 심보일 것이다.

"정말 이상한 성격이야."

그녀는 피식 웃으며 문학문을 비웃었다. 문학문이 술을 마시는 것을 보고는 다시 시선을 돌려 어떻게 이 자리를 벗어나 그에게 갈 수 있나 고심했다. 그때,

"아! 오빠!!"

"응? 앗!"

관영호는 별생각없이 그에게 술을 따라준 다음 자리에 앉아 그가 하는 양을 가만히 지켜보기만 했다. 문학문이 술을 단숨에 넘기자 그는 시선을 다른 곳으로 돌렸다. 그러나 주위에서 반응이 들려왔고 누구보다 영민한 그의 감각은 이를 느끼고 바로 문학문에게로 다시 시선을 돌렸다.

"……!!"

"끄으윽……!"

놀랍게도 문학문의 칠공에서 엄청난 피가 쏟아지고 있었다. 그의 처참한 모습에 사람들은 저마다 경악성을 내며 자리에서 일어섰다.

"악!!"

간도민은 외마디 비명 소리와 함께 피가 쏟아지고 있는 바닥으로 그대로 쓰러져 버리고 말았다.

털썩!

문학문은 그대로 주저앉고 말았다. 그는 두 눈을 그대로 뜬 채 동공이 위로 가 있어 매우 보기 흉했다.

'죽었다……!'

그는 단번에 그가 즉사했음을 알 수 있었다. 그리고 이 일이 자신에

게 결코 좋지 않게 흐를 것이라는 것도 직감적으로 알 수 있었다. 하지만 그는 당황하지 않았다. 어차피 이곳에서 그렇게 좋지 않게 될 것이라는 것은 어느 정도 알고 있었으니까. 미리 마음의 준비가 되어 있었다고나 할까?

"독살이다!!"

누군가의 입에서 이 말이 나오자 사람들의 시선이 관영호에게로 쏠렸다. 그리고 문성청의 입구는 어느새 혈의를 입은 무사들에 의해 막혔다.

『그림자 호수』 3권에 계속…